KNAUR

Von Ally Taylor und Carrie Price sind bereits folgende Titel erschienen:

Die *Make-it-count*-Reihe
Gefühlsgewitter
Gefühlsbeben
Dreisam
Sommersturm

New York Diaries
Claire
Sarah

Über die Autorin:
Ally Taylor ist das Pseudonym der deutschen Autorin Anne Freytag. Freytag veröffentlicht Erwachsenen- und Jugendbücher; als Ally Taylor schreibt sie Liebesromane, die sie selbst gern als Popcornkinoliteratur bezeichnet. Anne Freytag liebt Musik und Serien, sowie die Vorstellung, durch ihre Geschichten tausend und mehr Leben führen zu können. Die *New York Diaries* schreibt sie im Wechsel mit der Autorin Adriana Popescu (alias Carrie Price)

ALLY TAYLOR

NEW YORK DIARIES

PHOEBE

ROMAN

Besuchen Sie uns im Internet:
www.knaur.de

Originalausgabe April 2017
Knaur Taschenbuch

Ein Imprint der Verlagsgruppe
Droemer Knaur GmbH & Co. KG, München

Dieses Werk wurde vermittelt
durch die Literarische Agentur Michael Gaeb.
Redaktion: Martina Vogl
Umschlaggestaltung: ZERO Werbeagentur, München
Umschlagabbildung: FinePic®, München / shutterstock
Satz: Wilhelm Vornehm, München
Druck und Bindung: CPI books GmbH, Leck
ISBN 978-3-426-51941-7

2 4 5 3 1

Dieser Roman ist all denen gewidmet,
die ein Faible für **unwahrscheinlich** *schöne Geschichten*
haben. (Und für Leonardo DiCaprio.)

Sonntag, 12. Juni 2016

PHOEBE.

Also, dann mal von vorne … oder: Komm zurück! Komm zurück!

Ich starre auf penibel zusammengefaltete Hemden und dunkle Anzughosen. *Das glaube ich jetzt nicht. Das ist jetzt einfach nicht wahr.* Mein Körper ist erstarrt. Mein Verstand versucht, diesen Anblick zu verarbeiten, zu begreifen, was es bedeutet. Meine Hände sind zu kalt dafür, wie warm es ist, mein Magen knurrt in die Stille. Was für ein beschissener Tag. Was für ein *unbeschreiblich* beschissener Tag.

Ich möchte Leo davon erzählen. Von allem, was passiert ist. Aber das geht nicht, denn er ist in meinem Koffer, und der ist gerade sonst wo. Und nein, Leo ist kein Tier. Ich bin keine Geisteskranke, die ihre Katze in den Koffer stopft und auf das Beste hofft. Leo ist mein bester Freund. Und falls Sie jetzt denken, ich habe versucht, seine Einzelteile in einer Reisetasche von Kalifornien nach New York zu schaffen, liegen Sie falsch. Was für Katzen gilt, gilt erst recht für Leo. Vermutlich halten Sie mich spätestens jetzt für verrückt, aber ich kann es erklären. Das alles. Das mit dem Koffer und das mit Leo und warum er keine Ahnung hat, dass es mich gibt. Doch dafür muss ich ein bisschen ausholen. Am besten beginne ich bei mir.

Mein Name ist Phoebe Steward, ich bin vierunddreißig Jahre alt und wohne zusammen mit meinem Mitbewohner George und einem kleinen fetten Kater namens Tony in einem Apartment in New York City. George ist ein paar Jahre jünger als ich und sieht auf eine tätowierte und gepiercte Art gut aus – was wahrscheinlich mit ein Grund dafür ist, dass die meisten Leute uns eine Freundschaft mit gewissen Vorzügen nachsagen. Aber die haben wir gar nicht. Wir sind einfach nur stinknormale Freunde mit stinknormalen Vorzügen – wie sich gegenseitig Kaffee oder Tee machen oder die Wäsche des anderen manchmal mit aufhängen. Es gab keinen betrunkenen Kuss, keine Nacht im Alkohol-Nebel, über die man Stillschweigen vereinbart hat. Nichts. Aber das glaubt uns keiner. Letztlich ist es uns zu blöd geworden zu widersprechen, was natürlich als eine Art verspätetes Eingeständnis gewertet wurde. Im Grunde ist es mir egal. Die Leute reden, und daran werde ich nichts ändern. Abgesehen davon hat das mit den Gerüchten um George und mich schon viel früher angefangen. Er war mein Praktikant. Den Rest können Sie sich vermutlich denken. Nach nicht einmal einer Woche nannten ihn alle George Lewinski, am Ende nur noch Lewinski. Er arbeitet längst woanders, aber den Spitznamen hat er behalten. Als er dann vergangenes Jahr auch noch bei mir eingezogen ist, war klar, dass er ihn nie wieder loswerden würde. Er stört sich nicht daran. Zumindest nicht an dem Spitznamen. Bei den Gerüchten bin ich mir nicht so sicher. Ich glaube, es wäre ihm egal, wenn Margo die Geschichten nicht auch glauben würde. Falls Sie sich fragen, wer Margo ist, dazu komme ich gleich. Vorab: Wir arbeiten zusammen.

Ich bin Redakteurin bei NY TRND, einem Magazin, das von einer Handvoll Leute vor nicht mal ganz zwei Jahren gegründet wurde und letzten Sommer völlig überraschend durch die Decke ging. Begonnen hat alles mit einer Idee in einer winzigen Wohnung in Soho, inzwischen haben wir drei Etagen im Meatpacking District in einem Backsteingebäude mit großen Fenstern und Holzböden, die von unzähligen Sohlen glatt poliert wurden.

Jess, Margo und ich waren von Anfang an dabei. Und außer uns noch Pete, Daryl und Isaac. Wir kannten uns über viele Ecken – von der Uni, über Bekannte. Ich würde nicht unbedingt sagen, dass wir alle befreundet waren – Jess, Margo und ich schon, aber was die Jungs betrifft: Wir mochten einander. Ganz im Gegensatz zu unseren Jobs. So kam es zu einer Idee, von der vermutlich keiner von uns je gedacht hätte, dass sie einmal zu mehr werden würde als zu einer kleinen Randanekdote auf einer Party. So etwas wie: »Wisst ihr noch, damals, als wir dieses Magazin gründen wollten?« – geistesabwesendes Seufzen, versonnenes Nicken – »Stellt euch bloß mal vor, wir hätten das echt gemacht.«

Wir haben es echt gemacht. Anfangs waren wir zu sechst, jetzt sind wir knapp einhundert. Es ist eine von diesen Geschichten, die angeblich nur hier passieren und die den Mythos nähren, an den jeder glaubt, der nach New York City kommt: dass hier alles möglich ist.

Jess ist die Chefredakteurin bei NY TRND. Sie wohnt in einem Loft im Village, das man nur über eine Leiter erreicht. Eine echte Herausforderung, wenn man zu viel getrunken hat – für mich ist es eigentlich immer eine. Sie müssen sich das so vorstellen: Man schließt die Tür auf, und der Boden befindet sich zweieinhalb Meter unter einem. Am anderen Ende des Zimmers ist eine Zwischendecke eingezogen, dort befindet sich ihr Bett. Jess sagt, sie muss keinen Sport machen, weil sie in einem Affengehege wohnt, in dem sie andauernd klettern muss. Es ist eine seltsame, wirklich tolle Wohnung, die perfekt zu ihr passt. Müsste man Jess in drei Worten beschreiben, würden sich wohl die meisten für tough, bodenständig und direkt entscheiden. Und das ist sie. Auf eine manchmal fast schon verletzende Art und Weise. Doch wenn man sie erst einmal kennt und es an ihrer harten Schale vorbeigeschafft hat, wird schnell klar, dass niemand aufmerksamer oder loyaler ist als sie. Ab und zu kommt es mir so vor, als hätte Jess unsichtbare Antennen, mit denen sie auf molekularer Ebene Änderungen in der Atmosphäre erkennen kann. Ein bisschen wie ein Hai, der Blut riecht. Das war bereits am College so. Keine Ahnung, wie sie das macht, aber sie bemerkt Veränderungen, lange bevor andere sie wahrnehmen. Dementsprechend unmöglich ist es auch, Jess zu überraschen.

Ich weiß nicht, ob es ein Fluch oder ein Segen ist, ich schätze, das kommt darauf an, worum es geht. Vor knapp sieben Monaten war es ein Segen. Na ja, vielleicht nicht gerade ein Segen, aber zumindest von Vorteil. Glück im Unglück. So kam das mit Stephen weniger aus heiterem Himmel. Jess hat damals gesagt, dass irgendetwas mit ihm nicht stimmt. Stephen ist ihr Mann – oder besser gesagt, war. Auf mich wirkte er jedenfalls wie immer. Gut gelaunt, witzig, charmant. Aber ich lag falsch und Jess leider richtig. Die beiden waren über acht Jahre zusammen, vier davon verheiratet, und nach außen hin schien alles perfekt zu sein und sie so glücklich. Sieben Wochen später ist Stephen ausgezogen. Der Grund heißt Rebecca und ist schwanger von ihm. Seitdem besteht Jess' Leben aus atmen, arbeiten und so tun, als wäre alles okay. Ich weiß, dass das tapfere Gesicht nur eine Maske ist, und ich habe keine Ahnung, wie es dahinter aussieht. Doch ich glaube, es ist das Beste, sie in Ruhe zu lassen, sie nicht andauernd zu fragen, wie es ihr geht.

Margo sagt, dass Jess sich wieder erholen wird. Irgendwann, wenn die Wunden Zeit hatten zu heilen. Ich weiß nicht, ob das stimmt – ich hatte nie solche Wunden. Doch Margo glaubt daran. Sie gehört zu diesen ewig optimistischen Menschen, die einen mit ihrer positiven Art völlig verrückt machen können, und manche Dinge, die sie sagt, klingen ein bisschen wie Verse aus Glückskeksen oder wie Sprüche von Astrologie-Websites, aber irgendwie schafft sie es doch immer wieder, einen das Gute sehen zu lassen. Sogar dann, wenn man denkt, dass alles schwarz ist und das Gute tot. Als wäre sie eine Taschenlampe, die durch ihre Sicht auf die Welt alles in ein anderes Licht rückt.

Margo ist *Head of Design and Social Media* und fast immer eineinhalb Stunden früher als alle anderen in der Redaktion, weil sie die geisterhafte Ruhe der leeren Räume so magisch findet. Ich glaube, es liegt auch daran, dass ihr Apartment so winzig ist. Margos Wohnung befindet sich in einem kleinen zweistöckigen Gebäude in Tribeca über einem Laden, der *Tiny's* heißt. Das Haus sieht aus wie eine

Pralinenschachtel, rosa mit weißen Rahmen um die Fenster. Verstehen Sie mich nicht falsch, Margo liebt ihre Arbeit. Das tut sie wirklich. Sie begründet es damit, dass sie Sternzeichen Waage ist und damit *alles Schöne* liebt, aber ich denke, es hat auch damit zu tun, dass sie eine Armee von Mitarbeitern hat, die machen müssen, was sie will. Wenn sie über sie spricht, nennt sie sie meistens nur ihre *Drohnen*, jedoch ohne das böse zu meinen. Margo meint nie etwas böse, dafür ist sie viel zu nett. Sie hat etwas von einem hyperaktiven Kind, ist immer überdreht und auf eine Art wach, die ich nicht kenne. Sie treibt mich mit ihrem andauernden Sport fast in den Wahnsinn und ernährt sich religiös gesund. Margo gehört zu dieser Fraktion von Salat-Frauen, die einem mit ihrer gesunden Einstellung die Lust auf jeden Burger verderben. Mein Morgen beginnt mit einem starken Kaffee, ihrer mit einem nach unten blickenden Hund und einer Tasse grünem Tee. Manchmal frage ich mich, ob sie denkt, dass glutenfreies Essen eine Abkürzung in den Himmel ist, aber das behalte ich für mich. Entweder wäre sie nämlich beleidigt, oder ich hätte sie und eine Grundsatzdiskussion zum Thema »Gifte in unserem Essen« am Hals. Margo und ich sind grundverschieden. Und trotzdem befreundet. Ich würde sagen, damit sind wir der lebende Beweis dafür, dass man nicht unbedingt etwas gemeinsam haben muss, um sich zu mögen.

Abgesehen von Jess und Margo wären da noch Pete und Daryl – sie leiten die Bereiche *Druck* und *Fotografie* – und Isaac, der sich um alles kümmert, was mit Technik zu tun hat. Isaac ist ein als Hipster getarnter Nerd mit dunkler Hornbrille, schwarz-rot karierten Hemden und ausgewaschenen Skinny-Jeans. Sobald er jedoch den Mund aufmacht, verrät er sich: Er ist und bleibt ein Tecchi.

Und zu guter Letzt bin da noch ich. Phoebe. Die Frau, die all die Dinge ausprobiert, die unsere Leser interessieren könnten. Mal gehe ich zur Eröffnung eines neuen Lokals, mal bin ich Gast bei einem Koch-Flashmob in einer Privatwohnung, mal probiere ich die neueste Waxing-Variante. Ich flirte stellvertretend, teste Anmach-Sprüche oder probiere die aktuellen Unterwäschekollektionen – und dann schreibe ich in meiner Kolumne darüber. Jess hatte mir damals den Chefredakteur-Posten angeboten, aber ich habe ihn dankend abgelehnt. Ganz ehrlich, mir ist es so viel lieber. Weniger Verantwortung, weniger bürokratischer Mist, mehr Spaß. Ich mag meinen Job. Vor allem, weil kein Tag dem anderen gleicht. Ein Leben wie in *Und täglich grüßt das Murmeltier* wäre für mich ein Selbstmordgrund. Das und der Monat November – den ich deswegen grundsätzlich (natürlich bis auf Thanksgiving) bei einem guten Freund auf Hawaii verbringe.

Als noch niemand NY TRND kannte, musste ich ziemlich viele Türklinken putzen, um auf irgendwelche Presseverteiler oder Gästelisten gesetzt zu werden. Inzwischen kann ich mich vor Einladungen und Eintrittskarten kaum noch retten. Mein Leben ist zu einer Aneinanderreihung von Partys und Veranstaltungen geworden, ich werde regelrecht bombardiert – was in einer Stadt wie New York City fast so ist, als wäre einem eine gute Fee erschienen, nur dass deren Zauber meistens erst um Mitternacht losgeht und nicht endet. Leute schreiben mich an, ob ich zu ihren Gigs kommen, ihre Galerien besuchen oder etwas über ihre Theateraufführungen schreiben will. Ich bin wie die Made in

New York Citys Speck. Oder wie meine Schwester Eva – sie ist Veganerin – es formulieren würde: Du hast einen Schlüssel zur Schokoladenfabrik.

Ich weiß, dass es abgedroschen klingt, aber ich liebe diese Stadt. Alles daran. Ich bin wie eine Zelle von einem riesigen, lebendigen Organismus. Ich liebe die Straße und das Gebäude, in dem ich wohne. Die Leute hier sind unkompliziert. Es ist anonym, aber man geht nicht verloren. Hier lebt alles – von der alleinerziehenden Mutter bis hin zum alteingesessenen Rentnerpärchen, das noch von der Prohibition erzählen könnte. Ich habe das Apartment über Andrew, einen ziemlich lässigen Typen, den ich kenne, weil ich vor knapp drei Jahren einmal etwas über seine Bar geschrieben habe. Sie heißt *The Gym*, macht aber mehr Spaß. Damals war Andrew gerade neu in die Stadt gekommen und die Bar noch ein Geheimtipp. Man könnte auch sagen, sie war leer. Das ist jetzt anders. Andrew hat dank mir mehr Gäste bekommen und ich dank ihm eine Wohnung im Knights Building.

Im obersten Stockwerk gibt es nur zwei Parteien. George und mich und Jamie Witter. Ich habe erst vor kurzem herausgefunden, dass er freiberuflich für uns schreibt. Es ist eine Kolumne, die »The Jungle Book« heißt – einer meiner persönlichen Favoriten des Magazins; ich lese sie immer als Erstes. Jamie ist also mein Nachbar und Kollege. Und um den Inzestfaktor auf die Spitze zu treiben, vögelt er seit etwa zwei Monaten unsere gemeinsame Freundin Jess. Ich glaube, sie benutzen sich gegenseitig, und das macht es irgendwie okay. Eine Situation, die mir vage bekannt vorkommt. Gabriel und ich kommen auch am besten miteinander klar, wenn wir nackt sind und nicht sprechen – was gewisse Nachteile mit sich bringt, wenn man bedenkt, dass er mein Boss ist und wir uns folglich nicht so leicht aus dem Weg gehen können.

Sie wundern sich jetzt vielleicht darüber, dass wir einen Boss haben. Manchmal wundert mich das auch. Der Erfolg des Magazins und der dazugehörigen Website kam so plötzlich, dass wir alle total überfordert davon waren. Also haben wir abgestimmt und einen CEO eingestellt, der aufpasst, dass unsere Kreativität nicht mit uns durchgeht. Das kann Gabriel wie kein anderer. Er ist eine absolute Spaßbremse. Also, zumindest in der Redaktion. Gabriel ist ein brillanter, überwiegend schlechtgelaunter und ziemlich gutaussehender Typ, von dem ich kaum etwas weiß – mit dem ich aber trotzdem immer wieder schlafe. Angefangen hat das Ganze vor knapp zehn Monaten, kurz nachdem Gabriel den CEO-Posten übernommen hat. Seitdem nehme ich mir fest vor, es nicht wieder zu tun. Drei Mal können Sie raten, wie gut das bisher funktioniert hat. Zu meiner Verteidigung muss ich anmerken, dass es nicht einfach ist, zu so einem Mann nein zu sagen. Er sieht aus wie Don Draper aus *Mad Men* und ist auf eine perfekte Art älter als ich. Er trägt Anzüge, ohne albern darin auszusehen, und die tiefe Falte zwischen seinen Augenbrauen ist wie ein Ausrufezeichen hinter seiner Sexiness. Wir harmonieren perfekt. Zumindest im Bett. Sonst eher weniger.

Meine jüngere Schwester – man darf auf keinen Fall kleinere sagen, sonst tickt sie völlig aus – ist der Meinung, dass alles okay ist, solange ich nicht *mehr* von ihm will. Eva ist davon überzeugt, dass es, grob unterteilt, zwei Sorten von Männern gibt. Die zum Heiraten und die für den schnellen

Sex zwischendurch, und dass es zu den schwierigsten Aufgaben der modernen Frau zählt, Typ eins und Typ zwei voneinander zu unterscheiden. Sie hat Gabriel nie kennengelernt, aber das muss sie auch nicht – Evas Ferndiagnosen sind legendär. Und sie sagt, er ist Typ zwei. Klingt wie eine Krankheit, und so fühlt es sich teilweise auch an.

Mom versteht das alles nicht. Sie findet, ich hätte schon längst »jemand Nettes« finden müssen. *Du bist doch klug und hübsch.* Aber manchmal glaube ich, dass genau das das Problem ist. Das *Und.* Klug *oder* hübsch wäre vielleicht besser. Zumindest wäre es einfacher. Abgesehen davon suche ich gar nicht »jemand Nettes« – etwas, das Mom überhaupt nicht verstehen kann. Ich mag Männer, ja. Ich habe eine gute Zeit mit ihnen. Aber deswegen will ich sie noch lange nicht andauernd um mich haben. Schon gar nicht, wenn es sich um dasselbe Exemplar handelt. Mom würde es niemals zugeben, aber es geht ihr nicht primär darum, dass ich einen Mann finde. Sie weiß, dass ich auch ohne glücklich bin – der Song »Ex's & Oh's« von Elle King ist nicht umsonst eines meiner absoluten Lieblingslieder. Was meine Mutter will, sind Enkel. Und da Eva keine Kinder haben möchte, bleibe nur ich übrig. Was enttäuschend genug für sie ist.

Mom hat es nicht gesagt, aber sie kann Gabriel nicht leiden – und das auch ganz ohne ihn zu kennen. Sie findet, dass er seine übergeordnete Stellung mir gegenüber ausgenutzt hat. Bei *Stellung* musste ich lachen, aber sie fand das gar nicht lustig. Mom ist der Meinung, dass man *nicht am selben Ort scheißt, an dem man isst.* Entschuldigen Sie bitte die Ausdrucksweise, aber genau so hat sie es formuliert. Und im Kern hat sie recht. Dennoch denke ich, es wäre völlig okay für sie, wenn ich ihr erzählen würde, dass ich schwanger von ihm bin. Was solche Dinge betrifft, ist unsere Mutter sehr pragmatisch. Immerhin wären es kluge und hübsche Enkel. Was will man mehr? Also sie, nicht ich.

Ich mag Kinder, aber ich habe es nicht eilig damit, welche zu bekommen – etwas, das meine Frauenärztin jedes Mal mit einem bedeutungsschwangeren, ja fast schon vorwurfsvollen Blick kommentiert, als wollte sie mich daran erinnern, dass meine Eier sich unaufhaltsam ihrem Verfallsdatum nähern. Sie schaut mich dann immer an, als hätte ich sie falsch gelagert und als wäre alles meine Schuld. Ich glaube, in ihren Augen stehe ich direkt an der Schwelle zum Biomüll. Lebensziel verfehlt. Und meine Mutter scheint ihr irgendwie recht zu geben. Dad und ich sprechen nicht über so was. Weder übers Kinderkriegen noch über Sex. In seiner Welt sind seine Töchter die Jungfrauen Eva und Phoebe, und ich glaube, er will, dass das auch so bleibt – was mir, ehrlich gesagt, entgegenkommt. Zwei Eltern, die mir wegen Enkeln in den Ohren liegen, wären auch zu viel.

Falls Sie sich fragen, ob ich mal Kinder will … Kann sein. Aber noch nicht jetzt. Und ganz sicher nicht von Gabriel. Genau deswegen sollte ich auch aufhören, mit ihm zu schlafen. Bei meinem Glück platzt das nächste Mal das Kondom, und ich bekomme Drillinge. Nicht auszudenken. Mein Verstand weiß das alles. Trotzdem passiert es immer wieder. Wir besuchen irgendeine Veranstaltung zusammen, zu der er sich kurzerhand als mein Boss selbst einlädt, danach bringt er mich nach Hause und dann noch nach oben, und plötzlich bin ich nackt und er auch … Und dann führt eins zum anderen …

Es ist wie ein Kniesehnenreflex. Gegen den kann man schließlich auch nichts tun.

Jetzt bin ich völlig vom Thema abgekommen. Wo waren wir? Ah ja, richtig, bei meiner Familie. Meine Eltern leben in Brooklyn, noch immer in dem Haus, in dem meine Schwester und ich aufgewachsen sind. Ich besuche sie regelmäßig. Meistens donnerstags. Eva lebt in Boston – nicht wirklich weit weg und doch zu weit. Davor haben wir uns ein winziges Apartment in Soho geteilt. Es war im Grunde nicht mehr als ein Loch mit zwei Fenstern, aber mit Eva war mir das egal. Wir haben eine ganze Weile dort gewohnt. Bis sie vor zwei Jahren mit ihrem damaligen Freund – und jetzt Ehemann – nach Boston gegangen ist.

Ungefähr so muss es sich anfühlen, wenn einem ein Bein amputiert wird. Eva war eine der Achsen, um die sich mein Leben gedreht hat. Das ist sie immer noch, aber eben anders. Früher war sie da. Sie war da, solange ich denken kann. Ich glaube, sogar noch länger. Und dann war sie es plötzlich nicht mehr. Ich weiß, dass sie glücklich ist. Und das ist das Wichtigste. Abgesehen davon hören wir uns jeden Tag. Meistens über Sprachnachrichten – wir sind total süchtig danach –, und abends schauen wir oft zusammen die *Tonight Show*. Beide am Laptop über Skype. Jonathan, das ist Evas Mann, findet das zwar manchmal ganz schön nervig, aber dann sagt sie nur: »Liebling, ich habe meine Schwester deinetwegen verlassen, lass uns wenigstens Jimmy«, und das bringt ihn zum Schweigen.

Ich bin kein Fan-Girl, ganz im Gegenteil, aber ich *liebe* Jimmy Fallon. Ich habe sogar einen von diesen hässlichen und überteuerten schwarzen Kaffeebechern mit dem Mond und der blauen Schrift, die eigentlich nur Touristen kaufen, wenn sie Radio City besuchen. Ehrlich gesagt, habe ich sogar zwei: einen zu Hause und einen in der Redaktion. Meine Freunde lachen mich deswegen aus, aber Jimmy ist so etwas wie meine Religion. Margo hat ihre Chia-Samen, ich habe die *Tonight Show*. Wäre nicht schon Leo mein Leo, wäre es vielleicht Jimmy geworden.

Womit wir endlich beim eigentlichen Thema angekommen wären: Leo. Und was er in meinem Koffer zu suchen hat.

Ich war zwölf Jahre alt, als ich ihn das erste Mal gesehen habe. Es war in *Unser lautes Heim*. Damals hat er einen Straßenjungen namens Luke gespielt, und ich wusste sofort, dass wir die besten Freunde wären, wenn er nur wüsste, dass es mich gibt.

Viele Kinder haben einen imaginären besten Freund, doch die meisten legen ihren ab, sobald sie *echte* finden. Nur dass bei mir das eine nie etwas mit dem anderen zu tun gehabt hat. Ich hatte immer Freunde. Und ich hatte immer Eva. Aber deswegen auf Leo verzichten? Niemals. Abgesehen davon habe ich ihn mir ja nicht eingebildet. Leonardo DiCaprio existiert schließlich. Jeder kennt ihn. Nur er mich nicht.

Dieses vielleicht nicht ganz unwichtige Detail konnte mich jedoch nie davon abhalten, ihm mein Herz in unzähligen Briefen auszuschütten. Natürlich habe ich sie nie abgeschickt, wo denken Sie hin? Ich sagte doch bereits, dass ich kein Fan-Girl bin. Wenn man es genau nimmt, schreibe ich einfach anstelle von *Liebes Tagebuch Lieber Leo*. Eigentlich ist es ein Tagebuch, nur ohne ein Tagebuch zu sein, weil mir die immer irgendwie zu mädchenhaft waren. Im Gegensatz dazu war, Leo zu schreiben, wie eine – zugegebenermaßen sehr einseitige – Brieffreundschaft.

Erfunden oder nicht, Leo ist mein bester Freund. Es gibt keinen Mann, der mehr von mir weiß oder der mich besser kennt, keinen, vor dem ich jemals so sehr ich selbst war. Leo hat mich beim Erwachsenwerden begleitet, kennt meine Ex-Freunde und jedes Detail meiner One-Night-Stands. Er weiß, wann ich zum ersten Mal meine Tage bekommen habe – eine Woche vor meinem vierzehnten Geburtstag – und wie mein erster BH aussah – schwarz, aus Baumwolle und winzig. Er weiß, dass der Typ, mit dem ich zum ersten Mal geschlafen habe, einen Hunger-Atem und wunderschöne blaue Augen hatte. Leo weiß alles. Über mich und meine Freunde. Über meine Träume und Ängste. Er kennt jedes schmutzige Geheimnis und auch die Gedanken, die ich niemals laut aussprechen würde. Er kennt mein unzensiertes, ungeschminktes Ich. Und ein Teil dieses unzensierten, ungeschminkten Ichs befindet sich in diesem Moment in meinem Koffer – und der ist vermutlich in irgendeiner Wohnung irgendwo in New York City.

Ich glaube, ich verstehe erst jetzt so richtig, wie sich Rose DeWitt Bukater gefühlt hat, als sie dabei zusehen musste, wie Jack Dawson in den eiskalten Tiefen des Atlantiks unterging. Ich treibe vielleicht nicht halb erfroren auf einer Holztür im Meer herum und pfeife einem sich entfernenden Rettungsboot hinterher, dafür stehe ich neben einem schwarzen Koffer, der haargenau so aussieht wie der, den ich heute Morgen in San Francisco aufgegeben habe. Der es aber eindeutig nicht ist.

PHOEBE.

Ich packe meinen Koffer – oder: What the …?

Die Luft in meinem Zimmer schmeckt abgestanden und riecht nach den vergangenen vier Wochen, in denen niemand gelüftet hat. Wenn man George nicht explizit sagt: »Mach ein Mal die Woche das Fenster auf«, wird er es auch nicht tun. Ich glaube, das ist eine Praktikantenkrankheit, die er seit dem Weggang vom Magazin nie ganz abgelegt hat. Manche Dinge muss man ihm antragen, sonst passieren sie einfach nicht.

Ich schaue noch immer auf die penibel zusammengefalteten Hemden und dunklen Anzughosen, auf den marineblauen Kulturbeutel daneben, die Socken. Ich hatte keine Ahnung, dass man so packen kann. Mit so viel System.

Vielleicht ist dieser Moment ja gar nicht real?, flüstert die Hoffnung in meinem Kopf. Vielleicht träume ich das gerade nur. Vielleicht ist es erschreckend echt, aber erfunden. Eine Lüge meines Gehirns, die ich glaube, weil ich noch schlafe. Vielleicht muss ich nur aufwachen. Vielleicht klingelt jeden Moment der Wecker, und ich bin noch in San Francisco.

Mein Zeh pocht dumpf und schmerzhaft und zerstreut damit meine letzten Zweifel. Der Schmerz ist zu echt. Er zieht mein Bein hoch, als wollte er mir die Realität bestätigen. Als wollte er sagen: *Du bist vielleicht müde, aber das gerade ist wahr. Du bist wach. Du bist zurück in New York City. In deiner Wohnung. In deinem Zimmer. Und das da vor dir ist keine Halluzination.*

Ich weiche der Wahrheit aus und schaue hoch. Mein Blick verliert sich im unbestimmten Nichts, bleibt an Staubpartikeln hängen, die reglos in der Luft stehen, so wie ich vor diesem Koffer. Sonnenstrahlen dringen wie goldene Schwerter durch die schmutzigen Scheiben und machen den Staub zu Diamanten. Ich atme seufzend aus, die Partikel vor meinem Gesicht tanzen, dann klappe ich den Koffer zu und wieder auf, als würde ich hoffen, dass das den Inhalt neu lädt. Aber da sind immer noch die Hemden und der Kulturbeutel und diese verdammte Ordnung, die im absoluten Gegensatz zu dem Chaos in meinem Kopf steht. Mein rechtes Augenlid zuckt, mein Zeh schmerzt, und meine Haut ist von der Flugzeugluft total ausgetrocknet. Die Müdigkeit nagt an meinem Verstand und verlangsamt meine Gedanken. Ich bin auf eine Art erschöpft, die ich überall spüre.

Meine letzte Nacht in San Francisco war kurz. Zu kurz. Und nein, ich habe nicht ausgelassen gefeiert, ich war nicht in irgendeinem Club, habe nicht getrunken, sondern bin früh ins Bett gegangen. Neben mir auf dem Boden lag mein fast fertig gepackter Koffer, in meinem Bauch eine warme Vorfreude auf zu Hause. Mein Bewusstsein wollte sich gerade ergeben, die Gedanken loslassen, wegdriften … Ich war quasi bereits mit einem Fuß in anderen Sphären, als plötzlich ein markerschütterndes Kreischen die Stille der Nacht zerschnitten und mich mit rasendem Herzen und zitternden Händen in die Realität zurückgeholt hat. Eine Realität, in der das Kleinkind aus dem Nachbarzimmer plärrte, als würde es bei lebendigem Leib in hauchdünne Scheiben geschnitten. Ich saß senkrecht und schwitzend in meinem Kingsize-Bett und wusste nicht, ob ich die *Child Protective Services* anrufen oder nach nebenan gehen und das Kind erdrosseln soll.

Als mich der Wecker dann gefühlte sieben Minuten später aus einem nervösen Schlaf gerissen hat, war das wie ein Auffahrunfall. Ich bin mit brennenden Augen in Richtung Bad gestolpert, doch anstatt *durch* die Tür zu gehen, habe ich meinen kleinen Zeh lieber mit voller Wucht in den Türstock gerammt. Meine Motorik war wohl genauso kaputt wie ich. Der Knochen hat geknackt und ich geschrien – war vielleicht meine Rache an dem Baby. Eine ziemlich dämliche Rache, wenn man bedenkt, dass sie mir mehr weh getan hat als ihm.

Ich habe unter Tränen geduscht, mich unter Tränen fertig gemacht und dann im Taxi ein staubtrockenes und hartes Marmeladencroissant vom Frühstücksbüfett gegessen, das Margo vermutlich *Diabetes mit Erdbeergeschmack* genannt hätte. Das Frühstück war lausig, aber ob Sie es nun glauben oder nicht, es war das Highlight meines Morgens – aus meiner jetzigen Sicht, vielleicht sogar des ganzen Tages.

Eigentlich hatte ich vor, für die Rückreise Sneakers anzuziehen, habe diese Idee angesichts meines pulsierenden Zehs aber ganz schnell wieder verworfen und mir in der Hotel-Lobby ein Paar Birkenstocks in Rosé-Goldmetallic gekauft. Zusammen mit ein paar BHs mit passenden Höschen, weil sie reduziert waren und ich dachte, sie würden mich irgendwie aufheitern. Jetzt heitern sie jemand anderen auf. Wie auch immer, ich habe die Unterwäsche und meine hellgrauen Nike Air Max mit neongelber Sohle zu Leo in den Koffer gepackt, die Zähne zusammengebissen und alles Weitere stoisch hingenommen: den Stau zum Flughafen, das Einchecken, die Sicherheitskontrollen, den holprigen Start, das Plastik-Flugzeug-Essen, ja sogar das verkniffene Lächeln der mies gelaunten Stewardess.

Die Maschine hat holprig aufgesetzt und ich mich auf Internet und gute Nachrichten gefreut. Aber es gab nur eine, in der stand, dass Margo mich doch nicht abholen kann, weil sie eine schlimme Migräne-Attacke hat. Ich weiß, wie die bei ihr aussehen: Sie hat massive Sehstörungen und hört für ein paar Stunden nicht mehr auf, sich zu übergeben. Trotzdem war ich sauer. Nicht auf Margo, sondern auf alles andere. Die Welt, meinen Fuß, die Tatsache, dass ich fast einen Monat weg war, aber niemand am Flughafen auf mich warten wird. Kein Schildchen aus Pappe, auf dem in schwarzem Edding *Phoebe Steward* steht. Bei so was bin ich komisch. War ich schon immer.

Ich habe tief durchgeatmet und Margo geschrieben, dass ich hoffe, dass es ihr bald bessergeht, und dass ich mich auf sie freue. Schließlich kann sie nichts dafür, dass ihr Gehirn mangelhaft durchblutet ist. Außerdem gehe ich davon aus, dass sie gerade lieber mich abholen würde, als sich die Seele aus dem Leib zu kotzen.

Mein Koffer war einer der ersten, der auf das Band gespuckt wurde. Vielleicht hätte mich das stutzig machen sollen, weil es so gar nicht zu meinem restlichen Tag gepasst hat. Aber das hat es nicht. Ich Idiotin habe mich doch tatsächlich noch gefreut. Und es hat mich nicht einmal gewundert, dass die hintere rechte Rolle, die sonst immer klemmt, immer, jedes Mal, plötzlich reibungslos lief. Ich wollte einfach nur nach Hause, meinen Fuß hochlegen und mit George quatschen – der, als ich dann endlich ankam, nicht mal da war. Kein Zettel in der Küche, nichts. Ich habe einen Tee aufgesetzt und meinem Dad die obligatorische »Ich bin wieder da«-Nachricht geschrieben, was offensichtlich weder ihn noch Mom besonders interessiert hat, denn bisher kam keine Antwort. Ich habe Eva eine siebenminütige Sprachnachricht aufgenommen, die dann aber, passend zum Tag, direkt in dem kleinen roten Abfalleimer von WhatsApp verschwunden ist. Sieben Minuten meines Lebens, die nun für immer weg sind. Der Einzige, der sich gefreut hat, mich zu sehen, war Tony. Sie erinnern sich? Der dicke Kater? Er ist weiß-grau getigert und hat diesen blauen, leicht schielenden Blick, der ihn immer ein bisschen so aussehen lässt, als würde er lächeln. Und als wäre er doof. Aber auf eine niedliche Art und Weise.

Ich wollte nur kurz meine Jogginghose aus dem Koffer holen und mich dann mit Tony auf dem Schoß, einer frischen Tasse Tee und einer riesigen Portion Selbstmitleid bei Leo über alles auslassen, was mich nervt. Und danach wollte ich meine schlechte Laune und die schmutzige Wäsche für ein paar Stunden ignorieren und kurz zu meinen Eltern fahren, danach vielleicht mit Eva Jimmy Fallon schauen. Oder mit George etwas kochen – natürlich nur, falls ihm irgendwann wieder eingefallen wäre, dass ich heute nach Hause komme.

Stattdessen stehe ich jetzt hier und starre auf schwarze Herrensocken. Tony geht mir um die Waden, schmiegt seinen kleinen, warmen Körper an mich, schnurrt. Ihm ist das alles egal. Und global gesehen ist es das auch. Doch in der Enge meines Zimmers ist es eine Katastrophe. Kurz spiele ich mit dem Gedanken, Eva noch eine Sprachnachricht zu schicken, aber allein bei der Vorstellung, dass sie wieder im Nichts verschwinden könnte, sammelt sich die Wut in meinem Bauch, und ich greife statt nach meinem Handy trotzig nach dem fremden Kulturbeutel und öffne ihn.

Wow. Welcher Mensch ist, bitte, so ordentlich? Da bekommt man ja Angst. Sie denken jetzt vielleicht, ich übertreibe, aber das tue ich keineswegs. Der Inhalt dieser Tasche ist genauso akribisch gepackt wie der Rest. Entweder hat dieser Typ eine psychische Störung, oder er ist beim Militär. Anders kann ich mir das nicht erklären. Die Duschutensilien stehen stramm wie kleine Soldaten um eine dunkelblaue Zahnbürste, als würden sie sie bewachen. Die Borsten sind kerzengerade. Wahrscheinlich putzt dieser Kerl nie seine Zähne. Oder er hat das mit dem optimalen Druck echt raus. Ich lege den Kulturbeutel zurück und klappe den Koffer zu. Von außen könnte es meiner sein. Er hat sogar den gleichen beschissenen Aufkleber auf der Vorderseite – ein Zitat von Mark Knopfler, dem Sänger der Dire Straits. Wie wahrscheinlich ist es, bitte, dass sich zwei so unterschiedliche Menschen erst für dasselbe Koffermodell entscheiden und dann auch noch den gleichen Aufkleber draufkleben? Oder wie sehen Sie das? Ich meine, dieser Typ ist mein männliches Negativ. Er ist die Ordnung, und ich das Chaos. Wir sind Antagonisten, er weiß, ich schwarz, Gegenspieler auf einem Schachbrett, die sich nie begegnet sind. Bei dem Gedanken, dass gerade irgendwo in New York City ein gestörter Soldat oder sonst ein Ordnungsfreak mit einer Vorliebe für teure Anzüge und einschüchternd perfekt gefalteten Socken meine Sachen durchsieht, wird mir ganz anders.

Ich sinke neben dem Koffer aufs Bett.

Ja, es ist schade um die Schuhe. Und um die Klamotten. Und um die neuen BHs. Und mir missfällt auch der Gedanke, dass jetzt irgendein Fremder meine getragene Unterwäsche hat. Doch das alles wäre nicht so wichtig. Das alles wäre mir egal.

Hätte ich nur Leo.

PHOEBE. 45 MINUTEN SPÄTER.

It's a boy – oder: Kontrollzwang anyone?

Also«, sagt George, als er wieder mein Zimmer betritt.

Ja, George ist nach Hause gekommen. Und nein, er hat mich nicht vergessen. Er war in dem Delikatessensupermarkt um die Ecke, weil er mich mit einem schönen Abendessen überraschen wollte. *Ich hätte schwören können, du kommst erst eine Stunde später.* George und Daten – das hat noch nie wirklich funktioniert. Ich habe ihm bestimmt vier Mal gesagt, wann ich wieder da bin, es ihm sogar aufgeschrieben, ein fünftes hätte auch nichts geändert.

Als er vorhin vollbeladen mit Lebensmitteln zurückkam, hat er sich fast zu Tode erschreckt, als er mich durch die offene Zimmertür mit leerem Gesichtsausdruck neben dem Koffer vorgefunden hat.

Ich bin nicht oft ratlos, doch wenn ich es bin, löst das bei George eine seltsame Form von Aktionismus aus. So auch heute. Er hat die Einkäufe weggeräumt, Nummern herausgefunden, Telefonate geführt – kurz: Er hat versucht, mein Problem zu lösen. In solchen Momenten ist er wie ein Bruder. Und eigentlich nicht nur in solchen Momenten. Er kommt einfach nicht damit klar, wenn es mir schlechtgeht. Genauso geht es mir mit ihm.

George sinkt neben mir auf die Matratze. Ich habe mich in all der Zeit nicht bewegt. »Meine Freundin Rosie ist bis morgen im Urlaub, aber ihre komische Mitbewohnerin hat mir die Durchwahl gegeben, die wir brauchen«, sagt er.

Ich schaue auf. »Okay, und?«

»Die Frau von American Airways meinte, dass bisher niemand mit derselben Flugnummer wegen eines vertauschten Koffers angerufen hat.«

»Na toll«, sage ich mürrisch.

»Keine Angst, der wird sich schon noch melden.«

Ich schaue George fragend an. »Und was macht dich da so sicher?«

»Nimm es mir nicht übel, Bee, aber ich glaube nicht, dass der Typ, dem dieser Koffer gehört, scharf auf deinen Kram ist … Auch, wenn du wirklich sehr schöne Blümchen-Höschen hast.«

»Ha, ha. Sehr witzig.«

»Glaub mir, der meldet sich.« George lacht. »Außer natürlich, er hat beim Öffnen deines Koffers einen Herzinfarkt gehabt.«

Ich versuche, ernst zu bleiben, scheitere aber. »Du bist echt ein Blödmann«, sage ich und schüttle den Kopf. »So unordentlich bin ich jetzt auch wieder nicht.«

»Bee, du bist das reinste Chaos, und genau das liebe ich an dir, aber dieser Typ erwartet *das hier*.« George zeigt auf die Hemden in dem inzwischen wieder offenen Koffer. Und er hat recht. Jemand, der sein Zeug so packt, bekommt beim

Anblick meiner Sachen Schnappatmung. Ich versuche, mir vorzustellen, wie ein total gepflegter Kerl mit faltenfreiem Anzug und glattrasiertem Kinn den Reißverschluss meines Koffers öffnet und ihm der Deckel wie ein Wurfgeschoss entgegenschnellt, weil er dermaßen unter Druck steht. Immerhin musste ich mich heute Morgen draufsetzen, um ihn überhaupt zuzubekommen. »Wir sollten ihn auspacken.«

»Was?!« Ich starre George an.

»Wieso? Hast du vielleicht eine bessere Idee?«

»Das nicht, aber …«

»Wenn wir Glück haben, finden wir eine Adresse oder irgendeinen Anhaltspunkt, wem er gehört.«

Ich zögere. »Ich weiß nicht, es kommt mir irgendwie falsch vor, in seinen Sachen rumzuwühlen.«

»Was denkst du denn, was er gerade tut?« Ich schließe kurz die Augen, denke an Leo. *Scheiße.* »Bee, ich sage ja nicht, dass wir seine Anzüge auf eBay versteigern sollen, ich sage nur, dass wir nachsehen sollten, ob wir etwas finden, das uns deinem Tagebuch näher bringt.« Pause. »Ich nehme an, darum geht es dir. Um Leo. Richtig?« Ich nicke. »Vielleicht finden wir ja etwas in dem Koffer. Und wenn nicht, frage ich Rosie gleich morgen früh, was wir sonst noch unternehmen können.«

»Okay.«

»Okay?«

»Ja.« Stille. »Wer ist diese Rosie eigentlich?«

Jetzt zögert er. »Niemand, den du kennst.«

»Offensichtlich.« Ich lege den Kopf schräg.

»Das Einzige, was du wissen musst, ist, dass ihre Mitbewohnerin bei American Airways arbeitet und dir vielleicht helfen kann. Okay?« Ich schaue ihn wartend an. »Rosie ist eine Freundin.«

»Soso, eine Freundin also.«

Er seufzt. »Ich war vor Urzeiten mal mit ihr im Bett, zufrieden?«

»Ja, sehr. Und offensichtlich war sie es auch, denn immerhin redet sie noch mit dir.«

Er grinst. »Sie ruft sogar an.«

Wir lachen. Dann fällt Schweigen über uns, wir sitzen nur da und mustern den Koffer wie ein Neugeborenes, das jemand auf unserem Fußabtreter abgelegt hat, dann fangen wir an, ihn auszuräumen. Als ich die Hemden herausnehme, frage ich mich kurz, ob ich mir noch einmal die Hände hätte waschen sollen, und muss über mich selbst lachen. Immerhin operiere ich hier nicht am offenen Herzen.

»Ich wette, der Typ ist schwul.«

Ich bin so sehr damit beschäftigt, mir einzuprägen, wie was gepackt war – ungefähr so wie jemand, der sichergehen will, dass er wieder aus einem Labyrinth herausfindet –, dass ich erst nach ein paar Sekunden realisiere, dass George auf eine Reaktion von mir wartet. »Was hast du gesagt?«

»Dass der Typ bestimmt schwul ist.«

Ich halte inne und schaue hoch. »Wie kommst du denn darauf?«

»Welcher Hetero-Mann stopft bitte die Schulterpartie seines Sakkos mit Seidenpapier aus?«

Ich verdrehe die Augen. »Einer, der weiß, wie anfällig dieser Bereich für Knitterfalten ist und dass man sie so vermeiden kann?«, schlage ich vor.

»Echt jetzt? Das hast du dir doch gerade ausgedacht.«

»Nein, hab ich nicht.« Ich nehme ihm das Sakko aus der Hand und lege es fein säuberlich auf mein Bett.

»Woher zum Teufel weißt du so was?«

»Ich habe eine Weile bei einem Herrenausstatter gearbeitet.«

»Hast du da auch Maße genommen? Beinlängen und so?«

Ich muss lachen. »Du bist so ein Idiot, George.«

»Und du steckst voller Überraschungen.« Pause. »Und unnützem Wissen.«

»Von wegen unnütz«, nuschle ich, während ich mich daranmache, einen Stapel Boxershorts aus dem Koffer zu nehmen. Teure Baumwolle. Fein gewebt. Ihr Stoff ist glatt und weich, und ich halte sie etwas länger als nötig in den Händen.

»Eins muss man dem Typ lassen, er hat einen echt guten Geschmack, was Kleidung betrifft«, stellt George trocken fest und hält sich einen dünnen schwarzen Pullover vor den Oberkörper. »Falls wir nicht rauskriegen, wer er ist, kann ich den dann behalten?«

»Wir *werden* herausfinden, wer er ist«, fahre ich George an.

»Ist ja gut«, sagt er, wendet sich wieder dem Koffer zu und murmelt: »Komm wieder runter.«

Ich will ihm gerade sagen, dass ich bestimmt nicht wieder runterkomme, als ich am Boden des Koffers eine dicke cognacfarbene Dokumentenmappe bemerke. Ich greife danach. Sie ist unerwartet schwer. Viele hundert Seiten schwer. Ich streiche mit der Handfläche über das Leder.

»Wer packt bitte jeden Schuh einzeln in einen Schuhsack?«, fragt George in die Stille zwischen uns und hält zwei

Beutel in die Luft. »Der spinnt doch.« Als ich nicht reagiere, legt er sie zur Seite und schaut mir über die Schulter. »Was hast du da?«

»Keine Ahnung, irgendwelche Dokumente.«

»Willst du nicht nachsehen?« George mustert mich fragend, ich weiche seinem Blick aus. »Bee?«

»Vielleicht sind es private Unterlagen.«

»Ich dachte, du wolltest wissen, wer der Typ ist?«

»Es war deine Idee, George.«

»Und du warst einverstanden«, entgegnet er. »Komm schon, tu es einfach.«

Ich zögere kurz. Dann lege ich die Mappe aufs Bett, öffne den Reißverschluss und klappe sie auf. Vor mir liegt ein dicker Stapel Papier. Auf der ersten Seite steht in Maschinenschrift nur ein Satz: *Was von uns bleibt*.

»Was ist das?«, fragt George.

Ich blättere um, bemerke handgeschriebene Notizen, lese die ersten Sätze.

»Bee?«

»Keine Ahnung … Sieht aus wie ein Manuskript.«

DAVID.

Dirty Harry – oder: Writer's Life

Die deckenhohen Glasfronten verschlucken den tosenden Lärm der Stadt. Ich genieße den skurrilen Stummfilm, der sich zu meinen Füßen abspielt. Harrys Büro ist wie eine Parallelwelt, die an die hektische Realität angrenzt, aber dennoch von ihr verschont bleibt. Ich bin inmitten des Chaos und doch unendlich weit davon entfernt. Mein Blick schweift über die Häuserfronten, die sich archaisch über alles erheben und die Sicht auf den Himmel versperren. Ich schaue hoch in das kleine Stück Blau. Vor ein paar Stunden war ich selbst noch dort oben. Irgendwie seltsam. Die Sonne spiegelt sich in den Fenstern und schickt ihr Licht bis tief in die Straßenschluchten.

Ich mag die Ordnung in der Unordnung und die Ablenkung, die darin liegt, wenn man, wie ich, einfach nur dasteht und aus sicherer Entfernung das Leben beobachtet. Die vielen Menschen und die Choreografie, der sie intuitiv folgen, als würden sie fließen. Sie bemerken es nicht, weil sie Teil davon sind. Aber von hier oben kann man es sehen. Hier wird aus ihrem geschäftigen Treiben etwas seltsam Friedliches. Ich blicke auf die schillernde Kulisse, die mich umgibt, betrachte New Yorks rauhe Schönheit und ihr launenhaftes Wesen. Ihre Ecken und Kanten. Diese Stadt ist dreckig und laut, aber zur selben Zeit ist sie so lebendig und echt, dass ihr Anblick mir immer wieder den Atem verschlägt.

»David.«

Ich drehe mich um und lächle. »Harry. Schön, dich zu sehen.«

Er kommt in seinem seltsamen Gang auf mich zu, streckt mir die Hand entgegen. »Wartest du schon lange?«

»Nein«, sage ich und schüttle sie. »Vielleicht ein paar Minuten.«

»Dann bin ich beruhigt.« Harry sieht mich an wie ein Arzt einen Patienten, dann sagt er: »Gut siehst du aus.«

»Ich bin todmüde.«

»Merkt man nicht.« Er zeigt auf den blankpolierten Tisch neben sich. »Wollen wir uns setzen?«

»Gern.« Ich gehe zu einem der Sessel, ärgere mich, als eine der Rollen des Koffers schon wieder blockiert. Das sollte nicht passieren, es ist noch keinen Monat her, dass ich ihn gekauft habe. Ich konzentriere mich auf das Jetzt, ignoriere die Rolle, sage: »Danke, dass du so kurzfristig Zeit hast«, während ich mich setze.

»Du bist mein wichtigster Autor. Für dich würde ich nackt auf dem Times Square tanzen.« Ich schmunzle bei der Vorstellung. »Hat Shelly dir etwas zu trinken angeboten?«

»Hat sie«, antworte ich lächelnd. »Ich wollte nichts.«

Harry nimmt am Kopfende des Tisches, direkt neben mir Platz. »Aber jetzt willst du doch sicher einen Bourbon.«

»Wenn du auch einen trinkst.«

Er lacht nur trocken, und sein Bauch vibriert. »Du amüsierst mich immer wieder, David.« Er beugt sich schwerfällig vor, drückt auf eine der Tasten auf der Gegensprechanlage, die vor ihm steht, bellt seiner Assistentin entgegen, dass sie zwei Bourbon bringen soll, dann lehnt er sich wieder in seinem Sessel zurück und mustert mich. »Ich nehme an, du willst wissen, ob ich bereits in dein neues Manuskript reingelesen habe …«

»Hast du?«

»Selbstverständlich.«

Harry grinst selbstzufrieden, ich hebe die Augenbrauen. »Und?«

Als er gerade zur Antwort ansetzt, geht die Tür auf, und Shelly betritt den Raum. Der Bleistiftrock lässt sie nur kleine Schritte machen, und sie braucht ewig, bis sie den Tisch erreicht. Doch ihr Anblick macht das wieder wett. Shelly stellt die Gläser vor uns ab und schaut mich unter schweren Lidern an. Die Eiswürfel klirren.

»Kann ich sonst noch etwas für Sie tun?«

»Für mich nicht, danke«, sage ich, und sie lächelt. Es ist ein Lächeln, das alles bedeuten könnte. Teil ihres Jobs, eine Anmache, Freundlichkeit. Bei Shelly weiß ich nie, ob sie mit mir flirtet, oder ob sexy zu sein bei ihr wie ein lästiger Tick ist, den sie einfach nicht abstellen kann.

»Danke, Shelly, das wäre dann alles.«

Sie wendet sich ab, und Harry sieht ihr auf eine Art nach, die Linda garantiert nicht gefallen würde.

Ich räuspere mich. »Wie geht es deiner Frau?«

Harry zieht die Stirn kraus. »Gut. Danke.« Er lehnt sich zurück und verschränkt die Finger auf seinem Bauch. »Also, zu deinem Manuskript.« Ich richte mich in meinem Sessel auf. »Es ist …« Harry macht eine Pause.

»Es ist?«, frage ich angespannt.

»… anders.« Noch eine Pause. »Versteh mich nicht falsch, David, es ist wirklich gut … Um ehrlich zu sein, ist es sogar brillant.« Er seufzt. »Es ist nur« – er zögert – »sehr *persönlich*.«

»Ist das ein Problem?«

»Für mich nicht«, antwortet Harry.

»Für mich auch nicht.«

»Bist du dir da sicher?« Er streckt sich nach seinem Bourbon. »Ich meine, willst du wirklich, dass jeder da draußen« – er macht eine unbestimmte Handbewegung in Richtung der Fensterfront – »weiß, wie beschissen deine Ehe war? Und wie sie auseinandergegangen ist?«

Ich atme tief ein. »Es ist das Beste, was ich je geschrieben habe.«

Harry schwenkt sein Glas, nimmt einen Schluck. »Das ist gut möglich.«

»Aber?«

»Nichts aber. Es ist nur sehr persönlich, das ist alles.«

»Das ist mir bewusst.« Meine Finger umschließen das kühle Glas. Als ich es an die Lippen führe, klirren die Eiswürfel erneut träge, und der süßlich herbe Duft des Bourbons steigt mir warm in die Nase.

»Was ist mit Maggie?«, fragt Harry.

»Was soll mit ihr sein?«, frage ich zurück.

»Na ja, ich schätze, sie wird nicht gerade begeistert davon sein, wie du sie darstellst.«

Meine Schlagader dehnt sich aus und zieht sich wieder zusammen.

»Wieso, wie stelle ich sie denn dar?« Ich klinge ruhig, vielleicht etwas zu kühl.

»Ich weiß auch nicht«, sagt Harry vage und zuckt mit den Schultern. »Wie ein ehebrecherisches, manipulatives Miststück?«

»Dann habe ich sie doch ganz gut getroffen.«

In seinen Augen funkelt ein Lächeln. »Es geht mir nicht um Maggie.«

»Sondern?«

»Um das, was sie tun wird, wenn wir das so veröffentlichen.«

»Was soll sie schon tun? Alle Schauplätze und Namen sind geändert. Es ist Fiktion. Nichts weiter.«

»Sie kann dir das Leben trotzdem schwermachen, David, und das weißt du.«

Er hat recht, das kann sie. Sie tut es seit Jahren. Ich frage mich, ob das jemals anders war, kann mich nicht erinnern. An nichts. Sie ist nicht mehr die Frau, die ich einmal in ihr gesehen habe. Kurz frage ich mich, ob es sie je gab oder ob ich einfach nur aufgehört habe, sie so zu sehen. Doch ich glaube, sie hat aufgehört, so zu sein. Ich schwenke das Glas und nehme noch einen Schluck. Die weiche Flüssigkeit berührt meine Lippen, meine Zunge und gleitet dann meinen Hals hinunter.

»Sie wird nichts Unüberlegtes tun«, sage ich schließlich. »Maggie ist nicht dumm.«

»Genau deswegen mache ich mir Sorgen.«

»Das brauchst du nicht. Sie hat eine Verschwiegenheitserklärung unterschrieben.«

»Okay. Ich wollte nur sichergehen, dass dir klar ist, was du tust.«

»Und das weiß ich wirklich zu schätzen«, sage ich mit einem sarkastischen Unterton.

Harry lächelt süffisant, prostet mir zu. »Na dann, auf deinen nächsten Bestseller.«

Wir stoßen an, trinken den Rest unseres Bourbons in einem Zug leer. Harry schnalzt mit den Lippen, stellt sein Glas ab, schaut wieder zu mir.

»Was ist?«, frage ich und stelle meines daneben.

»Nichts, ich warte auf deinen Ausdruck. Du hast es doch ausgedruckt, oder?«

»Ich nehme an, das ist eine rhetorische Frage«, sage ich.

»So ist es. Also, dann her mit deinen üblichen fünf Kilo Papier mit den drei Millionen krakeligen Überarbeitungsnotizen.«

»Es ist dieses Mal nicht so viel. Ich habe drei Kapitel stark gekürzt, eins gestrichen. Ansonsten sind es nur Kleinigkeiten.« Pause. »Außerdem brauchst du gar nicht so zu tun – du liebst meine Überarbeitungsnotizen.«

Ich warte auf seine »Winston Churchill«-Pose, und da kommt sie. Harry lehnt sich zurück, lächelt mich schief an und faltet die Hände vor seinem Bauch. »Junge, ich hasse deine Notizen.«

»Ich weiß.«

Er zeigt auf meinen Koffer, seufzt. »Ich nehme an, der Ausdruck ist da drin?«

»Ist er.«

»Na, dann zeig mal her.«

DAVID.

Koffer, öffne dich – oder: When David met Phoebe

»Interessante Unterwäschewahl«, sagt Harry, während ich fassungslos auf die Unordnung vor mir schaue. »Ich dachte, du wärst eher der klassische Typ, aber ein Mann wie du kann ja eigentlich alles tragen.« Mein Kopf ist leer, meine Miene versteinert. Ich kann mich nicht bewegen. »Wenn du mir jetzt sagst, dass das die Höschen deiner zahlreichen Errungenschaften sind, dann rede ich nie wieder mit dir …« Spitzen-BHs in Türkis, Rosa und Mint, Jeans, hellgraue Turnschuhe mit neongelber Sohle. Panik steigt in mir auf.

Kein Manuskript.

»David? Ist alles okay?«

»Das … das ist nicht mein Koffer.« Meine Stimme klingt verstörend fremd. Ich spüre ein taubes Kribbeln in meinen Händen, und kurz fühlt es sich an, als würde der Boden unter mir nachgeben. Ich taste nach der Tischplatte, stütze mich darauf ab. Das Holz ist poliert und glatt. Und angenehm kühl. Mein Herz rast. Ich spüre Harrys Hand an meinem Arm. Er drückt mich in den Sessel zurück, dann höre ich, wie er Shelly über die Gegensprechanlage anherrscht, sie soll sofort ein Glas Wasser bringen. Als ob Wasser etwas ändern würde.

Mein Manuskript ist weg. Es ist bei einem Messie mit einer Vorliebe für neonfarbene Sportschuhe und Unterwäsche in Pastelltönen. Ich schaue ratlos auf die grobe Spitze. Unter anderen Umständen würde sie mir vielleicht sogar gefallen.

»David.« Ich schaue hoch. »Es ist nur Papier.«

»Mein fertig überarbeitetes Manuskript mit all meinen Notizen und Anmerkungen ist bei einer totalen Chaotin, und du sagst, es ist nur Papier?!«

»Okay, ja«, sagt Harry ruhig, »das ist wirklich bedauerlich, aber …«

Ich springe auf. »Bedauerlich? Hast du gerade wirklich *bedauerlich* gesagt!?«

»Das war unglücklich formuliert … Was ich eigentlich sagen wollte, ist, dass wir von Glück reden können, dass es sich nicht um die *digitale* Version handelt.« Er lächelt väterlich, versucht, überzeugend zu klingen. »Das meinte ich mit, *es ist nur Papier.*«

»Und was ist, wenn die Höschen-Lady es abtippt und veröffentlicht? Was dann?«

Harry macht eine Pause, dann sagt er: »Das wäre ein Desaster.« Ich sinke in den Sessel zurück. »Aber das wird nicht passieren, David.«

Ein Jahr Arbeit. Ein ganzes Jahr. Ich schließe die Augen und konzentriere mich darauf, mich nicht zu übergeben, atme ein und aus. Immer wieder. Besinne mich auf das Gefühl, wie die Luft meine Lungen ausdehnt. Mir steigt ein blumiger Duft in die Nase. Er ist warm und angenehm und macht mich so unbeschreiblich wütend, dass ich mich mit beiden Händen an den Armlehnen meines Sessels festhalten muss, um den Koffer nicht vom Tisch und quer durch Harrys Büro zu schleudern. Ich bin noch nie ausgerastet. Ich war ein paar Mal kurz davor, aber ich habe mich jedes Mal zusammengerissen. Weil man das nicht tut. Ausrasten. Weil ich zu kultiviert bin. Zu gut erzogen. Aber in diesem Moment bin ich kurz davor, mich und das alles zu vergessen.

»David.« Ich spüre Harrys schwere Hand auf meiner Schulter, öffne die Augen. Er hält mir ein Glas Wasser hin, und ich sehe aus dem Augenwinkel, wie Shelly das Büro verlässt. »Fahr nach Hause und ruh dich aus.« Ich schnappe nach Luft, will ihn anschreien, aber Harry schüttelt nur den Kopf, hält mir noch immer das Wasserglas entgegen. »Du musst dich beruhigen. Hier, trink einen Schluck.« Ich tue, was er sagt, auch wenn ich nicht weiß, warum. Obwohl ich keinen Durst habe. »Du fährst jetzt nach Hause, und ich kümmere mich um deinen Koffer.« Er sieht mich an. Sein Blick ist eine Mischung aus fürsorglich und streng. »Ich vermute mal, Shelly hat deinen Flug gebucht?« Ich nicke. »Gut, dann hat sie alles, was wir brauchen.« Er wendet sich ab, dreht sich dann aber doch noch einmal zu mir um. »Und wo finde ich dich? In Brooklyn oder in deinem Apartment?«

»In meinem Apartment.«

»Okay.« Er nimmt mir das Glas aus der Hand, zeigt auf den Koffer. »Den kannst du hierlassen, wenn du willst.«

Ich schüttle den Kopf. »Nein«, sage ich, »den nehme ich mit.«

PRESS + BOOKS
Bahnstraße 5
42697 SOLINGEN
www.pressbooks.de

Bahnhofs-Handels-Vertriebs GmbH
Ust-IdNr. DE146149646

		EUR
Mängel TB 3,99 € .		3,99 B

TOTAL [1]	EUR	3,99
Euro	EUR	5,00
Rückgeld	EUR	-1,01
Nettobetrag	EUR	3,73
B=MwSt 7%	=	0,26

Schublade: 12

Datum	Zeit	VST	Pos	Bon
06.12.18	11:07	DEVR00393	002	4670

Vielen Dank für Ihren Einkauf.
Prepaid-, Guthaben- und Geschenkkarten
sind vom Umtausch ausgeschlossen.

PHOEBE. ZUR SELBEN ZEIT.

Sweet Home New York City – oder: Der Bruder, den ich niemals hatte

Bee, die Nudeln müssen raus«, sagt George und nickt zu einem der Töpfe, während er die Soße abschmeckt.

»Geht klar.« Wenn George kocht – was meistens ist –, bin ich seine rechte Hand. Manchmal glaube ich, dass an mir eine wirklich gute Zahnarzthelferin verlorengegangen ist. Oder eine OP-Schwester. Oder eine Restauratorin. Ich bereite vor, schneide, räume auf. Im Normalfall brauche ich auch keine Anweisungen, aber heute bin ich fußlahm – und mit den Gedanken bei dem Manuskript, das nebenan wie ein böser Geist auf meinem Bett liegt.

Ich nehme den Topf und humple zur Spüle. Die Luft in unserer kleinen Küche ist feucht und duftet nach Pasta und Basilikum und der fruchtigen Aurorasoße, die ich so sehr liebe – Georges Spezialität. Ich schaue kurz zu ihm hinüber und muss lächeln. Ja, ihn *für ein paar Wochen* bei mir einziehen zu lassen war eine der besten Entscheidungen meines Lebens. Es gab schon viele Männer, aber nur einen George.

Er kann zuhören, ist ziemlich witzig und versorgt mich mit wertvollen Männer-Insider-Infos. Und er kann kochen. Im Gegensatz dazu bin ich eher jemand, der sehr gut essen kann. Wir ergänzen uns also perfekt. Ich wette, das ist genetisch. Also, das mit dem Kochen, meine ich. In Wirklichkeit heißt George nämlich gar nicht George, sondern Giorgio. Aber außer seiner Mutter und seinen beiden älteren Schwestern nennt ihn niemand so. Okay, manchmal nenne auch ich ihn so, aber nur ganz selten und wirklich nur, wenn er es verdient hat.

Georges Großeltern leben noch auf Sizilien. In einem kleinen Haus direkt am Meer. Ich habe George mal gefragt, ob es so aussieht wie bei *Der Pate*, aber er hat nur die Augen verdreht. Georges Familie hat ein italienisches Lokal in Brooklyn – eine Institution –, ganz in der Nähe vom Haus meiner Eltern. Ein Mal die Woche kommt seine Mom mit dreitausend Tupperboxen bei uns vorbei und füllt unseren Kühlschrank bis oben hin mit allem, was bei ihnen im Restaurant übrig geblieben ist.

Ich liebe Maria. Und ich liebe Vincenzo, Georges Dad. Manchmal wünschte ich, ich würde auch George lieben. Natürlich nur, wenn er auch mich lieben würde. Aber bei uns ist kein Funke. Und da war auch nie einer. Ganz egal, wie viel wir in der Zeit, in der wir jetzt zusammenwohnen, getrunken oder gekifft haben. In seinen Armen schlafe ich einfach nur ein, mehr nicht. Ich glaube, eine Weile haben wir uns beide heimlich gewünscht, dass da mehr zwischen uns wäre, aber da waren nur wir: funkenlose unbiologische Geschwister. Was wirklich ärgerlich ist, weil wir im Grunde perfekt zusammenpassen. George und ich können über alles reden, mögen dieselben Dinge und haben eine wunderbare anglo-italienische Streitkultur entwickelt, die es uns beiden ermöglicht, dann und wann Dampf abzulassen, ohne den anderen für immer zu vergraulen. Seine Familie liebt mich, ich liebe sie, und bis auf das Nasen-Piercing, das mein Dad immer nur *den Bullenring* nennt, finden er und Mom George auch absolut großartig. Und das trifft es ziemlich gut. George *ist* großartig. Er ist loyal, hat was im Kopf und sieht auch noch gut aus. Aber eben nicht auf die »Bitte, zieh dich aus«-Art.

In meiner Fantasie ist George grundsätzlich angezogen, und das war er auch immer. Sogar in Zeiten, in denen ich mich einsam und ungeliebt gefühlt habe oder total spitz war. Wahrscheinlich sind wir uns einfach *zu ähnlich*. Wie zwei gleich gepolte Magnete, die sich gegenseitig abstoßen. Ich glaube, wenn ich ein Mann wäre, dann wäre ich George. Sogar vom Aussehen. Wir haben beide wuschelige braune Haare – die Sorte wuschelig, die bei Männern sexy ist und bei Frauen irgendwo zwischen ungekämmt und ungepflegt. Wir haben beide große dunkelbraune Augen, bei deren Anblick Eva immer an Jersey-Kälber denken muss, relativ kleine Nasen und markante Kiefer. Wir sehen eindeutig verwandt aus. Wenn man es genau nimmt, um einiges verwandter als Eva und ich.

Das mit George und mir war Mögen auf den ersten Blick. Da war nichts, wovon ich Leo erzählen müsste. Oder jetzt Ihnen. Okay, genau genommen habe ich Ihnen gerade davon erzählt, aber ich denke, Sie verstehen schon, wie ich das meine.

Ich seihe die Tortellini ab, gebe einen ordentlichen Schuss Olivenöl darauf, damit sie nicht zusammenkleben, mische sie durch und decke sie ab. Auf den drei Metern zum Kühlschrank bleibe ich zwei Mal stehen, weil mein verdammter Zeh so weh tut. Und das, obwohl er inzwischen fachmännisch versorgt wurde. Sie denken jetzt vielleicht, dass ich übertreibe, aber das tue ich keineswegs. George hat eine regelrechte Wissenschaft daraus gemacht. Ich dachte, wir sterben auf dem Sofa, so lange hat das mit dem Verband gedauert. Ich hole den Parmesan und humple zum Tisch zurück.

»So schlimm?«, fragt George und schaut mich mitfühlend an.

»Was für ein beschissener Tag«, murmle ich, während ich den Käse reibe.

»Wer weiß, wofür das alles gut ist«, sagt er.

Ich halte inne und lege die Stirn in Falten. »Du glaubst doch nicht im Ernst, dass das hier« – ich deute mit dem Käse erst auf meinen Fuß und dann zu meinem Zimmer – »für irgendwas gut ist, oder?«

George zuckt mit den Schultern und grinst entschuldigend. »Doch, das tue ich.«

»Moment … Das heißt dann also, dass das alles Schicksal ist? Mein kaputter Zeh und dieses Kofferdesaster sind *Schicksal?*«

»Wenn du so willst« – er nimmt etwas Salz zwischen Daumen und Zeigefinger, gibt es zur Soße und schaut dann wieder zu mir –, »ja.«

»Dann *sollte* mir das passieren?«

»Ich behaupte ja nicht, dass du es verdient hast …«

»Indirekt tust du das sehr wohl.«

Pause.

»Nein, tue ich nicht. Ich denke nur, dass alles einen *Grund* hat«, sagt er und nickt zu dem Käseklumpen in meiner Hand. »Und wenn du nicht allzu sehr an dem Parmesan als Ganzes hängst, wäre es wirklich toll, wenn du ihn zu Ende reiben könntest.« George grinst. »Das Essen ist nämlich fertig.«

PHOEBE

Everything's not lost – oder: Der Boss in meinem Bett

Ich glaube, so riecht der Himmel. Ganz genau so. Nach einer Mischung aus frischem Parmesan, fruchtiger Tomatensoße und süßer Sahne. Die Tortellini schwimmen in einem Meer aus Orange und Rot, und ich sehe dem Käse dabei zu, wie er langsam schmilzt und sich an ihre Oberfläche klebt. Als ich endlich probiere, schließe ich genüsslich die Augen. Die Soße ist so cremig und perfekt gewürzt, dass ich kurzzeitig alles um mich herum vergesse – meinen Zeh, den verlorenen Koffer, ja, sogar Leo. Es gibt nur noch dieses Gedicht in meinem Mund und die Abendluft, die durch das offene Fenster in Wellen zu uns in die Küche strömt.

So aufregend und neu die Zeit in San Francisco auch war – *das hier* ist zu Hause. George und unsere Wohnung und dieses Essen. Vor ein paar Tagen fand ich den Gedanken, wieder zurückzukommen, noch seltsam, immerhin hatte ich mich gerade so richtig eingewöhnt, aber jetzt, wo ich hier sitze, ist es, als wäre ich nie weg gewesen. Ich zerteile eine Nudel in der Mitte, beobachte, wie sich die Füllung mit Soße vollsaugt, und schiebe mir dann beide Hälften auf einmal in den Mund.

»Sieht so aus, als würde es dir schmecken …« Ich schaue George an und nicke. »Dann ist der Tag also nicht komplett beschissen?«

»Du hast ihn gerettet«, sage ich, nachdem ich runtergeschluckt habe.

»Das wollte ich hören.« Er grinst und greift nach der Schüssel mit dem Käse, streut sich noch etwas über sein Essen, dann sieht er mich an und fragt: »Wie war die letzte Woche? Ist mit dem Projekt alles gutgegangen? Sind alle zufrieden?«

»Mehr als das«, sage ich lächelnd, »Peter hat sogar gefragt, ob ich nicht einfach in San Francisco bleiben und für ihn arbeiten will.«

»Ein neuer Boss wäre vielleicht gar nicht so schlecht.«

»Gott, George, bitte fang nicht schon wieder damit an.«

»Womit denn?«

»Das weißt du genau.«

»Okay.« Pause. »Und wann wird es die erste Ausgabe von FRISCO TRND geben? Steht das schon fest?«

»Keine Ahnung«, sage ich genervt. »Ich glaube, in so drei, vier Monaten.« Ich tauche meine Gabel in die Soße, hebe sie an, sehe dabei zu, wie sich orange Tropfen zäh von ihren Zinken lösen, dann schaue ich auf. »Wieso muss ich mich eigentlich immer wieder dafür rechtfertigen?«

»Wofür?«

»Na, dafür, dass ich mit Gabriel schlafe?« Ich lege die Gabel weg und schenke mir Wasser nach.

»Bee, es geht doch nicht darum, dass du mit Gabriel schläfst.«

»Ach, nein? Und warum reden wir dann immer wieder darüber?«

»Weil er *dein Boss* ist.«

»Und? Dann ist er eben mein Boss.«

George lächelt resigniert und schüttelt den Kopf.

»Was?«, fahre ich ihn an. »Was gibt es da zu lächeln?«

»So was endet niemals gut, und das weißt du.«

Ja, das weiß ich, denke ich, frage aber: »Wieso, was wäre denn ein gutes Ende? Gabriel und ich, wie wir in den Sonnenuntergang reiten?«

»Ich hoffe, du meinst damit auf einem Pferd«, sagt George, und ich muss lachen. »Bee, ich kenne diesen Typ nicht besonders gut, aber das, was ich kenne, mag ich nicht.«

»George, ich will nichts von Gabriel. Das mit ihm und mir ist nur Sex.«

»Es ist fast nie nur Sex.«

»Bei den meisten mag das stimmen, aber du kennst mich. Ich bin keine von den Frauen, die sich andauernd verlieben.«

»Nein, du bist eine von den Frauen, die sich *nie* verlieben.«

»Na, dann ist doch alles gut«, sage ich.

»Nichts ist gut, Bee. Männer lieben das, was sie nicht haben können.«

»Was soll das denn jetzt schon wieder heißen?« Ich setze das Glas an, trinke einen Schluck.

»Dass ich nicht meinte, dass du Gefahr läufst, dich in ihn zu verlieben, sondern er sich in dich.«

Ich verschlucke mich fast, etwas Wasser schwappt auf den Tisch. »Gabriel? Sich in mich verlieben? Niemals.« Ich muss lachen. »Der Typ kann gar nicht schnell genug von mir runtersteigen.«

»Warum schläfst du überhaupt mit so einem blöden Arschloch?«

»Willst du darauf wirklich eine Antwort?«

George stochert in einer Nudel herum, dann schaut er auf. »Ist der Sex wirklich *so* gut?«

»Auf einer Skala von eins bis zehn ist Gabriel eine solide Acht.« Ich zucke mit den Schultern. »Man schickt eine solide Acht nicht einfach weiter. Schon gar nicht in einer Stadt wie New York City.«

»Okay«, sagt George, dann schweigen wir ein paar Sekunden. Die Stille ist angenehm nachdenklich, bis er sie bricht. »Hast du ihn in den letzten vier Wochen gesehen?«

Ich weiche seinem Blick aus, aber er ist wie ein Speer, der mich aufspießt.

»Bee?«

»Nur zwei Mal«, sage ich kleinlaut, »und auch bloß ganz kurz«, füge ich hinzu.

»Was soll das heißen, bloß ganz kurz? Seid ihr zusammen im Aufzug gefahren, wart ihr Mittag essen, hattet ihr Sex? Was?«

»Er war bei zwei Meetings dabei, okay?«

Georges Augenbrauen wandern Richtung Haaransatz. »Und?«

»Und danach hatten wir Sex.«

»Gott, Bee, kapierst du's nicht? Der Typ fährt sogar nach San Francisco, um dich zu sehen.«

»Das ist doch gar nicht wahr.«

»Sogar, wenn du auf seiner Skala eine solide Zehn bist – man fliegt doch nicht nur für Sex nach San Francisco!«

»Er …«, sage ich ausweichend, »er hatte Termine.«

»Mhm, genau.« George schaut mich an wie ein verzweifelter Vater. Wie jemand, der genau sieht, dass man auf sein Verderben zusteuert. »Weißt du, was ich glaube?«

»Nein, George, das weiß ich nicht, und ich will es auch nicht wissen«, sage ich genervt, vor allem, weil er vermutlich recht hat. »Gabriel und ich haben von Anfang an klargemacht, dass das zwischen uns nur Sex ist. Mehr nicht.«

»War das nicht mit, wie hieß er noch, Dawson, auch so? Und davor mit Will? Und davor mit Matt? Habt ihr nicht auch *ganz klargemacht*, dass es nur Sex ist?«

»Was kann ich, bitte, dafür, dass Typen, sobald man ihnen sagt, dass man noch nie richtig verliebt war und dass man keine Beziehung will, auf einmal unbedingt eine haben wollen?« Ich schüttle verzweifelt den Kopf. »Ganz ehrlich, das ist wie ein Zauberspruch. Und am Ende stehe ich dann da wie eine verdammte Gottesanbeterin, die ihre Männer nach dem Sex verspeist, obwohl ich von Anfang an immer die Karten offen auf den Tisch gelegt habe.«

»Bee, ich stelle dir jetzt eine Frage, und ich will, dass du genau darüber nachdenkst. Okay?«

Alles in mir sträubt sich dagegen, aber ich nicke. »Okay.«

»Warum sollte es dieses Mal anders laufen als bei Dawson, Will und Matt? Dieses Mal ist es nämlich nicht einfach ein Typ, dem du nach ein paar Wochen sagen kannst, dass er verschwinden soll. Dieses Mal ist es dein Boss.« Ich hole Luft, will ihm ins Wort fallen, aber er hebt nur abwehrend die Hände. »Und bevor du jetzt damit kommst, dass du ein Gründungsmitglied bist und er dich nicht so ohne weiteres feuern kann – doch, das kann er. Ihr habt ihm den vollen Handlungsspielraum eines CEOs zugesprochen.« Pause. »Er hat das Sagen. Du weißt, dass ich recht habe.« *Ja, das tue ich.* »Gabriel ist ein Genussmittel, von dem du zu spät begreifen wirst, dass es süchtig nach dir ist.« Noch eine Pause. Dieses Mal länger. »Wenn du es dir mit ihm versaust, Bee, hätte das unschöne Konsequenzen.«

Ich lasse diesen Satz auf mich wirken. Was, wenn Gabriel wirklich mehr will? Wenn meine solide Acht auf einmal die Nummer eins werden möchte?

»Du hast recht«, sage ich schließlich, »ich muss damit aufhören.«

»Moment, du … du stimmst mir zu?« George schaut mich so erstaunt an, dass ich kurz lachen muss.

»Ja, das tue ich. Aber weißt du, was mich nervt?«

»Nein, was?«

»Wenn alles andersrum wäre, wenn Gabriel mir sagen würde, dass er keine Beziehung will, und ich würde mich trotzdem auf ihn einlassen, und dann würde er nach ein paar Monaten das wiederholen, was er von Anfang an gesagt hat, nämlich, dass er keine Beziehung will und dass es vorbei ist, dann würde ich heulen und ihm sagen, dass ich ihn liebe, und keiner hätte ein Problem damit. Und weißt du, warum? Weil wir irgendwann akzeptiert haben, dass Männer Arschlöcher sind und Frauen nun mal auf sie reinfallen. Wir würden es hinnehmen, weil wir es so kennen. Ihr Männer sagt immer, ihr wollt was Unkompliziertes. Eine Frau, die nicht an euch hängt wie eine Klette. Ihr redet von diesem ›Freunde mit gewissen Vorzügen‹-Quatsch, und wenn dann mal eine kommt, die genau das will, wollt ihr auf einmal eine Beziehung. *Warum?*«

»Scheiße, Bee, du klingst wie ein Mann.«

»Genau das hat Dawson damals auch gesagt.«

»Deine Typen können einem echt leidtun, weißt du das?«

»Leidtun? Ich wäre ein Hauptgewinn, wenn sie es richtig anstellen würden. Und was tun sie? Sie werden anhänglich wie Glitter!«

George versucht, sich ein Grinsen zu verkneifen, scheitert aber. »Also, nach diesem Gespräch«, sagt er, während ich mit der Gabel in die letzte Nudel steche und sie mir in den Mund schiebe, »glaube ich irgendwie doch, dass du das alles verdient hast.«

Ich richte mich in meinem Stuhl auf, schlucke und frage: »Wie bitte?«

»Du hast Dawson, Matt und Will das Herz gebrochen und dir jetzt den Zeh. Vielleicht war es Karma.«

Ich ziehe die Augenbrauen hoch. »Wenn man danach geht, dürftest du überhaupt keine Zehen mehr haben.«

Er grinst und sammelt das Geschirr ein.

»Ach ja«, sage ich, »wo wir gerade bei armen Männern sind.« Er schaut mich misstrauisch an. »Gibt es etwas Neues zwischen dir und Margo?«

»Ich will nicht drüber reden.«

»Denkst du denn, ich wollte gerade über das alles reden?« George schaut mich an, und sein Blick sagt: *Bitte, bitte verschon mich*, doch ich antworte: »Komm schon, hol den Wein, wir müssen über Gefühle reden.«

DAVID.

All by myself – oder: A Walk Down Memory Lane

Ich nehme eine Flasche Wein aus dem Regal und ein Glas aus dem Küchenschrank. Mein Magen knurrt laut und lang. Manchmal wünschte ich, man müsste nichts essen. Nie wieder. Einmal von nichts abhängig sein. Die Fliesen sind kühl unter meinen nackten Fußsohlen. Ich stelle den Wein und das Glas ab und schaue in den riesigen Kühlschrank. Bis auf ein Stück gesalzene Butter, das übel zugerichtet auf einem Unterteller liegt, und ein kleines Stück ungarische Salami ist er leer. Mein Blick fällt auf die angebrochene Packung Toast auf dem Tresen neben mir. Auf der obersten Scheibe wuchern unübersehbar blaugrüngraue pelzige Flecken. Sie sehen aus wie kleine Waldstücke auf staubtrockenem Boden. Ich betrachte ihre weiche Oberfläche genauer und erinnere mich dunkel daran, wie Onkel Theo einmal gesagt hat: *Nur, weil du etwas nicht sehen kannst, heißt das nicht, dass es nicht da ist, David.*

Jeder andere hätte Luft oder Liebe gewählt, um diese These zu untermauern, aber Onkel Theo war nicht jeder.

Auf meine Frage nach einem Beispiel hat er geantwortet: *Pilzsporen. Man kann sie nicht mit dem bloßen Auge erkennen, und doch ziehen sie sich durch das Brot wie Adern durch den menschlichen Körper.* Ich sehe sein faltiges Gesicht vor mir, muss lächeln. *Und mit der Fantasie verhält es sich genauso, mein Junge.*

Ich atme tief ein, werfe fünf Stück Toast in den Müll, die letzten beiden stecke ich in den Toaster. Onkel Theo würde mir bestimmt dazu raten, alle wegzuwerfen, aber mein Hunger ist größer als die Wahrscheinlichkeit, dass sie mich umbringen, also werde ich sie essen. Ich hole einen Teller aus dem Schrank, schneide die Salami in dünne Scheiben, öffne den Wein. Dann buttere ich den heißen Toast, stelle den Teller, das Glas und die Weinflasche auf ein Tablett und gehe nach nebenan.

Es dämmert. Ich liebe New York noch mehr, wenn es dämmert, wenn die blaue Stunde beginnt und alles in dieses beinahe unechte Licht rückt. Wie ein Filmset. Verschlafen, märchenhaft. Die Hochhäuser, die sich wie steife Arme nach dem Himmel ausstrecken, die vielen Lichter in den Fenstern, die unterschiedlichen Fassaden, die den Central Park umgeben, der wie ein Schutzwall zwischen mir und dem Rest der Welt liegt. Ein dunkles Rechteck mitten im Licht.

Ich stelle das Tablett auf dem Sofa ab, nehme einen der beiden Toasts in die Hand und gehe zur Fensterfront hinüber. Das Glas ist so sauber, dass es einen Moment lang wirkt, als wäre es nicht da, bis das Erscheinen meines Spiegelbildes die Illusion zerstört. Ich betrachte mein Gesicht und schüttle unwillkürlich den Kopf. Je älter ich werde, desto mehr sehe ich aus wie mein Vater. Der breite Kiefer, die Geheimratsecken, das leicht gewellte Haar. Meine Nase und die Brauen könnten auch seine sein. Er war in meinem Alter, als er starb. Ein seltsamer Gedanke. Eben waren Mom und er noch da, und dann waren sie unwiederbringlich verschwunden. Vom Antlitz der Erde gewischt. Meine Reflexion mustert mich wie er. So sah er aus, als ich ihn zum letzten Mal gesehen habe. Ein Lächeln auf den schmalen Lippen, ein wissender Ausdruck in den stahlblauen Augen. Onkel Theo hat immer gesagt, dass unsere Eltern in meinem Bruder und mir weiterleben. Als Kind habe ich das nicht verstanden, inzwischen sehe ich, was er meinte.

Ich schiebe die Tür zur Terrasse auf. Mein Gesicht bewegt sich übers Glas, verschwindet. Warmer Wind weht mir entgegen, weit entfernt höre ich eine Sirene. Ich mag es, in der Anonymität der Stadt verlorenzugehen. Wenn niemand mich kennt, fällt es mir leichter, ich selbst zu sein, mich daran zu erinnern, wer ich bin, weniger zu versuchen, den Erwartungen anderer zu entsprechen.

Ich mache ein paar Schritte nach draußen, beiße in den Toast. Er krümelt, schmeckt salzig, ist kross, der würzige Duft der Salami lässt meinen Magen ein weiteres Mal knurren.

Als ich dieses Apartment vor knapp drei Jahren gekauft habe, meinte Maggie, dass ich es aus Trotz tue. Weil ich es mir leichtmachen will. Aber mit Maggie war nichts leicht. Aus heutiger Sicht weiß ich, dass sie recht hatte. Ich wollte weg. Von ihr und unserem alten Leben. Von der Lüge. Ich wollte einen Ort, an dem ich einfach ich sein kann – etwas, das ich neben ihr nie wirklich konnte. Irgendwann wurde mir klar, dass ich die Idee von Maggie und mir mehr geliebt habe als sie. Ich mochte das Bild, das wir zusammen abgegeben haben. Diese leicht abgewandelte Version von meinen Eltern. Wenn ich jetzt an Maggie denke, empfinde ich nur noch Abscheu. Vielleicht wäre das anders, wenn sie mich nicht betrogen und damit alles, was zwischen uns einmal gut war, vergiftet hätte. Vielleicht wäre es aber auch genauso.

An dem Abend, als sie mir davon erzählt hat, bin ich ausgezogen. Ohne weiter darüber nachzudenken, habe ich es einfach getan, als wäre das ganz leicht. Und irgendwie war es das. Ich habe nicht geschrien, keine Teller gegen die Wand geworfen, musste nicht nach den Gründen fragen, weil ich sie bereits kannte. Ich habe mich zusammengerissen, das Nötigste in eine Tasche gepackt, bin ins Hotel gezogen.

Ein paar Wochen später habe ich diese Wohnung gekauft. Harrys Anwalt hat sie für mich gefunden, und sie hat mir gefallen. Groß, mit Dachterrasse. Deckenhohe Fenster, Blick auf den Central Park. Als Wertanlage ideal. Eine Festung. Was ich wollte, war ein Zuhause, bekommen habe ich eine neue Adresse. Dieses Apartment passt perfekt zu meiner Fassade, doch wirklich wohl habe ich mich hier nie gefühlt.

Aber wann habe ich das schon? Mich irgendwo wirklich wohl gefühlt, meine ich. Ab und zu dachte ich es, aber es hat nicht gestimmt. Zum Beispiel in Maggies und meinem alten Haus in Brooklyn. Es war das perfekte Haus für ein Leben, von dem ich dachte, dass wir es führen. Von dem ich dachte, dass ich es will. Ein Haus für eine Familie, für Kinder, die noch kommen sollten, für Wärme und Liebe. Jetzt steht es leer, und Maggie und ich reden nicht mehr miteinander.

Von außen betrachtet, hatten wir alles. Maggie war schön und klug, ich erfolgreich und wir glücklich. Auf dem Papier haben wir perfekt zusammengepasst. Ein theoretisches Traumpaar, das von allen beneidet wird. Aber hinter den Kulissen waren wir ein Minenfeld aus zu hohen Erwartungen und Unsicherheiten.

Ich schaue über den Central Park hinweg, weiter zu den vielen Lichtern, frage mich, wie mein Leben wohl verlaufen wäre, wenn ich damals einfach auf Onkel Theo gehört hätte. Er meinte, dass ich abwarten, Maggie nicht gleich heiraten soll. *Warum hast du es denn so eilig damit, Junge?*, hallt Onkel Theos Stimme in meinem Kopf. *Du hast doch Zeit, du hast doch noch so viel Zeit*. Kurz danach war er tot. Vielleicht war es das. Vielleicht hatte ich Angst, dass ich eben doch nicht so viel Zeit habe. Ich weiß es nicht mehr. Fest steht, ich habe nicht auf ihn gehört. Ich wollte ihm nicht glauben, und noch weniger wollte ich, dass er recht hat. Doch das hatte er. Mit allem.

Ich schlucke den letzten Bissen Toast hinunter, reibe die Handflächen aneinander, spüre harte Krümel, sie fallen auf den Terrassenboden. Ich gehe ins Wohnzimmer zurück und vor dem dunklen Holzregal in die Hocke, suche zwischen den alten Schallplatten *Arthur Rubinstein at Carnegie Hall New York City* aus dem Jahr 1961 heraus, lege sie auf, setze mich aufs Sofa, trinke einen Schluck Wein. Ich schließe die Augen, warte darauf, von den Erinnerungen verschluckt zu werden. Ein leises Kratzen, dann beginnt Chopins *Prelude*

No. 4 in E Minor, Op. 28, No. 4. Ich spüre den Kloß in meinem Hals wachsen. Ich liebe dieses Stück. Ich liebe es auf eine fast schon erdrückende Art. Und wenn ich ehrlich bin, weiß ich nicht einmal, ob wirklich *ich* es liebe oder ob ich es nur tue, weil Onkel Theo es so geliebt hat. Ich lausche dem Klang des Klaviers, warte insgeheim auf den herb-würzigen Tabakgeruch, als wäre er Bestandteil der Musik – was er in meiner Welt irgendwie auch ist. Diese Schallplatte war ihm heilig. Das erste Mal vorgespielt hat er sie mir, als ich dreizehn war, das erste Mal berührt habe ich sie erst nach seinem Tod. In diesem Augenblick wünschte ich, ich wäre wieder dreizehn und wir in seinem alten Haus in Boston. Dann würde er in diesem Moment in seinem Ohrensessel sitzen und Zigarre rauchen, und ihr Rauch würde in einzelnen silbernen Locken in seinem nur spärlich erleuchteten Lesezimmer in der Luft stehen. Ich würde so tun, als wäre ich vollkommen in der Musik versunken, und in Wahrheit heimlich zwischen meinen Lidern hervorblinzeln, um zu beobachten, wie sehr er sie genießt.

Doch ich bin nicht mehr dreizehn. Ich bin bald vierzig und geschieden. Und deswegen lasse ich die Augen lieber noch ein bisschen geschlossen. Gebe mich der Illusion hin wie einem Klartraum, den ich noch ein bisschen länger träumen will.

Als die letzten Klavierklänge in der Stille des großen Wohnzimmers verhallen, brummt plötzlich mein Handy auf dem Couchtisch, und ich zucke zusammen.

DAVID.

Play it again, Sam – oder: Hausfrau und Mutter

Hey, kleiner Bruder«, sage ich und stehe auf, weil ich sitzend nicht telefonieren kann.

»Tut mir leid, dass ich mich erst jetzt melde, aber dieser Tag will irgendwie einfach nicht enden.«

»Schon okay«, antworte ich, schaue aus dem Fenster. Der Teppichboden ist weich unter meinen Füßen. »Geht es Livi besser?«

»Die gute Nachricht ist, dass sie in den letzten paar Stunden nicht mehr gekotzt hat«, er senkt die Stimme, »aber so, wie sie aussieht, war das nur die Ruhe vor dem Sturm. Ich glaube, da kommt noch was.«

»Ist es eine Grippe?«

»Keine Ahnung. Dr. Peterson konnte es nicht genau sagen.« Ich höre, wie Sam eine Tür öffnet. »Was es auch ist, ich hätte nie für möglich gehalten, dass aus einem so kleinen Menschen so viel Kotze rauskommen kann … Ich meine, rein *physikalisch*. Du weißt, wie winzig und dünn sie ist. Ich frage mich echt, wo das ganze Zeug herkommt.« Ich höre eine leise Stimme im Hintergrund. »Bleib mal kurz dran.« Sam hält den Hörer weg. »Ist alles okay, meine Süße?« Pause. »Ja, das am Telefon ist Onkel Dave.« Noch eine Pause. »Klar, das sage ich ihm. Und jetzt leg dich wieder hin. Und wenn du spucken musst, versuch bitte, *in* den Eimer zu treffen, okay?« Es raschelt, dann sagt er: »Bist du noch dran?«

»Klar.«

»Ich soll dir ausrichten, dass sie will, dass du sie besuchen kommst. Jonah hat auch nach dir gefragt. Sie haben dich letzte Woche vermisst.« Ich muss lächeln. »Jetzt aber zu dir … Ich glaube, du hattest irgendwas von einem Koffer erzählt, kurz bevor Livi mich vollgekotzt hat. Was war denn?«

»Ach, das ist nicht so wichtig.«

»Sicher?« Er klingt überrascht. »Vorhin schien es so, als wäre es verdammt wichtig.«

Ich gehe wieder auf die Dachterrasse hinaus. Der Sandstein hat die Wärme des Tages in sich aufgenommen, ich spüre sie unter meinen nackten Fußsohlen, stütze mich auf der Mauer ab, schaue in eine Welt, die mich umgibt und doch unendlich weit weg ist. Manhattan liegt da wie ein glitzernder Riese aus Stein und Glas. Taghell erleuchtete Fensterfronten trotzen mit ihrem künstlichen Licht dem schwarzen Nachthimmel.

»Dave?«

»Ich«, ich zögere, »ich will dich damit nicht langweilen. Du hast gerade echt andere Sorgen.«

»Langweilen?« Sam lacht auf. »Glaub mir, nichts ist so langweilig wie mein Alltag.«

»So schlimm?«

»Was heißt schlimm.« Sam klingt resigniert. Müde. Abgeschlagen. »Ich war Hausfrau und Mutter.«

Er sagt es halb ernst, halb sarkastisch. Ich schmunzle, doch bevor ich etwas entgegnen kann, sagt er: »Warte mal kurz«, und hält den Hörer wieder weg. »Nein, Livi, du legst dich jetzt wieder ins Bett … Nein.« Bedrohliche Stille. »Was habe ich gesagt?« Ich höre ein Maulen, dann eine Tür, die zugeworfen wird. »Tut mir leid.«

»Das muss es nicht.«

Kurzes Schweigen.

»Weißt du, was ich heute gemacht habe, während du durch die Gegend geflogen bist und ein Meeting mit deinem Verleger hattest?«

»Nein, was?«

»Ich war einkaufen und mit Liv beim Arzt, habe Wäsche gemacht, aufgeräumt und den Kindern etwas zu essen gekocht.« Pause. »Und das alles wäre vollkommen okay gewesen, wenn die Pasta Livis Magen nicht eine halbe Stunde später in mehreren Fontänen wieder verlassen hätte.«

»Was ist mit Jules?«

»Die ist so unglaublich schwanger, dass sie sich kaum noch bewegen kann.«

»Kann sie denn wenigstens wieder schlafen?«

»Es geht. Die heißen Nächte machen ihr zu schaffen. Und die Tatsache, dass sie sich nicht nützlich machen kann. Du weißt ja, wie sie ist … Aber abgesehen davon, geht es ihr gut.«

»Und Baby-Pines?«

»Tritt um sich und genießt das Leben … Muss schön sein, nichts von dem ganzen Scheiß mitzubekommen. Aber bald muss er raus, und dann wird er schon sehen.« Ich muss lachen. »Weißt du, ich liebe meine Kinder, aber es gibt Tage, da wünschte ich, Jules und ich hätten einfach verhütet.«

»Sam«, sage ich ernst.

»Ich weiß, ich weiß … Hör mir nicht zu. Ich habe seit zwei Tagen kaum geschlafen, kam nicht dazu zu duschen, bin total übermüdet und rieche nach Erbrochenem. Ich bin nicht ich selbst.«

»Kann ich irgendwas tun?«

»Nicht wirklich, nein. Es sei denn, du willst mir beim Putzen helfen. Nachdem wir aufgelegt haben, schrubbe ich nämlich noch die letzten Reste von Livis Kotzefleck aus dem Wohnzimmerteppich.«

»Wenn du willst, komme ich vorbei.«

»Blödsinn.« Es entsteht eine Pause, die wir nur mit unserem Atem füllen, dann sagt er: »Es gibt doch etwas, das du für mich tun kannst.«

»Und was?«

»Du könntest mir, bevor ich die Putzhandschuhe überziehe, bei einem kühlen Bier deine Koffer-Story erzählen.«

»Das lässt sich einrichten.«

PHOEBE. MITTEN IN DER NACHT.

Nur noch ein Kapitel – oder: Love at first read?

George ist ausgegangen. Er hat mich gefragt, ob ich mitwill, aber sogar mit einem intakten Zeh und besserer Laune hätte ich wohl eher nein gesagt. Die *Gym* ist heute kein Ort für mich.

Ich habe versucht, Jess zu erreichen, aber die ist noch bei ihren Eltern und damit von der Außenwelt abgeschnitten. Sie wohnen in einem Nest ohne Empfang, stattdessen gibt es viel saubere Luft. Im Anschluss habe ich Margo eine Nachricht geschickt und gefragt, ob es ihr bessergeht. Keine Antwort. Dafür hat Mom geschrieben, dass sie bei Freunden zum Grillen waren und dass Dad mal wieder sein Handy zu Hause hat liegenlassen und dass sie aus diesem Grund meine SMS erst viel später gesehen haben. Von Eva kam kurz nach dem Abendessen eine Sprachnachricht: Date-Abend mit Jonathan.

Wie Sie sehen, wurde ich sehr vermisst. Vermutlich halten Sie mich jetzt für eine von den Frauen, die andauernd im Selbstmitleid baden, aber das tue ich fast nie. Eigentlich nur, wenn ich zu viel getrunken habe. Heute Abend waren es schon drei Gläser Wein und damit eindeutig genug. Im Gegensatz zu George bin ich nämlich inzwischen in einem Alter, in dem ein Kater mehrere Tage bleibt. Früher dachte ich immer, dass die Leute heillos übertreiben, jetzt weiß ich, dass es stimmt. Sie haben nicht gelogen. Es fühlt sich wirklich an wie mehrtägiges Sterben, nur dass man dann doch überlebt.

Zwischen George und mir liegen knapp sieben Jahre. Er denkt, das macht keinen Unterschied, doch da täuscht er sich. Mit sechsundzwanzig habe ich den Alkohol auch noch rausgeschwitzt. Die Zeiten ändern sich. Und während sie das tun, auch dich.

Ich humple in mein Zimmer, und meine Hände und Füße sind auf die Art warm, wie sie es nur sind, wenn man etwas getrunken hat. Pulsierend, glühend. Ich schalte das Licht ein. Mein Blick fällt auf die Wand am Kopfende meines Bettes, auf die Bilder, Zitate und guten Wörter, die jeden Zentimeter davon bedecken. Ich liebe gute Wörter. Ihren Klang, ihre Bedeutung, wie sie geschrieben aussehen. Ich denke einen Moment an die Postkarten, die ich in den letzten vier Wochen in San Francisco zusammengesammelt habe und die ich vermutlich niemals aufhängen werde. Was für eine Scheiße. Ich wollte nicht mehr darüber nachdenken. Ich dachte, der Wein würde mich auf diese angenehme Art betäuben. Aber er tut es nicht. Er betont nur meine Sehnsucht nach Leo.

Bei der Vorstellung, dass irgendein Kerl mit Zwangsneurosen gerade meine Briefe an ihn liest, schaue ich verächtlich zu der Ledermappe hinüber, als wäre das alles allein ihre Schuld. Ich humple zum Bett und greife danach. Okay.

Wenn *er* alles nachlesen kann, was ich in den vergangenen Jahren gedacht und gefühlt habe, dann kann ich auch sein blödes Manuskript lesen.

Bewaffnet mit der Mappe, meiner Kuscheldecke und einer Flasche Wasser, klettere ich wenig später aus dem Fenster auf die Dachterrasse. Eigentlich ist es keine Terrasse, sondern eher ein Hof. Ein kleines Stück Manhattan, das man vergessen hat zu bebauen. Falls Sie sich das nicht richtig vorstellen können, denken Sie sich nichts, es liegt nicht an Ihnen, sondern an der Wohnung. Sie ist wie ein Schlauch mit einem langen Flur, von dem aus alle Zimmer rechts abgehen. Bis auf meines, das ist am Kopfende des Gangs und damit das einzige mit zwei Fenstern. Eines geht zur Straße raus, das andere zum Hof. Er ist also wie ein zusätzlicher Flur, den man über die Fenster erreicht. Ergibt das Sinn? Ich hoffe, ich habe das jetzt einigermaßen gut erklärt.

Es gibt noch eine echte Dachterrasse, die von den anderen Anwohnern genutzt wird, aber die brauchen wir nicht – wir sind glücklich mit unserem eigenen kleinen Reich. Mit genug Fantasie ist es fast wie ein Garten. George und ich haben ein paar große Topfpflanzen und einen Tisch und Stühle rausgestellt, jetzt ist es gemütlich. Na ja, so gemütlich ein so beengter Hof eben sein kann. Ich hätte gern eine Hängematte, George Rollrasen. Er nervt mich jetzt bereits, seit er eingezogen ist, damit, aber bisher habe ich mich quergestellt, weil ich keine Lust habe, Rasen zu mähen, und egal, wie oft er beteuert, er würde sich um alles kümmern, weiß ich, dass es am Ende doch ich machen würde.

Bis auf das Rechteck aus Licht, das aus meinem Zimmer auf den kargen Betonboden fällt, ist es dunkel. Ich breite meine Decke aus, setze mich darauf und finde die Vorstellung von Rollrasen plötzlich gar nicht mehr so verkehrt, greife hinter mich, taste blind nach dem Stecker der Lichterkette, finde erst ihn, dann die Steckdose. Die kleinen Lämpchen leuchten kitschig in die Nacht. Ich lehne mich an die kühle Mauer. Es ist schön hier oben. George findet es manchmal beengend, ich finde es gemütlich. Als Kind hatte ich einen großen Karton, in den ich immer hineingekrochen bin, wenn ich allein sein wollte, das hier ist die Erwachsenen-Version. Wenn man sich auf den Boden legt und lang genug in das kleine Stückchen Himmel direkt über einem schaut, sieht man sogar die Sterne. Okay, meistens ist es nur einer, aber das liegt nicht an unserem Dachhof – es liegt an New York City. Vielleicht leuchten die Sterne einfach nicht gern über einer Stadt, die niemals schläft.

Ich schlage die Mappe auf, atme tief ein und murmle: »Nun gut, Mister Perfect, dann wollen wir doch mal sehen, was Sie da geschrieben haben …«

Prolog

Rückblickend war es, als würde er sein altes Leben mit den Augen eines anderen betrachten. Durch verschmierte Scheiben, verschmutzt von einer Realität, die er nicht hatte sehen wollen. Er konnte nicht sagen, wann genau es begonnen hatte. Oder womit. Lediglich, dass es begonnen hatte. Und dass es nun vorbei war.

Die Kluft zwischen ihm und ihr, erst nur ein Spalt, doch inzwischen unüberwindbar. Letztlich hatte nicht der Tod sie geschieden, sondern das Leben. Ein Gericht hatte es getan. Und sie es gewollt. Sie beide. Aus unterschiedlichen Gründen.

Er sah der Frau nach, die er einmal geliebt hatte, es zumindest geglaubt hatte, und für die er nun nur noch Abscheu empfand. Vielleicht war sie aber auch bloß ein Deckmantel für die Gefühle, die er sich nicht eingestehen wollte. Bis zu diesem Augenblick hatte er nie wirklich verstanden, wie dicht Liebe und Hass beieinanderlagen. Dass sie ohneeinander nicht existieren konnten, sich gegenseitig bedingten, ja, brauchten – ganz im Gegensatz zu ihm und Valerie.

Seit er Bescheid wusste, hatte er nach dem Anfang gesucht. Dem Ursprung. Dem *einen* Moment, der alles geändert hatte. Aber es gab ihn nicht, diesen einen Moment. Valerie und er waren mit der Zeit zu gut darin geworden, ihre Rollen mit Leben zu füllen. Er hatte sich seine Lügen selbst geglaubt. Und ihr ihre. Und irgendwann waren sie wahr geworden und sie beide glücklich. Wenn auch nur auf Zeit.

Nathaniel fragte sich, wann sein Leben aufgehört hatte, sich wie sein Leben anzufühlen. Aber er wusste keine Antwort darauf. Es war schleichend geschehen, so wie Altwerden, wie Falten, wie erste graue Haare, die sich unter den Rest mischten. Irgendwann war er einfach nicht mehr *er* gewesen. Als wäre er seinem Leben entwachsen.

Oder es ihm. Vielleicht stimmte weder noch, denn eigentlich hatte er nie wirklich gewusst, wer er gewesen war. Und er wusste es auch in diesem Moment nicht. Als wäre er immer ein anderer gewesen, sich selbst immer einen Schritt voraus, ein gutaussehendes Abziehbild, das andere hinters Licht führte. Und nicht nur sie.

Aber wie auch nicht? Die Fassade hatte alle geblendet: die liebende Ehefrau, das wunderschöne Haus, das viele Geld. Der Erfolg, dieser unermessliche Erfolg mit gerade einmal dreißig. Die Wahrheit war viel echter: seine Frau eine betrügerische Schlampe, das Haus so leer wie er selbst und das Geld wertlos, weil es ihn nicht auszufüllen vermochte. Es lief einfach durch ihn hindurch, wie er durch sein Leben.

Nathaniel war immer auf der Suche gewesen. Ein Getriebener, auf der Flucht vor der Einsamkeit. Er hatte es lange selbst nicht gemerkt, weil ihn seine eigenen Lügen wie Scheuklappen von den Tatsachen abgeschirmt hatten. Von der grausamen Wahrheit, die er nicht einmal vor sich selbst hätte eingestehen können, nämlich, dass er sie nicht liebte.

Und dass er es vielleicht auch nie getan hatte.

DAVID.

To Bee or not to Bee – oder: Kofferpsychologie

Ich weiß nicht, was mich mehr beeindruckt: dass diese Frau ihren Koffer noch zubekommen hat oder was alles darin Platz hatte. Ganz oben ein Paar Turnschuhe, als wäre es im Nachhinein noch hineingestopft worden. Vielleicht ein Spontankauf, so wie die Unterwäsche, an der noch die Etiketten hängen. BHs ohne Bügel, Triangelform. Solche hätte Maggie nie getragen. Ihre waren stets schwarze Spitze und gepolstert, weil sie ihre Brüste zu klein fand; diese hier sind bunt – himbeerfarben, rosa, mint, pastellgelb. Transparent, ein Hauch grober Spitze, aufreizend, aber keine Reizwäsche. Etwas Stoff, der gerade so bedeckt. Die Höschen passend dazu. Ich will sie mir nicht auf gebräunter Haut vorstellen, es passiert einfach.

Ich ignoriere die Bilder in meinem Kopf, lege die Unterwäsche aufs Sofa, stelle die Schuhe auf den Boden davor, hoffe, dass ich später nicht darüber falle, und nehme ein paar T-Shirts aus dem Koffer. Ihre Sachen riechen getragen, aber gut, sind getränkt in einem warmen weiblichen Duft.

Erst denke ich, es wäre Vanille, aber es ist nicht Vanille. Es ist etwas anderes.

Ich packe ihre Sachen aus, ein Stück nach dem anderen, weiß nicht genau, was ich mir davon erwarte. Es ist seltsam, die Dinge eines anderen, eines fremden Menschen anzufassen. Meine Hände dringen gerade in die Privatsphäre einer Frau ein, die ich nicht kenne, nie gesehen habe. Von der ich nichts weiß, außer dem, was in diesem Moment vor mir liegt.

Ich greife nach einem neonpinken Beutel, öffne ihn. Sie muss eine Weile weg gewesen sein, denke ich. Es war kein kurzer Business-Trip, dafür hatte sie zu viel dabei, aber auch kein Urlaub, zumindest kein Strandurlaub – kein Badetuch, kein Bikini, keine Sonnencreme. Natürlich wäre es möglich, dass sie nackt schwimmt, sich keine Gedanken über Hautkrebs macht und in einem Hotel war, wo Badetücher zur Verfügung gestellt werden. Wahrscheinlicher ist jedoch ein längerer Aufenthalt irgendwo. Vielleicht in San Francisco. Für die Arbeit. Oder um die Familie zu besuchen. Vielleicht ein Trauerfall. Nein, kein Trauerfall. Dafür ist die Kleidung viel zu bunt. Kein schwarzes Kostüm, keine schwarze Bluse, kein schwarzes Kleid.

Ich krame in ihren Sachen. Der Kulturbeutel ist vollgestopft mit Tuben, Tiegeln und Fläschchen. Alles in kleinen Größen. Ein Deo mit Langzeitwirkung, eine Pflegespülung gegen störrisches Haar, ein Shampoo mit Glätt-Effekt. Ein in Toilettenpapier gehüllter Rasierer, Ersatzklingen. Eine Arnika-Salbe, Pfefferminzöl, ein Döschen mit Bienenwachslippenbalsam. Ich ziehe die Zahnbürste heraus, nehme sie ganz hinten am Griff, betrachte sie angewidert, denke kurz, wie privat Zahnbürsten doch eigentlich sind, mustere das Exemplar in meiner Hand. Die Borsten sind ausgefranst, bilden ein V, sehen ein bisschen so aus, als wollten sie mit einem Hechtsprung fliehen. Ich spiele mit dem Gedanken, sie wegzuwerfen, entscheide mich dagegen, lege sie mit spitzen Fingern zur Seite.

Neben eingeschweißten Tampons und Zopfgummis, in denen einzelne Haare hängen, finde ich Unmengen an Q-Tips, einen Nagelklipper, ein paar Pflaster, Nagellacke, eine kleine Dose Nivea-Creme, einen Spitzer, eine Pinzette, Nagellackentferner, ein Parfumfläschchen. Ich nehme es in die Hand. Es hat keinen Aufkleber, keinen Aufdruck, sieht aus, als hätte jemand den Inhalt umgefüllt. Ich schraube den Deckel ab, und sofort steigt mir dieser Duft in die Nase. Warm, blumig, schwer, wahnsinnig angenehm. Ich schließe einen Moment die Augen, inhaliere ein Mal, zwei Mal, drei Mal. Moschus. Es könnte Moschus sein. Eine Weile stehe ich einfach nur da mit ihrem Parfum in der Hand – bis es mir bewusst wird, dann lege ich es weg, nehme zwei dünne Pullover heraus, einer dunkelblau, der andere altrosa, schmal geschnitten mit rundem Ausschnitt. Sie riechen beide nach dem Parfum und nach etwas anderem. Nach etwas Weiblichem, Körperlichem. Wie eine Erinnerung von Haut. Sie riechen auf eine Art gut, die mich aufwühlt. Ich lasse die Pullover sinken, greife nach einem brieftaschenähnlichen Ding, aber es ist keine Brieftasche. Es ist etwas anderes. Etwas, das würzig duftet, knistert. Ich klappe die Tasche auf. *Tee*. Sie hatte Tee dabei. Wer nimmt Tee mit, wenn er verreist? Es ist Sommer.

Vielleicht ist sie nur in San Francisco umgestiegen, vielleicht war sie zuvor irgendwo, wo Winter ist? Oder sie trinkt immer Tee, zu jeder Jahreszeit. Wenn es warm ist, gekühlt, und wenn es kalt ist, heiß. Mein Blick fällt auf die sechs Fächer, die Platz für jeweils drei Teebeutel bieten. Ich zähle acht. Allesamt Sweet Chai. Ich frage mich kurz, ob sie nur diese Sorte dabeihatte oder ob sie übrig geblieben ist, weil sie sie am wenigsten mochte. Doch hätte sie sie dann überhaupt mitgenommen? Sie scheint mir nicht der Typ Mensch zu sein, der beim Frühstücksbüfett seines Hotels Teebeutel mitgehen lässt. Andererseits, was weiß ich schon von ihr? Trotzdem. Ich glaube, sie hatte nur diese Sorte dabei, weil sie nur diese Sorte trinkt.

Ich packe weiter aus, gelange zu einem Wäschesack aus Leinen, lege ihn weg, entdecke noch ein paar BHs, die mich unwillkürlich schlucken lassen. Sie sind nicht neu. Sie wurden mehrfach getragen.

Ich mag ihre Unterwäsche. Nicht zu verspielt, nicht zu viel Spitze, nicht darauf ausgelegt, jemandem zu gefallen. Keine Dessous, aber dennoch Wäsche, die man gern ausziehen will. Wie Geschenkpapier um einen Körper. Ich fasse ihre Unterwäsche nicht an, wüsste gern, wie sie sich anfühlt, finde es aber unangebracht. Außerdem wäre es verfälscht. Auf Haut fühlt sie sich anders an. Warm, gespannt, lebendig. Mein Blick fällt auf die Blümchen. Mädchenhaft und doch weiblich. Eine schöne Kombination.

Ich versuche, mir die Frau vorzustellen, der diese Sachen gehören, versuche zu verstehen, wer sie ist, mit wem ich es zu tun habe, frage mich, ob sie gerade irgendwo in New York City ist oder einen Anschlussflug genommen hat, arrangiere die Fakten in meinem Kopf. Die Frau, die mein Manuskript hat, ist schätzungsweise Anfang bis Mitte dreißig, hat störrisches braunes Haar, ist schlank, jedoch nicht dürr, chaotisch, wenn auch nur scheinbar, denn sie hat ihre Sachen nicht wahllos in den Koffer gestopft; mit Ausnahme der Turnschuhe und der Unterwäsche hatte alles seinen Platz, seine, wenn auch sehr eigene, Ordnung. Sie trägt Jeans, bequeme Schuhe in grellen Farbkombinationen, dünne Baumwoll-T-Shirts, Nagellack. Sie mag Tee, wechselt zu selten die Zahnbürste, scheint ansonsten gepflegt, riecht gut. Entweder schminkt sie sich nicht, oder sie hatte ihre Schminksachen im Handgepäck. Mehr weiß ich nicht. Mehr verrät ihr Gepäck nicht über sie. Es gibt einige Anhaltspunkte, trotzdem hat die Frau in meiner Vorstellung kein Gesicht. Nur braunes Haar und schöne Unterwäsche.

Ich will ihre Sachen gerade wieder in den Koffer packen, als ich im Reißverschlussfach des Deckels etwas Hartes ertaste. Was zum Lesen vielleicht. Mein Gewissen will mich abhalten, die Neugierde gewinnt. Ich sehe nach, hole ein Buch hervor. Es ist kein gekauftes, kein Roman. Es ist ein Tagebuch.

Ich stehe da, halte es in den Händen, sollte es beiseitelegen, dahin, wo ich es gefunden habe, sollte es nicht öffnen, keinen Blick hineinwerfen, sollte Harry anrufen, ihn fragen, ob er etwas hat herausfinden können über den Koffer. Aber ich kann es nicht weglegen und auch nicht aufhören, mich zu fragen, ob ich in diesem Buch ihr Gesicht finden würde. In meinem Kopf wird sie zu einer Figur aus meinen Romanen, die sich mir nicht zeigen will, die sich mir entzieht, die ich finden muss, getrieben, weil ich nicht anders kann. Als wäre es ein Spiel, eine Balz, ein Ritual. Meine Hände zittern, mein Atem kommt stoßweise.

Dann lege ich es weg. Schnell, plötzlich. Bin erleichtert. Überrascht. Ein bisschen enttäuscht von meiner Vernunft. Ich gehe in die Küche hinüber, mein Hals ist trocken, ich brauche Wasser. Und noch während ich ein Glas aus dem Schrank nehme, frage ich mich, wie lange ich wohl meiner Neugierde standhalten kann.

Montag, 13. Juni 2016

PHOEBE. FRÜHMORGENS.

New York, New York – oder: In a High Line state of mind

In Filmen, die in New York City spielen, scheint es immer so, als wären andauernd überall freie Taxis, die nur darauf warten, dass irgendjemand am Straßenrand den Arm hebt, und dass man mit diesen Taxis ganz schnell von A nach B kommt. Beides ist gelogen. Die meisten Taxis sind besetzt, und wenn man mal eines erwischt, steckt man mit drei Millionen anderen im Berufsverkehr fest. Die Straßen dieser Stadt sind ungefähr so verstopft wie die Arterien eines Kettenrauchers. Deswegen nehmen die meisten New Yorker den Zug – wir sagen nicht Subway, wir sagen Zug, aber das wissen nur die wenigsten. Die, die lange genug hier wohnen, die, die eingeweiht wurden. Jetzt habe ich Sie eingeweiht, ich hoffe, Sie erzählen es nicht weiter.

Wenn man wenig Platz hat – was in New York City eindeutig der Fall ist –, spielt sich das Leben in Schichten ab. Damit meine ich nicht die gesellschaftlichen Schichten, obwohl das für die genauso gilt; ich rede von den vielen verschiedenen Welten, die übereinandergestapelt wurden wie

Schuhkartons in einem Schrank. Die U-Bahn ist eine davon, eine der interessantesten, wenn Sie mich fragen. Zwei Ebenen unter der Erde. Hier kommen alle besonders dicht zusammen, jeder will irgendwohin. Hier wird die Bewegung sichtbar, die diese Stadt ausmacht. Ich mag die bunte Mischung aus Menschen, liebe es zu beobachten, wie Touristen versuchen, nicht aufzufallen und als Einheimische durchzugehen, freue mich jedes Mal auf die Musiker in den Zwischengeschossen, die dem Alltag einen Soundtrack schreiben. Wenn ich früh dran bin, so wie heute, steige ich eher aus und gehe die letzte Station zur Redaktion zu Fuß – über die High Line, eine weitere Schicht nur ein paar Meter über New Yorks Straßen.

Die Sonne brennt von einem noch blassblauen Himmel, der sich in den kommenden Stunden dunkel einfärben wird. Ich sehe nur eine Wolke, klein, fast durchsichtig. Ich müsste müde sein, immerhin war ich bis drei Uhr morgens wach und habe gelesen, aber ich bin es nicht. Seine Zeilen hallen noch nach wie ein Echo. Ich bin neugierig, wie es weitergeht, wäre am liebsten mit dem Manuskript im Bett geblieben. Aber ich muss zur Arbeit. Es gibt viel zu tun. Ich habe einiges verpasst, frage mich, ob ich für das August-Heft noch etwas machen kann, ob ich dafür zu spät bin. Ich freue mich auf Margo und Jess. Auf die Normalität, die man meistens verflucht und dann am meisten vermisst. Ich werde mir einen Kaffee machen, ihn aus meiner Jimmy-Fallon-Tasse trinken und gespannt zuhören, was sie zu erzählen haben. Wieder ankommen, für einen Moment vergessen, dass Leo weg ist. Und mit ihm all die Klamotten und Dinge, die ich am liebsten mag und am häufigsten brauche.

Ich gehe weiter. Mein Zeh meldet sich zwar bei jedem Schritt, aber in den Birkenstocks lässt es sich aushalten. Woran ich am deutlichsten merke, dass ich einen Monat lang weg war, ist, wie anders ich alles betrachte. Aufmerksamer. Ich gehe nicht einfach nur an New York vorbei, ich nehme alles wahr, schaue zum ersten Mal seit Ewigkeiten wieder wirklich hin. Flirte mit jeder Ecke dieser Stadt. Es ist, als wären wir ewig verheiratet, und als hätte ich ihre Vorzüge vergessen. Aus Gewohnheit, weil ich schließlich weiß, wie schön sie ist, wie außergewöhnlich, wie besonders. Jetzt kann ich mich nicht an ihr sattsehen, lächle bei ihrem Anblick, verstehe plötzlich wieder die überwältigten Gesichter der Touristen.

Meistens höre ich auf dem Weg zur Arbeit Musik, aber nicht heute. Heute lausche ich dem Charakter der Stadt, dem Wesen, das ich so vermisst habe und das ich sonst morgens ausblende, weil es mir zu aufbrausend ist.

Ich gehe fast lautlos über den hellen Boden, fühle mich wie auf einem Schiff, links und rechts von mir ragen Gebäude in den Himmel, in denen sich die Nachbarbauten spiegeln, die Blätter der Büsche rascheln, auf einer der Wiesen sitzen zwei Frauen und trinken ihren Morgenkaffee, Jogger laufen an mir vorbei, Frauen und Männer schieben Kinderwägen, unterhalten sich, ein Mann mit Hund steht an dem schwarzen massiven Geländer, stützt sich darauf ab, schaut telefonierend in die Ferne, in Richtung Empire State Building. Als ich zuletzt hier war, war es morgens oft noch frisch, die Bäume waren voller Blüten und die Baustellen, an denen ich vorbeikomme, noch nicht da. Die Reklamen wurden inzwischen ausgetauscht, die Wiesen sind sattgrün.

Für den Fall, dass Sie noch nicht in New York City waren oder nicht wissen, worum es sich bei der High Line handelt, erkläre ich es Ihnen kurz. Die High Line ist eine stillgelegte Güterzugtrasse über den Straßen von New York City. Die Überreste einer Hochbahn aus massivem, schwarzem Stahl. Ein Relikt aus früheren Zeiten, in denen hier noch die Waren vom Meatpacking District in Richtung Süden transportiert wurden. Bevor die High Line gebaut wurde, gab es die West Side Freight Line: eine Gütertrasse, deren Züge direkt auf den Straßen fuhren. Die Freight Line erfüllte zwar ihren Zweck, verursachte aber leider zahlreiche Unfälle mit Fußgängern und Fahrzeugen – insbesondere an der 10th Avenue, was ihr den tragischen Spitznamen der »Death Avenue« einbrachte. Letzten Endes wurde im Rahmen eines Stadterneuerungsprogramms der Bau einer Hochbahntrasse beschlossen, die Anfang der dreißiger Jahre in Betrieb genommen wurde: die High Line.

Viele Jahre später hatte sie dann ausgedient. Der südlichste Abschnitt ist abgerissen worden, der Rest lag lange brach. Doch dann erkannte jemand ihr Potenzial. Was sie alles sein *könnte* – und jetzt ist: eine Oase mit Bäumen und Sträuchern und Schatten und Wasserstellen, in denen man im Sommer seine Füße abkühlen kann. Es gibt Bänke und Liegen aus Holz, die auf den Resten der Schienen gebaut wurden, es gibt Wiesen und Farne und Blumen, die von der Parkverwaltung, aber auch von vielen freiwilligen Helfern gehegt und gepflegt werden, weil sie Zeit in der Natur verbringen wollen. Die einen gärtnern, die anderen sitzen mit ihren Laptops in der Sonne und arbeiten. Man ist in einer eigenen kleinen Welt, umgeben vom rasenden Puls der Großstadt.

Die High Line ist tagsüber ein Ort der Erholung, abends trifft man sich hier zu Konzerten. Es ist ein Ort, an dem man einfach sein kann. Es gibt viele verschiedene Abschnitte, die alle unterschiedlich gestaltet wurden, und sie alle haben ihren ganz eigenen Charme, aber mein Lieblingsplatz ist und bleibt das Panoramafenster in der Nähe des Chelsea Market. Es nennt sich *The Gallery* und ist im Prinzip nichts anderes als ein kleines Amphitheater. Anstelle einer Bühne gibt es eine breite Fensterfront, die die Straße und den Trubel überblickt. Man kann dasitzen und das Leben ansehen wie einen Kinofilm. Ich liebe es, dort zu sein, etwas weiter oben, etwas weiter entfernt und doch nah genug dran. Und gleich bin ich da. Nur noch ein paar Meter trennen mich von dem Ort, wo ich schon so viele Male saß und Leo geschrieben habe … in der Mittagspause, nach der Arbeit, manchmal auch davor, wenn es noch Zeit dafür gab.

Als ich endlich ankomme, zieht sich mein Herz voller Freude zusammen. Ich bleibe kurz stehen, strahle, dann tragen mich meine Füße wie von selbst die Stufen hinunter, ganz nach unten zu den Panoramafenstern. Ich setze mich auf die Bank in der ersten Reihe, meinen Stammplatz, blicke auf die Straße, die vielen Autos und Fußgänger. Und plötzlich vermisse ich Leo noch mehr. Mein Lächeln verschwindet. Ohne ihn fühle ich mich einsam. Ja, beinahe nackt. Ein bisschen so, wie man sich fühlt, wenn man sein Handy vergessen hat. Bei diesem Gedanken ziehe ich es aus meiner Tasche und schaue auf die Uhr. Ich muss los, denke ich, stehe auf und gehe die letzten Meter zur Redaktion.

DAVID

Ich bin am Zug – oder: The Voice

Ich kann kaum die Augen offen halten, sie fallen immer wieder zu. Das gleichmäßige Geräusch des Zuges, gemurmelte Unterhaltungen, Musik, alles mischt sich, macht mich noch müder. Wenn ich einnicke, verpasse ich meine Station, komme zu spät zu meiner Verabredung. Und wieder fallen sie zu, mein Bewusstsein hält dagegen, ich will nachgeben, kämpfe gegen die Schläfrigkeit.

Die Nacht war zu lang, ich bin noch halb dort, bei der Frau, mit ihr in meinem Bett, in ihrem Kopf, höre Gedanken, die ich nicht hätte sehen dürfen, die mich nichts angehen. Sie hallen nach, nähren mein schlechtes Gewissen. Aber ich konnte nicht anders. Ich musste sie lesen, habe anfangs noch versucht, mich zu überlisten, bin spazieren gegangen, habe eine neue Zahnbürste und ein paar andere Dinge gekauft, etwas zu essen, Brot, Trauben, Käse, habe ein Vermögen dafür ausgegeben, bin ziellos durch den Park gewandert, konnte doch nur an das Tagebuch denken, bin zurück in die Wohnung gegangen, habe versucht, müde zu werden, ferngesehen, in einer alten Zeitung geblättert. Und dann doch begonnen zu lesen. Eine Seite, zwei, drei, vier. Es wurde später und ich mit jedem Eintrag wacher, wollte mehr, konnte nicht aufhören. Ich war gefesselt, absolut gefesselt von ihren Erlebnissen, von ihrem Leben.

Ich habe im Laufe der Jahre oft gehört, ich hätte eine ganz eigene Stimme beim Schreiben. Eine, die sich klar von anderen abhebt, eine, die man erkennt, eine Stimme, die meine Romane zu etwas Besonderem macht. Ich wusste nie so wirklich, was das bedeuten soll, dachte, jeder hätte eine, *muss* eine haben. Doch jetzt weiß ich, dass manche lauter sind als andere. Einprägsamer, echter.

Phoebe hat so eine. So heißt sie. Phoebe. Damit beendet sie fast jeden ihrer Einträge: *Bis morgen dann, Phoebe.* Ich frage mich, wer Leo ist. Ein Freund, jemand, den sie verloren hat, ein Bruder? Ein Ex-Freund? Wie steht sie zu ihm? Was genau empfindet sie für ihn? Ich hoffe, das wird noch durch einen der kommenden Einträge klar.

Ich will nicht nachsehen, tue es trotzdem, ziehe das dunkelgraue Notizbuch hervor, sage mir, dass ich noch sechs Stationen fahren muss, dass ich auch lesen kann, immerhin habe ich es eingesteckt – wenn ich nicht vorhatte, darin zu lesen, warum habe ich es sonst mitgenommen?

Ich schlage es auf, blättere zu der Stelle, bis zu der ich bereits gelesen habe, betrachte ihre Handschrift, bin auf einmal wieder wach, überfliege die ersten Zeilen des nächsten Briefes. Phoebe schreibt so, wie ich nie schreiben könnte, versucht nicht, jemandem zu gefallen, klammert nichts aus, erklärt nichts, richtet sich nicht nach dem dümmsten anzunehmenden Leser. Ich muss das tun, schließlich kaufen auch die unbedarften Kleingeister Bücher. Meine Bücher. Und ist es nicht das, worum es geht? Das Verkaufen. Würde nur eine Elite meine Texte verstehen, würden sie nicht in dreißig Sprachen übersetzt, sie würden nicht verfilmt, vertont, nicht am Broadway inszeniert. Sie stünden dann abseits in einem Regal, ganz weit oben, würden im Feuilleton gepriesen, von drei Kennern gefeiert und dann wieder vergessen.

Ich will mich nicht beschweren, ich weiß, wie gut ich es habe, besser als die meisten – wenn man einmal von der andauernden Einsamkeit absieht, die mich mein Leben lang begleitet. Ich bin erfolgreich. Unglaublich erfolgreich, so erfolgreich, dass ich mich fast dafür entschuldigen muss. Aber die Wahrheit ist, irgendwann hat man die Dinge gekauft, die man kaufen will. Danach ist man leer, egal, wie voll die Konten noch sind.

Phoebes Briefe an Leo haben mich daran erinnert, warum ich einmal angefangen habe zu schreiben, worum es ursprünglich einmal ging, vor den Zahlen und dem Erfolg und den Erwartungen. Vor den Bestsellerlisten und Preisen. Ich hatte etwas zu sagen, war voller Gedanken, immer verliebt in irgendeine Idee, eine Figur, eine Geschichte. Ich habe Leben erfunden, Handlungen darum gesponnen, mich in ihnen verheddert, in ihren Wendungen verloren und wiederentdeckt. Habe nicht versucht, jemandem zu gefallen, war einfach ich – das war ich lange nicht mehr.

Der Zug ruckelt, der Mann neben mir ist eingeschlafen, ich bin wach. Mein Blick fällt auf Phoebes Schrift, ich lese weiter.

Lieber Leo,
ich war gestern auf einer Party, habe einen Typen kennengelernt. Er war ganz nett, hatte einen guten Humor und schöne Augen. Glaube ich zumindest – es war ziemlich dunkel. Anfangs war alles wie immer, belanglose Gespräche, unbeholfene Berührungen, die zufällig sein sollten, es aber nicht waren, die typischen Themen: Beruf, Musik, Filme, Hobbys. Und dann die Frage: Wenn du dein Leben in einem Filmzitat zusammenfassen müsstest, welches wäre es? Diese Frage war unerwartet geistreich für einen Freitagabend mit zu viel Bier. Ich glaube, das war sein Joker.
Mir ist nichts eingefallen, aber sogar wenn mir etwas eingefallen wäre, hätte ich es ihm ganz sicher nicht gesagt. Ich stand da und habe nachgedacht, habe versucht, mein Leben auf nur einen einzigen Satz zu reduzieren, aber da war keiner, der gepasst hätte.
Ich bin nicht mehr lang auf der Party geblieben, wollte lieber nach Hause. Der Typ wirkte genervt. Ich glaube, er dachte, dass seine fast-philosophische Frage ihn ohne Umwege in mein Bett bringen würde, oder mich in seins – ich denke, er wäre mit beidem einverstanden gewesen. Aber es war kein geschickter Schachzug. Wenn man eine Frau flachlegen will, sollte man sie nicht unbedingt zum Nachdenken anregen. Ich saß in der U-Bahn, und da wurde mir klar, dass sich alles in meinem Leben um Liebe dreht, nur dass sich diese Liebe

nicht um mich dreht. Die scheiß Liebe ist überall, in Büchern, Filmen, Serien. Sie trägt ein Cape mit der Aufschrift »episch« und tut so, als wäre sie für immer, aber da, wo im Film der Abspann beginnt, hat das Leben die schlechte Angewohnheit, einfach weiterzugehen. Eva sagt, ich bin zynisch, aber das stimmt nicht. Ich bin realistisch. Der moderne Mensch ist für die ewige Zweisamkeit nicht gemacht. Und was heißt schon ewig? Sind 50 Jahre ewig? Alle reden immer von der Ewigkeit – als ob wir so lange hier wären ...
Ich kenne kaum noch glückliche Paare. Ich glaube, die meisten bleiben zusammen, weil sie dann weniger allein sind. Weil sie denken, allein zu sein wäre das Schlimmste, das einem passieren kann. Ich glaube, zu zweit einsam zu sein ist das Schlimmste, das einem passieren kann. Oder mit jemandem zusammen zu sein, der nur bleibt, weil er Angst hat, dass nichts Besseres kommen wird. Letzten Endes will doch einer von beiden immer raus. Vielleicht will ich deswegen erst gar nicht rein.
Es ist ja nicht so, dass ich nie geliebt habe, aber irgendwie war das nicht so, wie ich mir das ausgemalt hatte. Es war nicht so, wie ich wollte, dass es ist. Es war alles eher lauwarm. Ich habe nicht geliebt, wie Elizabeth Bennet ihren Mister Darcy geliebt hat. Oder Julia ihren Romeo. Meine bisherigen Beziehungen waren keine epischen Liebesgeschichten, nichts, was zum Schreiben von Roma-

nen oder Drehbüchern inspirieren würde. Dafür waren sie zu undramatisch, bequem und alltäglich. Und zu halbherzig. Vor allem zu halbherzig. Nehmen wir zum Beispiel die 86 Tage mit Dawson – die waren okay. Aber man hätte daraus keinen Film machen können. Nicht einmal einen richtig kurzen. Für eine Reality Soap wären wir zu langweilig gewesen, fürs Programmkino zu banal und für einen Blockbuster nicht gutaussehend genug. Zumindest Dawson – er hatte etwas von einem Lama. Aber weißt du was? Ich finde das gar nicht schlimm. Nicht das mit dem Lama, sondern, dass ich nicht auf diese Art geliebt habe. Ich glaube, mein Leben ist ein bisschen wie der Film »500 Days of Summer«. Es ist keine Liebesgeschichte – wenn überhaupt, dann ist es eine Geschichte über die Liebe. Und das ist okay.
Du kennst mich, ich schlafe echt gern allein, und noch lieber wache ich alleine auf. Halbblind und zerzaust. Ohne mich fragen zu müssen, ob ich scheiße aussehe – weil ich WEISS, dass ich scheiße aussehe –, ohne zu befürchten, dass ich aus dem Mund riechen und damit jemandem olfaktorisch zu nahe treten könnte.
Ich habe nichts gegen Männer. Ganz im Gegenteil. Ich finde Männer toll. Ich bin einfach nur lieber mit mir in einer guten Beziehung als mit irgendwem in einer schlechten. Ich will nicht mein halbes Leben lang über Witze lachen, die ich nicht lustig finde, oder Orgasmen vorspielen, weil

das männliche Ego auf Kritik nun mal mit Erektionsschwächen reagiert.
Ich glaube nicht an Kompromisse - wie kann es die Lösung sein, dass KEINER bekommt, was er will? Ich habe das Gefühl, das ist es, was eine Beziehung wirklich bedeutet: Abstriche machen, sich in der Mitte treffen. Aber in der Mitte von was? Zwischen dem, was er will und was ich will – was also eigentlich keiner will? Ist das die Lösung? Lass uns gemeinsam nicht bekommen, was wir wollen? Lass uns gemeinsam verzichten? Weil wir uns schließlich lieben? Ist es das? Bedeutet lieben verzichten? Und wenn man nicht bereit dazu ist, ist man dann egoistisch? Oder klug?
Ich bin gern allein. Meistens glaube ich mir das. Meistens stimmt es auch. Aber manchmal, da frage ich mich, ob es etwas über mich aussagt, wie schnell und abgrundtief ich mich in fiktionale Charaktere verlieben kann, aber nicht in echte Männer. Nicht in die, die ich kennenlerne – und ich lerne viele kennen. Manche mag ich, mit manchen will ich schlafen, mit ein paar davon tue ich es auch. Aber es ist nie mehr. Mit den meisten sind es ein paar zwanglose Nächte, mit einigen wenigen werden Wochen daraus. Ganz selten auch Monate – wie mit Gabriel. Es ist keine Liebe, es sind gestohlene Stunden, gefüllt mit Sex. Keine geistreichen Unterhaltungen, keine Kino-Dates. Wir schlafen miteinander, dann

ziehe ich weiter wie ein Blatt, das dem Wind die Schuld für seine Wankelmütigkeit gibt.
Sind die erfundenen Männer besser? Spannender? Haben sie weniger Fehler? Was? Was ist es? Warum verfalle ich Kerlen aus Büchern und Serien und Filmen nach kürzester Zeit und den echten niemals so richtig? Ich glaube, ich kenne die Antwort. Ich will sie mir nur nicht eingestehen. Ich wusste sie schon immer. Ich verliebe mich deswegen in sie, weil es sie nicht gibt.

PHOEBE.

Ich ein Blogger? – oder: New York Diaries

Das könnt ihr unmöglich ernst meinen«, sage ich fassungslos. »Ihr macht bloß einen Witz, oder?« Ich klammere mich innerlich an die Hoffnung, äußerlich an meine Kaffeetasse, schaue zwischen Margo, Jess und Gabriel hin und her. Wir sitzen an einem der kleinen quadratischen Besprechungstische, jeder auf seiner Seite, und trotzdem sind sie auf einer und ich auf der anderen. »Ihr wollt, dass ich blogge? Ich bin Journalistin.«

»Das wissen wir«, erwidert Margo, »es ist nur so eine Idee.«

»Nein, eigentlich nicht«, fällt Gabriel ihr ins Wort. »Es ist sehr viel mehr als nur eine Idee.«

»Moment. Dann habt ihr das schon beschlossen?«, frage ich zwischen wütend und enttäuscht. »Ohne mit mir zu reden? Ohne mich zu fragen?«

»Weißt du«, Jess zuckt mit den Schultern, »du warst weg und da …«

»Und da, was?« Ich spucke ihr die Worte entgegen, atme tief ein, versuche, mich zu beruhigen. »Ich war in San Francisco, nicht auf dem Mond. Herrgott noch mal, Jess, wir haben vor ein paar Tagen erst telefoniert.«

»Ich weiß.« Pause. »Ich wollte es dir lieber persönlich sagen.«

»Weil das ja auch so viel besser ist«, murmle ich und trinke einen Schluck Kaffee. Er ist zu stark und inzwischen kalt geworden.

»Hey, Bloggen ist die Zukunft«, wirft Margo ein.

Ich stelle die Tasse auf den Tisch, geräuschvoller als beabsichtigt, verschränke die Arme. »Wenn das so ist, warum machen wir denn dann nicht gleich aus NY TRND ein E-Mag?«

»Ich verstehe, ehrlich gesagt, nicht, was das ganze Drama soll«, sagt Gabriel kühl. Ich schaue ihn an, ignoriere die Falte zwischen seinen Brauen, die dunkelbraunen Augen, den Bartschatten. Er sieht gar nicht aus wie Don Draper. Er sieht aus wie ein Arschloch. »Es ist ja nicht so, dass deine Texte dann nicht mehr abgedruckt werden. Das werden sie. Sie erscheinen auch weiterhin im Magazin.«

»Wie großzügig«, entgegne ich, und er verdreht die Augen.

»Weißt du«, sagt Margo, beugt sich vor und legt ihre Hand auf meinen Arm. »Wir sind überhaupt erst auf die Idee mit dem Blog gekommen, weil deine Kolumne auf der Website und auch bei Facebook die höchsten Klickzahlen hat – was ganz toll ist«, schiebt sie begeistert hinterher. »Die Leute lieben deine Beiträge.« Ich hasse es, wenn sie mit mir redet, als wäre ich ein kleines Kind, das Angst vorm Zahnarzt hat. »Und es hat die letzten Wochen von San Francisco aus doch super funktioniert.«

»Weil es nicht anders ging«, antworte ich kühl, nehme Margos Hand weg und schaue frostig zwischen den zwei Frauen hin und her, die angeblich meine Freundinnen sind. Gabriel klammere ich aus meinen Blicken aus, versuche, Jess und Margo durch Telepathie über die Tischplatte hinweg mitzuteilen, wie unglaublich scheiße ich das gerade finde.

»Was ist, wenn ich nein sage?«, frage ich nüchtern. »Ihr könnt mich nicht zwingen.«

»Gott, geht es vielleicht noch dramatischer?« Gabriel verdreht schon wieder die Augen. »Das nenne ich mal Erste-Welt-Probleme«, sagt er, seufzt abgeklärt und fügt hinzu: »Ich habe euch doch gleich gesagt, dass sie so reagieren wird.«

»*Sie* ist übrigens anwesend.« Ich wollte nicht laut werden, aber das werde ich bei ihm irgendwann immer. Und ja, in jeder Hinsicht.

»Na gut, ich sehe zwei Möglichkeiten«, sagt Gabriel nun an mich gerichtet. Er klingt herablassend, schaut auch so. Unfassbar, dass ich vor noch nicht einmal einer Woche das letzte Mal mit diesem Mann geschlafen habe. *Nie wieder. Nie, nie wieder!* »Hörst du mir zu?«

»Ja. Ich warte.«

»Okay. Erstens, du stellst dich nicht so an und machst das mit dem Blog, und die beliebtesten Beiträge werden dann im jeweils aktuellen Heft veröffentlicht, oder aber du stellst dich stur, wir vergessen das mit dem Blog, und du schreibst deine Kolumne wie gehabt.«

Ich stutze. »Wie jetzt? Du lässt mir die Wahl?«

»Ich lasse dir die Wahl.«

Wo ist der Haken? In seinem Blick erkenne ich, dass es einen gibt. Als wäre das alles ein strategischer Schachzug, ein Dominostein, den er nur umwirft, weil er genau weiß, dass er eine Kettenreaktion zur Folge hat. Jess räuspert sich, ich blicke zu ihr rüber, sie schluckt. An der Art, wie sie schaut, merke ich, dass sie das, was sie gleich sagen wird, nicht sagen will. Aber Jess wäre nicht Jess, wenn sie damit hinter dem Berg halten würde. »Es tut mir leid, Bee, aber da muss ich leider widersprechen. Ich kann dir diese Wahl nicht lassen.«

»Wie bitte?«

Sie ringt mit sich. Margo schaut betreten auf die Tischplatte, liest mit dem Finger ein paar Zuckerkristalle auf. Gabriel wusste, dass Jess die Drecksarbeit für ihn übernehmen würde. Oder war es am Ende ihre Idee?

»War das …«, ich zögere, »war das etwa dein Vorschlag?«

»Es ist wirklich nichts Persönliches, nur eine logische Konsequenz.«

Ich starre sie an. »Eine logische Konsequenz?«

»Bee, deine letzten acht Kolumnen kamen allesamt zu spät. *Viel* zu spät. Gerade noch so. Du machst immer alles auf den letzten Drücker, alle müssen warten.« Pause. »Bei deinen Beiträgen aus San Francisco war es anders. Sie waren viel kürzer und knackiger, sie waren witzig und kamen wirklich gut an.« Noch eine Pause. Auch in meinem Gehirn. Ich weiß nicht, was ich sagen soll, am liebsten würde ich schreien, schweige aber. »Ja, es war mein Vorschlag, aber nicht, um dich zu bestrafen, sondern weil ich glaube, dass dieses Konzept viel besser zu dir passt. Du kannst spontan sein und schreiben, worüber du willst, hast alle Freiheiten.«

Ich versuche zu verdauen, was sie sagt, aber ihre Worte liegen ungenießbar und schwer in meinem Magen.

»Phoebe?« Gabriels Stimme kommt wie durch Watte.

Ich räuspere mich. »Wie habt ihr euch das vorgestellt?« Meine Augen schmerzen tief in den Höhlen, sie brennen. Ich werde jetzt nicht weinen, auf keinen Fall, ich halte mich und die Tränen zurück, konzentriere mich, zwinge mich, die Fassade zu halten.

»Wir haben uns da schon mal was überlegt, aber das sind echt nur vage Ideen«, sagt Margo in ihrer optimistischen Art. »Da deine Texte sehr persönlich sind und du ja auch Tagebuch schreibst« – *ich schreibe nicht Tagebuch*, denke ich genervt, *ich schreibe Leo* –, »dachten wir an«, dramatische Pause, »*New York Diaries.*« Sie strahlt. »Und, was meinst du?«

»Dass ich keine Ahnung habe, was das soll«, lüge ich, denn wenn ich ehrlich bin – und zu Ihnen kann ich das ja sein –, ist der Name gut. Und die Idee noch besser.

»Na ja, du könntest dir immer neue Themen überlegen, und die würden dann alle unter dem Namen *New York Diaries* zusammengefasst.«

»Und worüber schreibe ich da?«

»Keine Ahnung, über Männer, Ausgehtipps, Veranstaltungen … was du willst.«

»*Sex and the City* 2.0?«, frage ich schnippisch.

»Nein«, antwortet Margo und lächelt wie ein Vertreter. »Du kannst dir Projekte aussuchen, mal über die Stadt und mal persönlicher schreiben.«

»Also eigentlich wie vorher«, sage ich mürrisch. »Nur eben online.«

Sie schaut betreten. »Bee, du hättest viel mehr Freiheiten und wärst obendrein zeitlich flexibler.« Kurze Pause. »Abgesehen davon werden die beliebtesten Beiträge ohnehin abgedruckt.«

Ich war tatsächlich bei allen Kolumnen der vergangenen Monate zu spät dran. Und ja, es gab immer Gründe, aber das ändert nichts daran, dass sie recht haben.

Wäre ich gerade nicht so verletzt und würde ich mich nicht so übergangen und verraten fühlen, könnte ich das zugeben. Ich könnte eingestehen, dass die Sache mit dem Blog tatsächlich eine gute Idee ist und dass es eigentlich viel besser zu mir passt. Ich könnte sagen, dass der Titel toll ist und dass ich auf diese Art um einiges spontaner sein kann, was mir entgegenkommt.

Ich glaube, ich hätte genug Größe, das alles zuzugeben, wenn die beiden nicht *ihn* in die Sache mit reingezogen hätten. Sie haben mit ihm gesprochen, bevor sie mit mir gesprochen haben – und das, obwohl sie genau wissen, wie schwierig die Situation zwischen Gabriel und mir ist.

»Bee?«

»Ich kann also machen, was immer ich will?«, frage ich.

Der Ausdruck in Jess' Augen ist alarmiert, aber sie nickt.

»Ganz egal was?«

Und wieder nickt sie, schluckt, sieht ein bisschen so aus, als würde sie das zweite Nicken bereuen.

»Okay«, sage ich und stehe auf. »Ich gehe davon aus, ich kann mir für manche Beiträge jemanden an Bord holen?«

»Wie wen?«, fragt Gabriel.

Kurzer Seitenblick zu Jess. »Jamie Witter.«

Gabriel runzelt die Stirn. »Warum gerade er?«

»Weil ich seine Kolumne mag«, sage ich. Und weil ich mir sicher bin, dass es Jess ärgert.

DAVID.

Meredith Brooks – oder: My Book Agent

Meredith greift nach ihrer Stoffserviette, tupft sich über die Lippen, trinkt einen Schluck Wein, lächelt. Das dunkle Rot der Trauben haftet noch an ihren Zähnen.

Wir haben gemeinsam zu Mittag gegessen – sie Lamm mit Bohnen, ich getrüffelte Bandnudeln –, über das Manuskript gesprochen und meinen neuen Roman, der Anfang letzter Woche erschienen und gleich auf Platz drei der New-York-Times-Bestsellerliste eingestiegen ist.

»Die Lizenz-Verträge sind endlich alle durch«, sagt Meredith, »jetzt warte ich nur noch auf die Überweisung der dritten Rate für dein aktuelles Buch vom Verlag und den Vorschuss von Sony.« Sie blickt an mir vorbei, hebt die Hand. Ein paar Sekunden später erscheint eine Kellnerin mit strahlend weißer Bluse und schüchternen Augen. »Einen Espresso, bitte«, sagt Meredith knapp, sieht mich an, fragt: »Für dich auch?«, ich nicke, dann schaut sie wieder zu unserer Bedienung: »Zwei, bitte.« Die junge Frau antwortet mit einem Kommt-sofort-Blick, räumt das benutzte Geschirr ab, verschwindet lautlos, ich sehe ihr nach. Bestimmt eine Studentin, denke ich. Ein weiteres Mädchen, das dem Ruf der Großstadt wie dem einer Sirene gefolgt ist und jetzt in ihr unterzugehen droht. »Ach ja«, schneidet Merediths Stimme in meine Gedanken. »Wie war eigentlich San Francisco?«

»Gut«, sage ich. »Es war gut.«

»Dann bist du mit der Überarbeitung fertig geworden?«

Ich denke an meinen Koffer, das Manuskript, Phoebe, meine Notizen, ihre Unterwäsche, schlucke.

»Es lief ganz gut, ja.«

»Ja?«

»Ja. Ich bin zufrieden.«

»Moment. Könntest du das bitte wiederholen?«, fragt Meredith und entlockt mir damit ein Lächeln. »Ich glaube, das ist das erste Mal in neun Jahren, dass ich dich das sagen höre.«

Die Kellnerin kommt, stellt zwei winzige Tassen mit zwei noch winzigeren Keksen auf den Untertellern vor uns ab, lächelt mit inhaltsleeren Augen, dreht sich um und verschmilzt mit dem Weiß der Tischdecken und langen Vorhänge wie ein Chamäleon mit seiner Umgebung.

Merediths Handy klingelt, sie blickt aufs Display, entschuldigt sich für einen Moment, geht dran, steht auf, entfernt sich. Ihr langer feingliedriger Körper hat etwas von einer Schaufensterpuppe, der scharf geschnittene kinnlange Bob sitzt perfekt, umrahmt ihr blasses Gesicht wie eine schwarz glänzende Hecke, makellos, wenn nicht sogar ein bisschen unecht.

Wenn Meredith wüsste, dass eine Fremde im Besitz des Textes ist, würde sie ausflippen. Ich schaue weg, lenke mich ab, suche mit den Augen nach der Bedienung, finde sie nicht, bemerke erst jetzt das Klavierstück, lausche, wundere mich, dass es mir nicht gleich aufgefallen ist. Die Prelude in d-Moll, »Raindrops« von Chopin. Melancholisch, fröhlich. Wunderschön. Wieder riecht es nicht nach Tabak, wieder fehlt Onkel Theo.

Meredith kommt an den Tisch zurück, setzt sich zu mir, reißt die Aufmerksamkeit an sich.

»Tut mir leid, da musste ich drangehen«, sagt sie, leert ihren Espresso wie einen Schnaps, verzieht das Gesicht – so kurz, dass man meinen könnte, man hätte es sich eingebildet –, fragt: »Wann kann ich das Manuskript lesen?«, wartet, fügt dann in einem kaum merklichen Unterton hinzu: »Ich nehme an, Harry kennt es bereits?«

Die meisten Fragen, die Meredith stellt, sind rhetorisch. Höfliche Deckmäntel für Vorwürfe oder Feststellungen. Das gerade ist das perfekte Beispiel. Sie weiß genau, dass ich meine Texte immer erst Harry zum Lesen gebe, und ich weiß genau, dass sie das nicht mag. Natürlich hat sie das nie gesagt, aber das war auch nicht nötig. Ich kenne Meredith. Ich kenne sie lange und gut – sie ist meine Agentin und vertritt mich inzwischen immerhin seit beinahe zehn Jahren. Meredith kommuniziert auf mehreren Ebenen. Mit Worten, Blicken, Andeutungen, Gesten und Pausen. Anfangs war ich mir nicht sicher, ob sie die Richtige für den Job ist, wollte lieber von einem Mann vertreten werden, jemandem mit Durchsetzungskraft und starkem Willen, dachte, eine so zierliche Frau wie sie könnte sich in diesem harschen Business unmöglich behaupten. Doch ich lag falsch. Meredith ist ein Haifisch, ihre zerbrechliche Hülle reine Täuschung – und damit eine tödliche Waffe. Niemand vermutet hinter dieser Statur eine so knallharte und unnachgiebige Geschäftsfrau. Meredith und ihre Deals sind in der Branche berühmt, ihr Verhandlungsgeschick und ihr Verstand berüchtigt. Ich vertraue ihr, weiß, dass sie in meinem Interesse handelt, weiß, wie gut sie ist, wie viel sie arbeitet – doch sie arbeitet für mich. Und ich entscheide, wer meine Texte wann zu lesen bekommt.

»Klar hat er es gelesen«, antworte ich ruhig, trinke einen Schluck von meinem Espresso, genieße den bitteren Geschmack.

»Und? Was sagt er?«

»Er ist begeistert.«

PHOEBE. ABENDS.

Pizza, Pizza – oder: Der Paul in meinem Leben

Dieser Tag war für die Tonne. Kennen Sie das auch, wenn es sich so anfühlt, als hätte sich die ganze Welt gegen einen verschworen, und dann wird einem klar, dass das gar nicht stimmt, weil man der Welt völlig egal ist? Total gleichgültig? Weil die Welt nämlich was Besseres zu tun hat, als sich gegen einen zu verschwören? Das heute war so ein Tag.

In der Mittagspause habe ich mir ein neues Notizbuch gekauft, aber ich fühle mich einfach nicht danach reinzuschreiben. Es ist zu nackt und leer. Außerdem klammert sich ein naiver Teil in mir weiterhin an der Hoffnung fest, dass ich meinen Koffer samt Leo wiederbekomme. Und das, obwohl George mir vorhin geschrieben hat, dass Rosie bisher leider noch nichts Neues herausfinden konnte. Leo ist irgendwo, und ich irgendwo anders. Und Eva hat den ganzen Tag so viel im Café zu tun, dass sie bisher weder dazu gekommen ist, meine drei Sprachnachrichten abzuhören, noch, sie zu beantworten. Vielleicht besser so. Vermutlich würde ich ihr die Laune verderben, und das will ich nicht.

Ich bin heute seltsam weinerlich, weine zwar nicht, doch mein Brustkorb und mein Hals sind zu eng, und ich bin auf eine Art empfindlich, wie ich es sonst nicht von mir kenne. Oder zumindest nur sehr selten. Ich weiß nicht, ob es daran liegt, dass ich meine Tage bekommen habe – fünf Tage zu früh, begleitet von Unterleibsschmerzen des Todes –, oder daran, dass meine Freunde denken, ich wäre nicht verlässlich, womit sie leider nicht ganz unrecht haben. Trotzdem habe ich nicht mehr mit ihnen gesprochen. Dolchstoß bleibt Dolchstoß. Ich habe mich vor ihnen versteckt und mir das erste Thema für die *New York Diaries* überlegt: New York City's 5. Fläche.

Ich wollte schon immer über die Dächer dieser Stadt schreiben, die versteckten Gärten und Pools und Bars und Kinos; diese Welt, die an den Wolken kratzt. Doch mit nur zwei Kolumnen im Monat war das nie drin. Es gab immer andere Themen, meistens welche, die weit im Voraus geplant wurden. Theaterstücke, Konzerte, Ausstellungen. Ich war über Wochen ausgebucht. Der Abstand zwischen Anfrage und Veranstaltung wurde mit der Zeit immer größer, und so war ich meistens mit etwas beschäftigt, das ich gar nicht machen wollte.

Und genau deswegen kam ich immer öfter in Verzug. Weil das Herzblut fehlte. Weil Party und Feuilleton sich einfach nicht besonders gut vertragen. Ich glaube, ich wollte zu viel und habe das nicht gemerkt. Wenn das jetzt jemand anders übernimmt, kann ich endlich wieder tun, was ich wirklich will. Ich kann mich so lang oder kurz fassen, wie ich möchte, muss mich nicht mehr sklavisch an irgendwelche dämlichen Zeichen- oder Wortvorgaben halten.

Wenn man es genau nimmt, ist der Blog die Lösung auf ein Problem, von dem ich nicht einmal wusste, dass ich es hatte. Ich bin frei – und trotzdem mies drauf.

Nachdem ich tolle Dachterrassen und Veranstaltungen gefunden und mir einen straffen Plan zurechtgelegt habe, bin ich ohne ein Wort gegangen. Ohne mich von Jess oder Margo zu verabschieden. Bei mir ist Schweigen die lauteste Botschaft. Gabriel hat mir zugenickt, ich habe weggeschaut.

George ist unterwegs – sein Neffe hat Geburtstag. Er hat gefragt, ob ich mitkommen will, hat gesagt, dass seine Eltern sich freuen würden, aber ich wollte lieber allein sein. Habe »New York« von BOY auf Endlosschleife gehört und mir selbst Quarantäne verordnet, weil ich niemanden mit meiner schlechten Laune infizieren will. Ich glaube, ich werde lesen und davor baden. Und dann Pizza essen und dabei Jimmy Fallon schauen. Oder andersrum, das weiß ich noch nicht.

Ich bin zu Fuß nach Hause gegangen. Den gesamten Weg. Das tue ich sonst nie. Anfangs hat mein Zeh noch beleidigt gezogen, aber inzwischen tut er kaum noch weh. Gebrochen ist er also nicht. Das ist doch mal eine gute Nachricht. Ich hatte keine Ahnung, wie gut Selbstmitleid und lange Spaziergänge zusammenpassen – bis heute. Ich glaube, sie sind eng miteinander verwandt. Meine melancholische Bedrücktheit und meine fiesen Unterleibskrämpfe wurden mit jedem Schritt besser. Vielleicht muss man manchmal einfach weitergehen, auch wenn man den Weg nicht kennt. Vielleicht ändert nur das die Perspektive.

Ich habe unterwegs ein paar kleine Geschäfte gesehen und in der Nähe des Knights Buildings eine wunderschöne

Bakery entdeckt. Ein kleiner Eckladen, gemütlich und liebevoll. Ich konnte einfach nicht daran vorbeigehen, wurde angezogen wie die Motte vom Licht. Wenn ich Kuchen sehe, setzt mein Gehirn aus. Ich liebe Kuchen. Nein, das reicht nicht. Ich liebe, liebe, liiiebe Kuchen. Und Schokolade und Cookies und Plätzchen. So kam ich auch zu meinem früheren Spitznamen: Cookie. Nur Dad nennt mich heute noch so.

Als ich den Laden betreten habe, läutet ein kleines helles Glöckchen, und wie bei Pawlow und seinem Hund ist mir sofort das Wasser im Mund zusammengelaufen. Es war wie nach Hause kommen, roch nach Tee und Kaffee, Schokolade und frischem Brot. Die Musik war angenehm, der Raum klein, mit Sitzecken in den Schaufenstern, die Tische alle besetzt.

Ich stand eine Weile vor der Vitrine, konnte mich einfach nicht für nur *ein Stück* entscheiden, also wurden es zwei. Ein *New York Chai Cheesecake* – wie hätte ich dazu bitte nein sagen können, immerhin bin ich süchtig nach Chai – und ein Schokoladenkuchen mit einer ganz dicken Schokoglasur. Auf dem Schildchen daneben stand *Death by Chocolate*, und in Klammern: *clean eating*. Ich konnte nicht anders. Ein gesunder Schokoladenkuchen? Man ignoriert doch nicht einfach ein Stückchen Himmel, wenn es direkt vor einem liegt.

Als ich eine halbe Stunde später in der Wohnung ankam, habe ich alles für ein ausgiebiges Schaumbad hergerichtet. Jetzt liege ich da, versinke in knisternden Luftbläschenbergen, die nach Moschus duften, und schaue an die Decke. Mein Rücken schmerzt, mein Zeh pocht ein bisschen beleidigt, und meine Beine sind kalt. Ich glaube, das luxuriöse

Bad meines Hotelzimmers in San Francisco hat mich für immer verdorben. Fußbodenheizung, eine riesige Wanne, eine ebenerdige Dusche, Handtuchwärmer, flauschige Badetücher und Bademäntel, die man nicht selber waschen muss. Man gewöhnt sich schnell an so was. So froh ich bin, wieder zu Hause zu sein – und das bin ich, obwohl zwei Drittel meiner Freunde Verräter sind –, unser Bad ist doch eher ernüchternd. Winzig klein mit einer Wanne, in die man sich nur hineinfalten kann. Ich liege im Wasser, mein Kopf im Schaum, meine Beine neunzig Grad nach oben gestreckt, die Fersen an der kalten Wand. Das Kerzenlicht flackert, wirft schöne Schatten, aber es ist nicht gemütlich. Nicht, wenn man weiß, wie ein Vollbad sein *kann*.

Nach nicht einmal zehn Minuten stehe ich umständlich auf und ziehe den milchig weißen Duschvorhang zu. Das war ja ein tolles Entspannungsbad. Ich greife nach der Handbrause und lege den Kopf schräg. Ein neuer Duschkopf? Er ist schwerer als der alte. Und größer. Ich spüle mir den Schaum von der Haut, dann nehme ich mein Handtuch vom Haken. Während ich mich abtrockne, denke ich an die Pizza, die ich mir jetzt bestellen werde, und mein Magen knurrt zustimmend. Danach werde ich mich ins Bett kuscheln, das erste Stück Kuchen essen, Tee trinken und weiterlesen. Der Tee dürfte inzwischen kühl sein, genau so, wie ich ihn mag.

Ich habe immer noch Unterleibskrämpfe. Der Schmerz zieht sich meine Leisten hinunter bis zu den Knien. Manchmal frage ich mich, warum Frauen jeden Monat bluten müssen. Ich weiß ja nicht, wie es Ihnen geht, ich für meinen Teil finde das nicht fair. Andererseits: Was ist schon fair?

Es ist fast acht, als es an der Tür klingelt. Ich frage nach, wer es ist, weiß, dass es eigentlich nur Paul mit meiner Pizza sein kann, aber sicher ist sicher. Das sagt zumindest George. Der schimpft mich nämlich jedes Mal, wenn ich jemandem öffne, ohne vorher nachgefragt zu haben, wer da ist.

»Guten Abend, Bee, hier spricht deine Pizza«, sagt Paul in einer Singsang-Stimme, in der ich sein Grinsen erkenne.

»Hallo Pizza«, antworte ich lächelnd. »Schön, dass du endlich da bist.«

Ich drücke den Einlasser, höre, wie unten die schwere Tür aufgeschoben wird, warte auf das Ächzen des Aufzugs. Ich stehe in einer von Georges schlabbrigen Jogginghosen und einem meiner ausgewaschenen T-Shirts, in der Tür, höre hinter mir mein Handy zum wiederholten Male vibrieren, frage mich, wer es dieses Mal ist – Jess oder Margo –, ignoriere den Impuls dranzugehen, bleibe einfach stehen und warte, bis das Summen aufhört.

Ich rieche bereits den saftigen Honigschinken und den geschmolzenen Käse, bevor ich Paul sehe. Unsichtbare Rosmarin-Basilikum-Knoblauch-Wolken wabern durch den Flur. Die Aromen nehmen die Luftlinie direkt in meine Nase, in den Teil meines Gehirns, der sich an wunderbare Dinge erinnert, an schöne Abende, an gute Freunde und gutes Essen.

Ja, manchmal ist die Rettung eine Pizza. Zumindest, wenn sie so schmeckt wie die von *Pippa & Paul*.

DAVID. ZUR SELBEN ZEIT.

Charakterentwicklung – oder: Please Bee with me

Ich spüre den warmen Steinboden der Terrasse im Rücken, blicke in den Himmel, höre Musik. »Everything I Am Is Yours« von den Villagers – laut Phoebe ein Muss. Vereinzelte Wolken schweben wie Schleier über mich hinweg, das Tagebuch liegt offen auf meinem Bauch, ich schaue unendlich weit in ein Universum, das unendlich groß ist, fühle mich plötzlich noch kleiner.

Ich habe weitergelesen, bin fast bei der Hälfte, werde melancholisch bei dem Gedanken, dass es von nun an immer weniger wird und dann ganz unvermittelt endet. Unvollendet. Ihr Leben wird weitergehen, aber ich werde nicht wissen, wie, werde wieder da sein, wo ich hingehöre, weit weg.

Zu lesen, wie sie lebt, zeigt mir, wie leer ich bin. Ich habe so viel Platz, bin unausgefüllt, eine Mischung aus einsam und Einsiedler. Manchmal wünschte ich, ich wäre mehr wie mein Bruder. Sam nimmt einen Tag nach dem anderen, liebt bedingungslos, lebt, ohne nachzudenken, handelt, wo ich nur grüble, fürchtet sich nicht davor, Menschen zu verlieren. Ich weiß nicht, woher er das hat, dieses unerschütterliche Vertrauen, dass alles gut wird, obwohl wir doch genau wissen, dass es nicht stimmt; dass ganz viel schlecht war, dass Menschen sterben, obwohl sie versprechen, nach Hause zu kommen. Erst unsere Eltern, dann Onkel Theo. Vielleicht war Sam noch zu klein. Er weiß nur das, was ich ihm erzählt habe, und ich habe viel weggelassen. Er kann sich nicht an das Lachen unserer Mutter erinnern oder an die Stimme unseres Vaters. Ich war seine Familie, und ich bin noch da. Jetzt hat er zwei, mich und eine eigene.

Ich hätte gern so ein Leben wie er, sehne mich manchmal so sehr danach wie nach den Menschen, die ich verloren habe, will daran glauben, dass sich dieses Leben für mich irgendwann erfüllen wird, glaube aber nicht daran, und dann frage ich mich, ob es vielleicht deswegen nicht passiert, weil ich es nicht tue.

Die Sirenen heulen zu mir hoch, erinnern mich an die hektische Welt, aus der ich mich seit dem Tod meiner Eltern und noch mehr seit der Trennung von Maggie ausklammere. Ich blinzle, starre in die blaue Stunde über mir, frage mich, was Phoebe gerade tut, ob es ihr gutgeht, wundere mich über meine Gedanken. Wäre sie ein Farbton, wäre sie genau dieses Blau. Wie ein Neuanfang, zum Greifen nah und doch weit weg, frisch in dieser unendlichen Hitze.

Ich habe die Tatsache inzwischen erfolgreich verdrängt, wie tief ich in ihre Privatsphäre eindringe, immer weiter, mit jedem Eintrag, den ich lese. Ich sage mir, dass ich jederzeit aufhören könnte, klinge wie ein Süchtiger, fühle mich auch ein bisschen so. Meine Neugierde und meine Faszination sind so viel stärker als die halbherzigen Vorwürfe, die ich mir mache. Ich habe anfangs versucht, mich deswegen schlecht zu fühlen, aber es fühlt sich nicht falsch an, obwohl ich natürlich weiß, dass es das ist. Ein Vertrauensbruch. Andererseits: Wie kann ich etwas brechen, das ich nie hatte? Trotzdem. Ich weiß, was ich tue, und auch, dass es nicht richtig ist, moralisch verwerflich, weil es mich nichts angeht. Ich sollte nicht wissen, mit wem sie schläft – ein Typ namens Gabriel, den ich nicht ausstehen kann; ich glaube, ihr Boss –, oder über wen sie sich aufregt – meistens Stephen, den Ex-Mann ihrer Freundin Jess. Ich kenne Phoebe nicht, weiß aber auf den Tag genau, wann sie in den letzten Monaten ihre Periode hatte, dass sie manchmal stundenlang wach liegt, weil sie nicht aufhören kann nachzudenken, dass sie wahnsinnig gern Kuchen isst – besonders die ihrer Schwester Eva. Ich weiß, warum Eva Phoebe »Bee« nennt – weil sie den Namen, als sie klein war, nicht richtig aussprechen konnte. Ich weiß, dass sie ein veganes Café in Boston hat und mit einem ihrer ehemaligen Uni-Professoren verheiratet ist. Ich weiß, dass Phoebe und sie sich über WhatsApp Sprachnachrichten schicken und abends gemeinsam über Skype die *Tonight Show* schauen. Das alles sollte ich nicht wissen. Und auch nicht, dass Phoebe seit ihrem Abschluss reisen wollte, ihr dafür jedoch immer entweder der Mut oder das Geld gefehlt hat. Ich weiß nicht, wie Phoebe aussieht, aber ich weiß, dass sie keine Beziehungen hat, sondern Affären, weil sie nicht an die Liebe glaubt, aber trotzdem nicht auf Sex verzichten will. Ich weiß, wie sie riecht und dass sie gewelltes mittelbraunes Haar hat. Ich weiß, dass sie gerne liest und dass sie viel in New York unterwegs ist – in Cafés und Bars und Kneipen.

Aber das alles geht mich nichts an. Nichts davon. Weder ihr Kater namens Tony noch, wie gerne sie Chai trinkt, und erst recht nicht, dass sie sich zu Beginn ihres Aufenthaltes in San Francisco einen Vibrator gekauft hat, der, wie sie es ausdrückt, ihr Leben verändert hat. Ich weiß mehr von ihr, als ich je von Maggie wusste, bin in ihrem Kopf, in jedem Gedanken, bekomme alles mit.

Je länger ich lese, desto mehr beschäftigt mich, wer dieser Leo ist, ob es ihn wirklich gibt, und wenn ja, in welcher Beziehung er und Phoebe zueinander stehen. Erst dachte ich, er wäre ihr Bruder, aber er kann nicht ihr Bruder sein, sonst wäre sie nicht so offen. Nicht so ungefiltert, nicht so schonungslos. Sie schreibt, als würde sie sich selbst schreiben, wie Briefe an ein anderes Ich. Ist es das? Aber warum dann Leo? Es muss einen Grund geben, und es macht mich fast wahnsinnig, dass ich ihn nicht kenne, vermutlich nie erfahren werde.

Sie erzählt Leo alles, was wichtig ist. Von Liedern und Filmen, die sie hört und sieht, von Dingen, die sie träumt, die sie erlebt, die sie sich wünscht, von ihren Freundinnen, ihrer Familie, ihrem Mitbewohner. Vielleicht war sie mal mit Leo zusammen? Vielleicht waren sie verheiratet? Vielleicht ist er gestorben, und sie hält so an ihm fest, zeigt ihm, dass sie ihn nicht vergessen hat. Aber würde sie sich dann bei ihm über ihre One-Night-Stands auslassen, darüber, wie wenig Ahnung die meisten Männer haben, dass sie nicht wissen, was sie tun, dass sie eine Art Pflichtprogramm abspielen, als wäre der weibliche Körper ein Instrument, auf dem sie improvisieren, weil sie es nicht beherrschen, weil er sie in Wahrheit völlig überfordert? Würde man dem Geist des Menschen, den man liebt, all das erzählen? Und wenn Leo wirklich ihre verstorbene Liebe ist, warum hat sie ihn dann nie erwähnt, nicht einmal in einem Nebensatz? Etwas wie: *Jetzt schaue ich die* Tonight Show *mit Eva, weil du nicht mehr da bist?* Ich werde einfach nicht schlau daraus.

Ich habe weitergelesen, festgestellt, wie viele Dinge ich selbst über Frauen nicht weiß, mich gefragt, ob Phoebes Vorlieben übertragbar sind, ob ein paar der Frauen, mit denen ich geschlafen habe, auch so von mir denken, warum Frauen uns Männern nicht einfach sagen, was ihnen gefällt, und lieber so tun, als wäre es gut.

Ich habe versucht, mir nicht vorzustellen, wie Phoebe mit Gabriel schläft, habe es nicht geschafft, bin beim Lesen mit ihr ins Bett gedriftet, habe ein Gefühl wie Eifersucht gespürt, gedacht, dass es albern ist, gemerkt, dass ich es nicht mag, wie sehr sie es genießt, mit ihm zu schlafen, musste mir eingestehen, dass ich es tatsächlich bevorzuge, wenn sie schlechten Sex hat, habe mich bei der Frage ertappt, wie sie es wohl finden würde, mit mir zu schlafen. Inmitten dieser Gedanken hat Harry angerufen, und ich habe mich gefühlt, als wäre ich wieder vierzehn, und als hätte er mich unter der Dusche dabei erwischt, wie ich mir einen runterhole. Seltsam, wie das Gehirn arbeitet. Ich bin nicht mehr vierzehn, und doch wird ein Teil von mir es vermutlich immer bleiben, irgendwo gefangen zwischen Junge und Mann, zwischen unsicher und selbstsicher.

Harry hat wegen des Koffers angerufen, meinte, dass sich wohl ein Mann gemeldet hätte, der seinen Koffer vermisse, sich darüber informiert, ob sonst noch jemand sich diesbezüglich an die Airline gewandt hat. Doch abgesehen davon nichts. Kein Anruf von Phoebe. Warum nicht? Will sie ihre Sachen denn nicht wiederhaben? Vor allem dieses Buch?

Ich frage mich, ob sie mein Manuskript liest, bin mir sicher, dass es so ist, wüsste gerne, was sie davon hält, von der Sprache, von den Figuren, allen voran von Nathaniel – also von mir. Normalerweise interessiert mich die Meinung anderer nicht, ganz besonders dann, wenn es um meine Romane geht. Ich rede nicht über meine Bücher. Ich schreibe sie, dann gebe ich sie ab. Das ist alles. Sie haben nicht wirklich viel mit mir zu tun, einmal abgesehen davon, dass es meine Gedanken sind und dass die Handlungen und Figuren meinem Verstand entspringen. Sie sind ein Teil von mir und doch auch unpersönlich, weil es nicht um mich geht, immer um andere, um Geschichten, die in meinem Kopf entstehen, fernab von meiner Realität, in einem Kosmos, den es irgendwo vielleicht gibt, aber sicher nicht hier.

Bei diesem Roman ist es anders. Phoebe wird mich kennenlernen, ohne es zu wissen, bekommt Kapitel meines Lebens zu sehen, die ich im Nachhinein gestrichen habe, Szenen meiner Ehe, die ich doch nicht teilen wollte. Aber seltsamerweise stört es mich nicht, dass sie sie lesen wird, vielleicht, weil es fair ist – immerhin kenne ich ihre intimsten Gedanken. Sie konnte auch nichts streichen, muss damit leben, dass ich alles weiß, was sie in den letzten Monaten gedacht und gefühlt hat. Sie ist wie ein offenes Buch, das ich jetzt nicht mehr zuschlagen kann.

Ich war mir sicher, wenn ich nur weiterlese, wenn ich ihre ungefilterte, schonungslose Sicht auf die Welt immer weiter entdecke, dann bekäme Phoebe ein Gesicht – die Frau in meiner Vorstellung hat noch immer keines. Zumindest kein ganzes. Das bisschen, das ich davon sehe, ist verwaschen und undeutlich, obwohl ich bereits so viele ihrer Einträge gelesen habe. Ihr Körper konnte Gestalt annehmen, ihr Wesen wurde greifbarer, ich habe ihren Humor kennengelernt, er ist rauh und vertraut, aber ich sehe ihre Augen nicht. Der Spiegel zu ihrer Seele bleibt mir verwehrt, vielleicht, weil ich mit jeder Zeile, die ich lese, wissentlich ihr Vertrauen breche.

Ich taste nach dem Tagebuch auf meinem Bauch, halte es fest, setze mich auf, schaue auf die Uhr. Harrys Fahrer holt mich in einer Viertelstunde ab. Wir gehen abendessen. Eigentlich wollte ich absagen, so wie ich das immer tue – er fragt mich, ob wir essen gehen wollen, und ich sage nein. Doch dieses Mal habe ich eine kleine Pizzeria vorgeschlagen, die Phoebe ein paar Mal erwähnt hat: *Pippa & Paul*. Ich habe es vorgeschlagen, ohne darüber nachzudenken, als hätte etwas ganz tief in meinem Inneren diese Entscheidung ohne mich getroffen. Harry war überrascht, wie sollte er auch nicht? Er musste mit einem Nein rechnen. Ich sage immer nein. Wenig später hat er mir geschrieben, dass der Tisch reserviert ist und dass sein Wagen um 20:00 Uhr bei mir sein wird.

Seitdem bin ich nervös. Alles in mir ist in Aufruhr. Es fühlt sich an, als wäre ich mit *ihr* verabredet. Mit der Frau, mit der ich seit meiner Rückkehr einen Großteil meiner Tage und Nächte verbringe und über die ich die restliche Zeit nachdenke. Ich höre die Musik, von der sie schreibt, markiere bei Netflix die Filme, die sie erwähnt, kann nicht aufhören, an sie zu denken. Phoebe. Eine Frau, an der ich auf der Straße einfach vorbeigehen würde, ohne sie zu erkennen; von der ich alles weiß.

Es ist lächerlich.

PHOEBE.

Heiß auf Eis? – oder: What's for dessert?

Ich sitze auf dem Dachhof unter einem fliederblauen Abendhimmel und höre »Love« von Nat King Cole. Zwei Drittel der Pizza sind bereits in meinem Magen verschwunden und ich wieder friedlich. Der geschmolzene Käse hat mein Hormongemüt beruhigt, den Rest erledigen gerade Nat mit einer Samtstimme und Tony mit seinem warmen Körper, der sich schnurrend an meinen verkrampften Unterleib schmiegt. Das Lied endet, ich spiele es von vorn. Mein Handy vibriert. Erst will ich es ignorieren, aber dann lese ich *Eva* auf dem Display und muss sofort lächeln. Als wäre ihr Name eine Pille für gute Laune.

»Eva.«

»Bee, hi.« Ich höre Geschirr im Hintergrund. »Tut mir leid, dass ich erst jetzt anrufe, der Tag war die Hölle.«

»Kein Problem«, antworte ich, klemme mir das Handy zwischen Ohr und Schulter, greife nach einem Stück Pizza und beiße ab.

»Was gibt es Neues wegen Leo?«

»Gar nichts«, sage ich schmatzend, schlucke runter, wische mir die Hand an der Serviette ab. »Eine Freundin von George arbeitet bei American Airways. Sie bleibt dran.«

»Okay. Und was ist das für ein Manuskript? Hast du schon reingelesen?«

Mein Blick fällt auf die Mappe. »Ab wie vielen Seiten wird aus *reinlesen* eigentlich lesen?«

Kurze Pause, noch mehr Geschirrgeklapper. »Hm, gute Frage. Wie weit bist du denn?«

»So bei zwei Dritteln?«

Sie fängt an zu lachen. »Dann hast du definitiv mehr als nur *reingelesen*.«

Tony drückt seine Pfote in meinen Bauch und blickt mich von unten an. Seine Augen sagen *streichle mich, streichle mich,* also streichle ich ihn.

»Und?«, fragt Eva über den Krach der Kaffeemaschine hinweg, dann wird es wieder still. »Bist du schon verliebt?«

»Du hast ja keine Vorstellung«, murmle ich seufzend.

»Es ist so gut?«

»Mehr als das.«

»Reden wir noch von dem Buch oder schon von der männlichen Hauptfigur?«

Ich grinse. »Beides.«

Meine Gedanken schweifen ab. Zu Nathaniel und der Geschichte. Zu den Ebenen, auf denen sie spielt. Dieser Roman erinnert mich ein bisschen an die vielen Schichten dieser Stadt. Sie bauen aufeinander auf und sind doch strikt voneinander getrennt. Ich habe das Manuskript ja noch nicht ganz gelesen – Gott sei Dank, ein Teil in mir hofft, dass ich es niemals fertigbekomme, während der andere gar nicht schnell genug weiterlesen kann –, aber es kommt mir so vor, als hätte die Geschichte in Nathaniels Kopf begonnen, und als würde man sich langsam zu seinem Herz vorarbeiten, so wie durch vermintes Terrain.

An Evas Ende der Leitung ist es vollkommen still, so still, dass ich kurz denke, die Verbindung wäre unterbrochen. Ich will gerade fragen, ob sie noch dran ist, da sagt sie: »Läuft da bei dir im Hintergrund etwa Nat King Cole?«

»Ja. Mein Autor hat den Song erwähnt«, antworte ich vage.

Erwähnt trifft es nicht ganz. Es kam bisher drei Mal vor, ein Mal davon hat er es gestrichen. Am Rand stand nur die gekrakelte Bemerkung: *Ich würde sagen, zwei Mal reicht.*

»Dein Autor?«, fragt Eva, ich höre sie süffisant grinsen. »So nennst du ihn?«

»Wie soll ich ihn denn sonst nennen?«

»Keine Ahnung«, sagt sie, »vielleicht einfach *der* Autor?«

Ich betrachte seine Handschrift, die Notiz am Rand der Seite, die einzelnen Wörter, die er durchgestrichen hat. Seine Schrift ist schwer leserlich, mit langen geschwungenen g's und sehr wenig Abstand zwischen den Buchstaben. Ich fahre mit dem Finger über die Linien. Er ist nicht nur irgendein Autor, er ist viel mehr als das. Ich lese sein unveröffentlichtes Manuskript – zumindest denke ich, dass es unveröffentlicht ist – und er meine Briefe an Leo. Ich würde sagen, persönlicher geht es nicht.

»Er ist nicht nur *ein* Autor«, antworte ich schließlich. »Wenn er Leo liest, und davon ist auszugehen, dann weiß er nicht nur, dass ich mit meinem Boss schlafe und in welchen Stellungen ich es am liebsten mag, sondern auch, dass ich mir vor kurzem einen neuen Vibrator gekauft habe.« Eva kichert. »Ich weiß ja nicht, wie du das siehst, aber ich finde, das macht ihn irgendwie zu *meinem* Autor.«

»Touché«, sagt sie und versucht, ein Lachen zu unterdrücken. »Worum geht es eigentlich in dem Roman?«

»Hm«, mache ich, suche nach den richtigen Worten, sage schließlich: »Um eine Liebe, die eigentlich keine ist.«

»Was ist es dann?«

Ich atme tief ein. »Verkleidete Angst vorm Alleinsein.«

»Wie ernüchternd.«

»Ja, das ist es. Es ist das Porträt eines Ehepaars, das sich gar nicht kennt. Zwei Menschen, die hoffen, etwas in ihrem Partner zu finden, das ihnen fehlt. Etwas, das sie verloren haben. Oder das sie vielleicht nie hatten.«

»Und wieso liest du so was? Ich meine, das ist ja fast so, als würdest du es auf eine Depression anlegen.«

»Es ist unglaublich gut geschrieben. Und der Protagonist ist so …« Ich schüttle den Kopf. »Ich weiß auch nicht. So unglücklich.«

»Wie schön.«

»Du verstehst das nicht.«

»Offensichtlich.«

»Er ist …« Ich zögere. »So menschlich.«

»Klingt nach einem tollen Roman.«

»Du wirst lachen, aber ich kann nicht aufhören, an ihn zu denken.«

»An ihn oder an das Buch?«

Ich überlege kurz. »An ihn«, sage ich und streichle über Tonys weiches Fell, kraule ihn hinter den Ohren. »Es ist, als würde ich ihn kennen, ihn einfach verstehen. Ich meine, so richtig. Wie man einen anderen Menschen nur ganz selten versteht. Weißt du, wie ich meine?«

»Ich glaube schon, ja.« Sie trinkt einen Schluck, und wir schweigen kurz zusammen. »Wie, denkst du, wird es enden?«

»Keine Ahnung, Hauptsache, er verlässt sie«, sage ich frostig, und mir fällt auf, dass ein Teil in mir sich nicht nur wünscht, dass er sie verlässt, dieser Teil wünscht sich, dass Nathaniel allein bleibt, dass es keine neue Frau in seinem Leben gibt, kein Happy End. Vielleicht später irgendwann. Aber nicht, wenn ich dabei zusehen muss.

»Da ist aber jemand ganz schön parteiisch«, sagt Eva amüsiert.

»Okay, ja, ich bin auf seiner Seite.«

»Was du nicht sagst.«

»Aber sie ist auch ein Miststück.«

Tony streckt sich, dann springt er von meinem Schoß, ich schaue ihm nach.

»Weißt du, was mir vorhin beim Lesen passiert ist?«, frage ich und warte auf Evas fragendes *Hm?* – dann kommt es: »Hm?« »Ich habe auf meine Pizza geweint. Beim Lesen. Das ist neu. Normalerweise blockiert Pizza meine Tränendrüsen, aber dieses Mal gab es kein Halten mehr.«

»Ganz ehrlich, Bee, deine Vorliebe für fiktionale Männer in Ehren, aber ich glaube irgendwie, dieses Manuskript ist nicht gut für dich.«

Ich gleite mit den Fingern über die Seiten. »Kann schon sein, aber ich muss wissen, wie es endet.«

»Na gut, ich beiße an. Warum? Warum musst du wissen, wie es endet?«

Ich erzähle ihr die Grundzüge. Valerie Hastings, ein Miststück aus gutem Hause, manipulativ und intelligent, trifft am College auf Nathaniel Birch – eine Maske mit schönem Gesicht –, der, soviel er kann, vor der Außenwelt verbirgt. Einen Jungen in der Gestalt eines Mannes mit breiten Schultern und kantigem Kinn, der nur den Abstand kennt und von Valeries lautem, aufbrausendem Wesen völlig eingenommen ist. Die beiden verlieben sich, kommen zusammen, heiraten. Ab hier beginnt es zu bröckeln. Sie finden ein Haus, kaufen es, verlieren einander. Oder begreifen, dass sie sich nie wirklich hatten. Sie wollen Kinder, bekommen aber keine. Sie deutet an, es läge an ihm, er hofft, es liegt an ihr. Valerie erleidet eine Fehlgeburt, das Schweigen wird lauter. Sie fängt an, ihn zu betrügen. Mit einem gemeinsamen Freund, der auch noch ab und zu zum Abendessen kommt. Nathaniel ahnt es, tut aber so, als wäre alles in Ordnung, als wäre es nicht wahr, solange es keiner ausspricht.

»Du hast recht«, sagt Eva, »sie ist ein Miststück.«

»Danke. Ich muss einfach wissen, ob er sie verlässt. Er muss sie verlassen.«

»Du stehst auf ihn.«

»Das ist übertrieben. Ich finde ihn nur … interessant.«

»Interessant?«, fragt Eva lachend. »Bei dir hört sich das an, als wärst du frisch verliebt.«

»Blödsinn. Außerdem ist er gar nicht mein Typ.«

»Du hast bei fiktionalen Charakteren einen Typ? Im Ernst?«

»Wenn du das so sagst, klingt es, als wäre ich irgendwie gestört.«

»Und ich finde, es klingt so, als würdest du auf ihn stehen.«

Tue ich das? Kann sein. In meiner Vorstellung ist er groß und männlich, aber nicht wie so ein Fitnesstrainer. Seine Fassade sitzt so perfekt, wie der Koffer meines Autors gepackt war. In diesem Moment wird mir klar, dass Nathaniel und mein Autor in meinem Kopf ein und dieselbe Person sind. Ich sehe ihn vor mir. Einen definierter, schlanker Mann, der nur selten lächelt – wenn er es aber tut, leuchtet sein ganzes Gesicht. Ich sehe einen Mann, der alles zurückhält, der funktioniert wie ein mechanisches Uhrwerk. Im Beruf, im Bett, in der Beziehung. Der Blumen für seine Frau kauft, ihr Schmuck schenkt, mit ihr tanzen geht. Er tut es, weil man es tut, und nicht, weil er es will. Er tut es, weil es dem Männerbild entspricht, dem er entsprechen möchte, dem Bild, dem er aus irgendeinem Grund entsprechen muss. Kultiviert, aufmerksam, stilvoll. Ein Mann der alten Schule, ein Mann, der Nat King Cole hört. Der fühlen will, was er vorgibt zu fühlen. Es ist schwer zu sagen, wie viel von seiner Verschlossenheit bewusst ist, was er berechnend tut und was nicht. Nathaniel ist nicht leicht zu durchschauen, weder für mich noch für sich selbst. Er ist intelligent und undurchsichtig. Ein gutaussehender und kontrollierter Mann, der auch unter Menschen fast an seiner Einsamkeit erstickt.

»Bee? Bist du noch dran?«

»Ja. Ich überlege«, antworte ich, greife nach dem angebissenen Stück Pizza, halte den Rand hoch, damit das Öl nicht runtertropft, beiße ab. Ich kaue eine Weile, da kann ich besser denken, dann schlucke ich und sage: »Es ist mehr als das.« Pause. »Er berührt mich.«

»Er berührt dich?«

»Ja. Er berührt mich.«

Auch das ist neu. Die meisten Männer berühren nur meine Haut. Die anderen leben zwischen zwei Buchdeckeln oder in Serien. Ich schwärme für sie. Wenn ich will, jeden Abend für einen anderen. Kann mich neu verlieben, ohne jemanden verlassen zu müssen. Das ist schön. Und unkompliziert.

Aber mein Autor berührt mich.

Dienstag, 14. Juni 2016

DAVID. MITTAGS.

Das Geisterhaus – oder: Past Imperfect

Ich gehe durch den Park, will den Kopf freikriegen, aber er ist voll. Überall sind Menschen, sie liegen auf den Wiesen, gehen spazieren, joggen, rudern auf dem See. Strahlende Gesichter, entspannt, sommerlich, glücklich. Hunde tollen übers Gras, die Skater machen waghalsige Sprünge, die Touristen Fotos von jedem Winkel der Stadt, um sich später daran zu erinnern; Kinder weinen, weil sie kein Eis bekommen, ich bin mittendrin und außen vor. Die Bäume spenden Schatten, ihre Kronen sind unendlich grün, grüner wird's nicht mehr. Das ist der Höhepunkt. Mitte Juni. Die Stadt flirrt, der Himmel ist heiß, die Zeit für die Hamptons bald gekommen. Insekten fliegen träge durch wasserwarme Luft, wie angetrunken, und ich gehe ziellos umher, am Seeufer entlang, beobachte die Menschen auf der Bow Bridge, die Paare in den Booten, die für einen Hauch Romantik teuer bezahlen. Der Riemen meiner Schultertasche scheuert an meinem Hals, mein Hemd klebt an mir, ich schwitze, lehne mich an einen Stein, auf dem *Nicole + Danny* steht, frage mich, ob die beiden noch zusammen sind, denke an Phoebe, schaue zu den zwei Türmen, die über die Wipfel ragen wie zwei Felsen vor tiefstem Blau, das zum Horizont hin heller wird. Es ist vollkommen windstill. New York City erstickt im Hochsommer, verbrennt in der Mittagssonne.

Ich bekomme Hunger, weiß nicht, wo ich hinwill, was ich essen könnte, weiß nur, ich will nicht alleine sein. In dem Moment klingelt mein Handy. Ich ziehe es hervor, sehe acht verpasste Anrufe, lese Julias Namen auf dem Display. Warum ruft sie an und nicht Sam?

»Jules«, sage ich, »alles okay?«

»David, *endlich* erreiche ich dich.«

Der Ausdruck in ihrer Stimme legt einen Schalter in meinem Gehirn um. Von normal auf Panik. Als würde ich in ein altes Gefühl stürzen, in eine Erinnerung, die ich vergessen will.

»Warum? Ist etwas passiert?« Ich klinge, wie ich sonst nie klinge, halte mich mit der freien Hand an dem Stein fest. »Ist was mit Sam? Oder mit dir und den Kindern? Geht es euch gut?«

»Es ist alles in Ordnung«, sagt sie schnell, »Sam und ich haben uns nur Sorgen um dich gemacht.« Mein Gehirn arbeitet, kommt aber nicht nach. »Er hat dich gestern Abend ein paar Mal angerufen, und du bist nicht rangegangen.«

»Ich …«, fange ich an, breche ab, spüre, dass ich zittere. »Ich war mit Harry Abend essen. Ich hab seitdem nicht aufs Handy geschaut.«

Mein Atem geht schwer, mir bricht der Schweiß aus.

»Ich wollte dich nicht erschrecken, David. Es tut mir leid.«

Ich will sagen, dass ich das weiß, dass es okay ist, dass sie nichts falsch gemacht hat, dass es schön ist, dass es Menschen gibt, die sich um mich sorgen. Aber ich kann nicht sprechen. Jeder Muskel in meinem Körper ist angespannt, als würde er sich für einen Schlag wappnen. *Beruhige dich, alles ist gut, es kommt kein Schlag, dein Bruder ist nicht tot, er lebt.* Ich hasse Telefone. Ich hasse sie. Aber Sam lebt. Er lebt.

»Dave?« *Sam.* Erleichterung, überall, sofort. Tränen schießen in meine Augen, ich spüre alles unmittelbar, die Enge um meine Brust, die plötzlich nachlässt, meine Muskeln, die entspannen. Ich will nicht weinen, aber ich tue es, lautlos und still, als würde eine alte Wunde bluten. »Dave, bist du noch dran?«

Ich schlucke, atme tief ein. »Ja.«

»Scheiße, es tut uns echt leid.« Kurze Pause. »Hörst du?«

Jetzt reiß dich zusammen, reiß dich zusammen.

»Kein Problem, alles gut«, sage ich ruhig, fast überzeugend, nur meine Hände zittern. Ich bin auf diese unangenehme Art wach, voll mit Adrenalin, nervös, aufgebracht.

Schreckliche Dinge passieren im echten Leben immer plötzlich. Sie sind einfach da, machen einen Schnitt, trennen das Vorher vom Nachher, hinterlassen Narben, die niemals heilen.

Nach dem Tod unserer Eltern konnte ich monatelang nicht ans Telefon gehen. Ich habe Zustände bekommen, wenn es geklingelt hat, wollte nicht einmal in seine Nähe kommen. Als wäre das Telefon das Problem und nicht die

Nachricht. Nach Onkel Theos Tod habe ich eine Therapie gemacht, doch alles, was ich dort gelernt habe, war, mir nicht mehr anmerken zu lassen, wie es mir geht, zu lächeln, auch wenn mir nicht danach ist. Ich mochte Dr. Goldstein nicht. Ich denke, das beruhte auf Gegenseitigkeit. Fakt ist: Wenn alle eine Lüge glauben wollen, ist es keine Lüge mehr, dann ist es irgendwann die Wahrheit.

Der Tod unserer Eltern machte einen ganz gewöhnlichen Tag zu einem Tag, den ich nie wieder vergessen werde. Es war ein Tag wie all die Tage zuvor – und keiner mehr danach. In Filmen und Romanen kündigen sich Unfälle meistens an. Versteckt, man muss genau hinsehen, aufmerksam sein, zwischen den Zeilen lesen, die Kleinigkeiten nicht außer Acht lassen – aber dann weiß man, dass etwas lauert. In der Realität schlagen sie einfach zu. Die Monster sind nicht unter Kinderbetten, sie sind überall. Für mich sind Autos die schlimmsten davon. Ich selbst fahre nicht, fahre auch nur ungern mit, nehme lieber den Zug.

Ich werde nie vergessen, wie ich ans Telefon gegangen bin, damals, an diesem ganz normalen Tag, einem Sommertag, genau wie heute. Danach war nichts mehr so wie zuvor.

»Dave?«

»Hm?«

»Wollen wir Mittag essen?«

Sams Stimme kommt wie aus einer anderen Welt. Meine Augen stellen wieder scharf, blicken aufs Wasser, sehen die Ruderboote, die zwei Türme, die in den dunkelblauen Sommerhimmel stechen, wie die alten Erinnerungen in mein Herz. Es ist viele Jahre her.

»Ja«, antworte ich ruhig, mein Herz rast. »Das wäre schön.«

»Willst du zu uns kommen?«

Ich räuspere mich, sage: »Ja«, dann lege ich auf und mache mich auf den Weg.

PHOEBE. ZUR SELBEN ZEIT.

Auf die Freundschaft? – oder: Jess allein in New York

Der Tag rinnt mir durch die Finger. Heute fühlt sich eine Stunde an wie zwanzig Minuten. Oder wie fünf. Nur gute Zeit vergeht schnell, denke ich beschwingt und dabei automatisch an meinen Autor. *Hör auf, Gehirn.*

Es ist bereits Mittag. In einer halben Stunde treffe ich Jamie zum Essen. Es hat mich überrascht, wie begeistert er von meinem Vorschlag war. Voller Ideen. Das, was als kleiner Rachefeldzug gedacht war, könnte tatsächlich ganz schön werden.

Mein Magen knurrt. Wenn ich seine Wünsche richtig deute, will er einen Burger mit ganz viel Käse und gerösteten Zwiebeln. Ich versuche, mich wieder auf meine Recherche zu konzentrieren, drifte aber in Gedanken zu den salzigen Pommes frites, die ich bald bestellen werde, denke sehnsüchtig an den *New York Chai Cheesecake*, den ich gestern Nacht im Bett noch gegessen habe, fluffig und cremig und unglaublich weich im Mund. Ich glaube, ich habe seinetwegen so süß geträumt. Und der Gedanke, dass ein großes Stück Schokoladenkuchen zu Hause im Kühlschrank auf mich wartet, ist so beruhigend, dass ich nicht anders kann, als zu lächeln. Ich finde, jeder Tag sollte mit einem Stück Kuchen enden. Vielleicht wird er dadurch nicht perfekt, aber wenn der Kuchen gut ist – und dieser Kuchen ist viel mehr als gut –, wird er auf jeden Fall besser. Ein krönender Abschluss, egal, was vorher war. Wenn man das weiß, freut man sich noch mehr auf daheim. Und wenn man ich ist, freut man sich auch noch auf George und den Wein, den er gestern von *Dean and Deluca* mitgebracht hat und den wir heute Abend zusammen trinken werden. Erst wollen wir kochen – das heißt, George wird kochen, und ich assistiere –, und dann setzen wir uns nach draußen unter unseren guten Stern und reden.

Es klopft, mein Tagtraum implodiert, und ich schaue auf. Im Türrahmen erscheint ein schuldbewusstes Gesicht. Jess. Sie versucht sich an einem Lächeln.

»Hi«, sagt sie in einem ungewöhnlich blassen Tonfall. Ihre Wangen sind knallrot. Das werden sie immer, wenn sie etwas tun muss, das sie nicht tun will. Sich entschuldigen zum Beispiel. Im Moment sieht sie aus wie ein Stückchen glühende Grillkohle.

»Darf ich reinkommen?«

»Klar«, sage ich von der Couch aus, »aber nur kurz. Ich muss dann bloggen, du weißt ja, wie das ist.« Ich halte inne. »Ach nein, halt. Tust du nicht.«

Sie kommt auf mich zu. Schritt für Schritt.

»Okay, das habe ich verdient.«

Sie setzt sich auf die kurze Seite des L-förmigen Sofas, als wollte sie mir wenigstens die lange Sofaseite überlassen, wenn sie mir schon meinen Platz im Magazin wegnimmt. Okay, sie nimmt ihn mir nicht weg – Sie wissen schon, was ich meine.

»Phoebe … es …« Sie atmet ein, stößt die Luft aus. »Es tut mir leid.«

Ich schaue sie an. »Was tut dir leid?«

»Die Art, wie ich es dir gesagt habe. Das war falsch.« Kurze Pause. »Ich denke nach wie vor, dass die Idee gut ist, und ich glaube auch, dass das Konzept besser zu dir passt, aber ich hätte erst mit dir darüber sprechen müssen. Gleich am Telefon. Als wir vor ein paar Tagen geredet haben. Da hätte ich es dir sagen müssen.«

Ich schweige, lasse sie noch ein bisschen schmoren, genieße den Anblick ihrer hochroten Wangen.

Sie rutscht unruhig hin und her, dann fragt sie: »Ich nehme an, du hast gesehen, dass ich dich gestern angerufen habe?«

»Ja«, sage ich, »das habe ich.«

»Warum bist du nicht drangegangen?«

»Weil ich sauer war.« Ich verschränke die Arme. »Außerdem dachte ich, ich gebe dir die Chance, dich *persönlich* bei mir zu entschuldigen. Ich dachte, das ist eher dein Ding.«

Ihr Mund verzieht sich zu etwas, das irgendwo zwischen Lächeln und Grinsen liegt. »Es tut mir wirklich leid.« Pause. »Das war echt 'ne Scheißaktion von mir.«

Ich sehe sie an. »Okay.«

»Okay?« Erstaunte Augen.

»Ja. Unter einer Bedingung.«

»Und die wäre?«, fragt sie skeptisch.

»Margo und du, ihr unterstützt mich bei dem Blog.«

»Natürlich. Das würden wir doch sowieso.«

»Nein, nicht so, wie du denkst.« Ich grinse.

»Sondern? Wie dann?«

»Ich habe mir da was überlegt, ein dominierendes Thema. Eine Serie, wenn du so willst.«

»Klingt spannend. Und was genau?«

»New York City's 5. Fläche.«

Jess runzelt die Stirn. »New York City's 5. Fläche?«

»Ja«, sage ich. »Dächer.«

Sie nickt. »Das ist gut. Das ist sogar sehr gut. Es muss natürlich etwas Außergewöhnliches sein, etwas, das noch nicht jeder kennt. Geheimtipps.«

»So ist es. Und genau da kommt ihr ins Spiel. Ich hab keine Lust, das allein zu machen. Ihr müsst mitkommen. Die meisten der Veranstaltungen sind ohnehin erst abends, nach der Arbeit.«

Wir sehen einander an. In ihrem Blick passiert etwas. Er wird erst trüb, dann wässrig.

»Da musst du mich nicht lang überreden«, entgegnet sie in einer Mischung aus traurig und ernst. »Ich verbringe die meisten Abende allein zu Hause.«

Aus wässrig wird nass, ihre Augen schwimmen in Tränen, die jedoch an der Wasserlinie haltmachen, als wäre es ein Damm, den sie nicht überwinden können.

»Jetzt nicht mehr«, sage ich.

»Ach nein?«

»Nein.«

Ich stehe auf, setze mich neben sie und nehme sie in den Arm. Wir sind wieder auf derselben Seite. Auf *unserer* Seite. Da, wo es schön ist. Einen Moment halte ich sie fest, dann weiche ich zurück, weil ich weiß, dass es Jess mit Nähe nicht so hat.

»In den kommenden Wochen werden Margo, du und ich ausgehen. Wir werden nachts auf dem Dach des Gansevoort Hotels schwimmen, im POD 39 Cocktails unter freiem Himmel schlürfen und auf der Terrasse des Yotel Hotels in luftiger Höhe im Strandstuhl liegen und tolle Filme gucken.«

Jess schluckt schwer, wischt sich die Tränen aus den Augenwinkeln, bevor sie wirklich da sind, dann presst sie ein belegtes »Danke« hervor, weicht jedoch weiter meinem Blick aus.

»Und heute Abend kommst du zum Essen.« Sie will etwas erwidern, aber ich hebe nur abwehrend die Hände. »Keine Angst, George kocht, nicht ich. Es wird also schmecken.« Jess lacht. Ein bisschen überrascht, ein bisschen erleichtert. »Passt dir acht Uhr?«

Sie nickt und steht auf. »Acht passt gut.«

Mit gesenktem Blick geht sie in Richtung Tür.

»Ach ja, und, Jess?«

Sie dreht sich noch einmal zu mir um.

»Du bist nicht allein.« Ich lächele sie an. »Du hast uns. Und noch viel wichtiger: Du hast *dich*.«

DAVID. BROOKLYN.

Kein letztes Mittagsmahl – oder: There's nothing like family

Ich komme in Brooklyn an und irgendwie auch wieder bei mir. Als sich die dunkelblaue Tür öffnet und ich meinen kleinen erwachsenen Bruder sehe, geht mir das Herz auf. Livi und Jonah laufen mir entgegen, ich strecke die Arme aus, fange sie auf, spüre ihre kleinen dicken Hände in meinem Gesicht, höre ihr Lachen. Sie riechen nach Kind und Familie, und ich könnte wieder weinen, aber dieses Mal vor Glück.

»Kommt schon, Kinder, lasst Onkel Dave doch erst mal reinkommen.«

Aber ich will sie noch nicht loslassen, stehe mit ihnen auf, trage sie ins Haus, höre zu, wie sie durcheinandererzählen – vom Kindergarten, vom Spielplatz, davon, dass Livi alles vollgekotzt hat. »Sogar Daddy«, sagt Jonah in seiner Kleinkindstimme, und Livi versteckt das Gesicht in meiner Halsbeuge. Ich spüre Sams Hand auf der Schulter, betrete den Flur, weiß, wie jedes Mal, warum ich dieses Haus so sehr liebe. Es sind nicht die Möbel, nicht der Grundriss, es ist das Leben, der Geruch, das Gefühl von zu Hause, von Geborgenheit. Dieses Gefühl, das nur von Menschen kommen kann, nicht von Wänden.

In dem großen Eingangsbereich stehen viele Schuhe in vielen Größen, Regenschirme in einer Tonvase, einer ist rosa mit Rüschen, ein zweiter Phoebe-blau mit unterschiedlich dicken weißen Punkten. Dahinter ein großer in die Wand eingelassener Spiegel, umrahmt von Stuckornamenten, an dem kleine bunte Notizzettel haften. Das Fischgrätparkett ist honigfarben, genauso wie der Handlauf der Holztreppe, die nach oben zu den Schlafzimmern führt. Die Stufen sind, ebenso wie die hohen Wände, weiß. Gerahmte Fotos und Kinderzeichnungen sorgen für Farbkleckse. Einiges ist noch so, wie es war, als Sam und ich klein waren, aber viel ist auch anders. Es ist dasselbe Haus und doch auch wieder nicht. Früher war es wie unsere Eltern, jetzt ist es wie mein Bruder.

Maggie und ich haben nur ein paar Straßen entfernt gewohnt, in einem viel zu großen Stadthaus mit zu vielen Zimmern. Es ist von außen recht ähnlich, von innen völlig anders. Repräsentativ, fantastisch eingerichtet, aber ohne Seele. Zwei Paar Schuhe neben dem Eingang, keine Notizen am Spiegel, wenig Fotos, wenig Leben.

»David«, sagt Julia, kommt aus dem offenen Wohn-Essbereich auf mich zu, schließt mich mit ihren Kindern in die Arme, drückt mich. »Schön, dass du da bist.« Sie küsst mich auf die Wange, lässt mich los, lächelt, legt die Hände auf ihren riesigen Bauch. »Lasst uns essen. Es ist alles fertig.« Sam legt den Arm um sie, und in diesem Moment bin ich Teil von etwas Gutem. Von etwas, das von außen und innen stimmt, das nicht nur so tut, sondern ist.

Wir sitzen alle zusammen an dem großen langen Esstisch, der die Küche und das Wohnzimmer miteinander verbindet und gleichzeitig voneinander trennt. Es gibt Brot und Trauben und Hummus und Oliven. Und Melone mit Parmaschinken. Getrocknete Tomaten, Frischkäse mit Kräutern, ungarische Salami, Croissants, Marmelade, kleine Schüsseln mit Erdbeeren, Blaubeeren, Brombeeren, verschiedene Weichkäsesorten, eine Schale mit Nüssen. Während ich esse, wird mir klar, dass ich nicht nur Hunger hatte, es war Sehnsucht. Wir reden über alles und nichts, über die Arbeit, meinen verlorenen Koffer, das neue Buch, stoßen auf die Bestsellerliste an, lachen. Als wir fertig sind, setzen sich die Kinder auf den Boden im Wohnzimmer und spielen, Sam und ich räumen ab, ich mache Tee für Julia, Sam Kaffee für uns.

»Du hast vorhin nicht auf meine Frage geantwortet«, sagt Julia, als wir uns wieder zu ihr setzen.

»Welche Frage meinst du?«, frage ich, weiß aber, welche sie meint.

»Das weißt du ganz genau«, antwortet sie mit einem herausfordernden Lächeln auf den Lippen. Sam grinst.

»Okay, ja, ich weiß es«, gebe ich zu, trinke einen Schluck Kaffee.

»Und? Hast du oder hast du nicht?«

»Was für eine Frage«, sagt Sam, »natürlich hat er es gelesen. Wer hätte das nicht?«

»Sam«, sagt Julia entrüstet. »Man kann doch nicht einfach das Tagebuch von jemandem lesen. Das ist *privat.*«

»Falls das was hilft«, werfe ich ein, »ich habe es noch nicht fertiggelesen.«

»Nein, das tut es nicht.«

»Schade«, sage ich und grinse.

»Du wirst es wirklich zu Ende lesen?«

Ich antworte mit einem entschuldigenden Schulterzucken, das so viel heißen soll wie: Ich kann nicht anders.

Sam greift nach ein paar Nüssen, schiebt sie sich in den Mund, fragt kauend: »Und? Wie ist sie so?«

Julia sieht ihn rügend an, aber der Ausdruck in ihrem Gesicht verrät, dass es auch sie interessiert.

»Was denn?«, flüstert er mit großen Augen.

»Das geht uns nichts an«, flüstert sie zurück.

»Also ich finde, es geht mich schon etwas an. Immerhin ist David mein Bruder.«

Ich atme tief ein, denke an Phoebe, muss lächeln, höre mich sagen: »Sie ist großartig.«

Und dann spüre ich zwei Augenpaare auf mir, die gespannt auf Einzelheiten warten. Julia ist nicht länger die moralische Instanz, sie ist nur noch neugierig.

PHOEBE. MITTAGSPAUSE.

Let's share that Big Apple – oder: Mittagsstund hat Gold im Mund

Jamie und ich treffen uns im Financial District in der Stone Street, weil er in der Nähe einen Termin hat und weil ich die Burger der *Stone Street Tavern* absolut liebe. Sie und die getrüffelten French Fries mit Parmesan. Wenn Sie mal dort sein sollten, bestellen Sie sie. Ich verspreche Ihnen, Sie werden es nicht bereuen. Wo war ich? Ach ja, Jamie.

Wir sitzen einander gegenüber, an einem der kleinen Holztische draußen vor dem Schaufenster. Die hohen Häuser hüllen uns in Schatten, aber ich schwitze trotzdem. Ich lege den Kopf in den Nacken, schaue in den wolkenlosen, tiefblauen Himmel, der sich über unsere Köpfe spannt – ich wusste, dass er genau so blau werden würde. Der Sommer in New York City ist extrem heiß, manchmal feucht und schwül, manchmal staubtrocken. Die Luft schiebt sich nur träge durch die Straßenschluchten. Wie eine fette Schlange, die bewegungsunfähig und vollgefressen daliegt. Es gibt nichts, was die Hektik dieser Stadt aufhalten kann, aber die

Hitze macht alles ein kleines bisschen langsamer. Als würde sie sogar die Straßen anstrengen.

An Wochentagen hole ich mir mittags meistens eine Kleinigkeit im Chelsea Market – der ist direkt um die Ecke von der Redaktion – und lande ziemlich oft bei *Filaga*, die haben dort echt tolle Pizza, und manchmal hole ich mir danach noch einen Milkshake bei *Creamline*. Ab und zu, vor allem, wenn der Tag richtig schlecht war und wir etwas Dekadentes brauchen, um unsere Laune zu heben, gönnen Jess, Margo und ich uns Austern bei *Cull & Pistol*. Sie merken schon, ich liebe Essen. Darin bin ich richtig gut. Essen und reden kann ich. Es ist schön, wenn Lokale sich anfühlen wie ein ausgelagerter Teil der eigenen Wohnung, wenn man sich dort fühlt wie zu Hause. Aber manchmal muss man die gewohnte Umgebung verlassen, damit man neue Orte erkunden kann. Oder, wie jetzt, alte wiederentdecken.

Ich mag diese Straße. Die schönen Restaurants und Pubs, die kleine Konditorei, das buckelige Kopfsteinpflaster – daher auch der Name –, die bunte Mischung an Menschen. Das hier ist wie ein Querschnitt von New York City. Ein Mikrokosmos, wie eine Kleinstadt in der Großstadt. Jamie und ich sitzen inmitten von Bankern, Hipstern, jungen Leuten, alten Leuten und ein paar vereinzelten Touristen, die etwas tiefer in die Stadt vordringen konnten – oder sich schlicht und ergreifend verirrt haben. Mein Blick fällt wieder auf Jamie, der mir essend gegenübersitzt.

»Dann hast du Lust auf das Projekt?« Ich klinge wie ein Verkäufer. Oder ein Vertreter. Jedenfalls nicht wie ich.

Jamie nickt, legt seinen Burger weg und nimmt eine Serviette, dann wischt er sich den Mund ab, obwohl da gar nichts war.

»Total. Ich arbeite zwar momentan selbst an etwas, aber vielleicht könnte man das ja kombinieren.« Er greift nach seinem Glas, führt es an die Lippen, stoppt kurz davor und sagt: »Natürlich nur, wenn es dir recht ist.«

Ich kaue und schlucke runter. »Was ist es denn für ein Projekt?«

»Ich nenne es *Summer in the City*. Ich wollte es so breit fassen wie möglich, damit ich auch mal spontan etwas anderes schreiben kann. Ich hätte gern möglichst viele verschiedene Themen, du weißt schon: Musik, Konzerte, Veranstaltungen, Dinge in die Richtung. Ich habe ein paar Leute gefragt, ob sie Lust haben, einen Gastbeitrag zu schreiben. Sarah zum Beispiel. Kennst du sie? Sie wohnt bei uns im Haus.«

»Ist das nicht die mit dem Musik-Blog? Wie hieß er noch?«

»One Girl's Music Box«, sagt Jamie. »Und ja, das ist sie. Ich weiß nicht, ob du das mitbekommen hast, weil du zu der Zeit in San Francisco warst, aber Sarahs Konzertberichte und Musik-Empfehlungen erscheinen jetzt auch bei NY TRND. Diesen Monat nur online, aber ab der nächsten Ausgabe auch gedruckt.« Er zieht sein Handy aus der Tasche, tippt etwas ein und reicht es mir. »Das ist ihr aktueller Beitrag«, sagt er, »ich finde sie wirklich gut.«

Ich nehme es ihm aus der Hand, dann beginne ich zu lesen.

One girl's music box

Musik, die glücklich macht.

New York ist bekannt dafür, uns gerne mal zu verschlingen und erst gegen Abend wieder durchgekaut auszuspucken. Das kann der Big Apple besonders gut.

Viele meiner Kollegen gehen deswegen zum Yoga oder zur Massage, gönnen sich einen gesunden Smoothie und einen veganen Burger, alles, um den Stress der Großstadt abzuschütteln. Nun, ich selber bin weder besonders sportlich, noch stehe ich auf Entgiftungsrituale, bei denen ich wochenlang kein Fast Food zu mir nehmen darf. Allerdings habe auch ich einen Weg gefunden, um – ganz ohne sportlichen Aufwand – meine innere Ruhe zu finden. Es ist kein Geheimnis, dass Musik meine Anti-Stress-Kur ist, deswegen stelle ich euch in dieser neuen Kategorie auf meinem Blog ab jetzt jede Woche einen neuen Song vor, der euch durch eine besonders stressreiche oder arbeitsintensive Zeit bringen soll. Mal eine flotte Up-tempo-Nummer, mal eine ruhige Akustikversion eines bekannten Welthits – ich verspreche, es wird für jeden Musikgeschmack was dabei sein.

Den Anfang macht der Song »Apples« von The Seasons. Ich hatte das große Glück, die Band letzten Monat im *Tuned* live zu erleben – den Konzertbericht könnt ihr im *Indie Key* nachlesen –, und obwohl der ganze Gig wirklich großartig war, blieb mir dieser eine Song im Kopf hängen. Ich habe ihn auch Tage danach noch gesungen und meine Freunde damit fast in den Wahnsinn getrieben. Doch nachdem sie ihn gehört haben, wussten sie, warum. Das möchte ich euch natürlich nicht vorenthalten!

»Apples« ist ein Song zum Mitsummen und -wippen, ein musikalischer Begleiter, wie ein guter Kumpel, der uns durch die Kopfhörer dazu ermutigt weiterzumachen, auch wenn der Kaffeevorrat aufgebraucht und die Kekse leer gefuttert sind, der Tag aber noch acht Arbeitsstunden hat.
Habt ihr eine fiese Zeit oder braucht einfach etwas Motivation, aber keiner eurer Freunde ist erreichbar, dann packt diesen Song auf eure Playlist und genießt den entspannten Indie-Gitarren-Sound der Seasons. Aber sagt nicht, ich hätte euch nicht gewarnt: Ohrwurm- und Gute-Laune-Garantie inklusive.
Viel Spaß beim Hören und Entspannen!
Stay tuned.
Sarah

Ich gebe Jamie sein Handy zurück.

»Du hast recht«, sage ich, »sie ist wirklich gut. Und das mit dem Ohrwurm kann ich so unterschreiben.« Die Melodie startet in meinem Kopf. »Ich liebe dieses Lied.« Kurze Pause. »Dann ist Sarah also dabei? Ich meine, bei *Summer in the City?*«

»Ja, ist sie. Ich dachte an eine Art Terminkalender, wo man alles finden kann, was in der Stadt so abgeht.«

»Scheint so, als hätten wir dieselbe Idee gehabt«, sage ich und klinge fast ein bisschen enttäuscht.

»Na ja, nicht ganz«, entgegnet er, »du willst die Dächer, ich nehme den Abgrund.« Er zwinkert mir zu und grinst, jungenhaft, sympathisch. »Ich glaube, das lässt uns sehr viele Freiheiten. Was denkst du?«

Dass er gut zu Jess passt. Nicht nur, was das Aussehen angeht, auch von der Art, vom Humor. Und anscheinend auch anatomisch, ansonsten würden sie ja nicht immer wieder miteinander im Bett landen – oder auf seinem Sessel.

»Phoebe?«

»Tut mir leid, Tagtraum«, sage ich und lächle.

Er lächelt zurück. »Kein Problem, ich hoffe, es war ein guter.«

Ich übergehe den zweiten Teil seiner Bemerkung und sage nur: »Ich bin dafür. Du die Abgründe, ich die Dächer. Bei allem dazwischen können wir ja knobeln.«

»Oder zusammenarbeiten«, schlägt er vor. »Mir würde es auch nichts ausmachen, da generell mehr Überschneidungen reinzubringen. So was wie, du schreibst, und ich mache den Vlog dazu. Oder auch andersrum. Ganz wie du willst.«

Er ist wirklich nett. Und damit meine ich nicht *die kleine Schwester von Scheiße*-nett, ich meine wirklich nett. Ein angenehmer Mensch. Jemand, den man gern um sich hat.

»Klingt gut«, sage ich nach einer viel zu langen Pause. »Sofern es dir nichts ausmacht, dass Margo und Jess öfter mal mit dabei sein werden.«

»Gar nicht.« Er räuspert sich. »Ich weiß aber nicht, ob das bei Jess auch so ist.«

Ich lege den Kopf schräg. »Wieso?«

Jamie schaut nachdenklich, dann fragt er: »Kann ich offen sein?«

Oh, oh. »Klar, nur zu.«

»Ich kenne Jess nicht besonders gut.«

»Hm«, mache ich, »Ansichtssache.«

»Ich weiß, was ihr *im Bett* gefällt, ja, aber nicht, was sie wirklich will. Zumindest nicht von mir.«

»Und was willst du von ihr?« *Wieso habe ich das denn jetzt gefragt? Das geht mich doch gar nichts an.* »Vergiss es«, sage ich schnell und stelle mein Glas ab. »Es geht mich nichts an.«

Jamie nimmt den Burger in beide Hände, wartet aber noch, Soße tropft auf den Teller. »Ich weiß nicht, was das zwischen ihr und mir ist, aber von meiner Seite ist es nicht nur Sex.«

»Ach nein?«

Er schüttelt den Kopf. »Nein. Ich wünschte fast, es wäre so.« Noch mehr Soße tropft auf den Teller. »Ich habe ungefähr einhundert Mal versucht, mit Jess über uns zu reden.« Pause. Wir sehen einander an. Meine Augen fragen vorsichtig: *Und?* »Irgendwann habe ich es aufgegeben.«

Mit diesem Satz beendet er das Thema und beißt in seinen Burger. Eine Gurkenscheibe rutscht halb heraus.

»Hast du heute Abend schon was vor?«, höre ich mich fragen, bevor ich mich stoppen kann.

Er kaut umständlich, will antworten, aber sein Mund ist zu voll. Schließlich schluckt er und sagt: »Sag bloß, du willst heute schon mit dem Projekt loslegen?«

»Nein. Das nicht.«

»Aber?«

»Wir essen zusammen. George, Jess und ich. Vielleicht willst du ja auch kommen.« Jamie mustert mich. »Du … du kennst doch George, oder?«, frage ich, und er nickt. Dieses Mal hat er Soße im Mundwinkel. »Er kocht.« Ich zögere. »Ziemlich gut sogar … Und? Hast du Zeit?«

Er nickt noch einmal, ganz langsam, skeptisch. »Ja, hab ich.«

»Schön«, sage ich, greife nach meinen Pommes frites und füge im Flüsterton hinzu: »Du hast da Soße im Mundwinkel.«

»Oh. Danke.« Er wischt sich den Mund ab, sagt dann: »Und wann heute Abend?«

»Um acht.«

»Soll ich mich um den Nachtisch kümmern?«

Ich muss grinsen, weiß auch nicht, warum. Vermutlich, weil ich bei dem Wort *Nachtisch* sofort an ihn und Jess eng verschlungen und nackt in seinem Sessel denken muss. Sie hat mir davon erzählt. Sie mögen den Sessel. Ich will es mir nicht vorstellen, aber ich kann nicht anders, ich bin einfach ein zu visueller Mensch.

Jamie beugt sich ein Stück nach vorne und flüstert: »Ich meinte einen *zum Essen*.«

Ganz toll. Ist es nicht schön, wenn man ein Gesicht hat, das immer verrät, was man gerade denkt?

Ich räuspere mich. »Das wäre schön.«

»Irgendwelche Vorlieben?« Als er merkt, wie zweideutig das klang, sagt er schnell: »Wie wäre es mit Kuchen?«

Ich nicke, weiche seinem Blick aus und starre auf meinen Burger. Ich weiß, was Sie jetzt denken. Und ja, ich gebe es zu: Ich bin eine lausige Kupplerin. So subtil wie ein Vorschlaghammer. Aber er hat zugesagt.

Er *hat* zugesagt.

DAVID.

Aller Tage Abend? – oder: Phoebe on my mind

Es wird Abend, und ich bin noch hier, habe mich von dem guten Gefühl und dem Gespräch mit Sam und Julia einnehmen lassen, ihnen von Phoebe erzählt. Nicht alles, aber das meiste. Die Beklemmung und die Panik sind verschwunden, haben sich in meinen Tiefen versteckt und werden dort hoffentlich eine Weile bleiben.

Mein Bruder macht Pasta, Julia liegt auf dem Sofa, die Beine hochgelagert, und ich sitze am Tisch zwischen ihnen, Livi und Jonah sind in ihrem Zimmer und spielen. Eine friedliche Stimmung umgibt uns, eine Stimmung, die ich gerne in Gläser abfüllen und mitnehmen würde, wie eine Droge, die ich einatmen kann, wenn die Einsamkeit wieder größer wird als ich.

»Darf ich etwas sagen, David?«, fragt Julia und setzt sich umständlich auf.

»Als ob du das nicht ohnehin tun würdest«, antworte ich lächelnd.

»Auch wieder wahr.« Sie stopft sich ein zusätzliches Kissen ins Kreuz, lehnt sich zurück. »Du weißt, dass ich Maggie nie besonders mochte.«

»Ja, das hast du erwähnt. Ungefähr 197 Mal.«

Sie lacht. »Ich mochte sie nicht, weil sie kalt war.«

»O ja, das war sie«, sagt Sam.

»Sie ist es noch«, korrigiere ich ihn.

»Phoebe ist das genaue Gegenteil. Ich mag sie.«

Sam nickt. »Ich auch.«

»Du musst sie finden, David.«

Ich lache auf. »Ja, genau. Und wie?«

»Na ja, du hast den Anfang gemacht, indem du in dieses Lokal gegangen bist.«

»Was aber nichts gebracht hat«, erinnere ich sie.

»Vielleicht musst du noch mal hingehen.«

»Und dann? Soll ich etwa jede Frau mit mittelbraunen gewellten Haaren ansprechen?«

»Natürlich nicht jede …«

»Sondern? Nur jede zweite?«

Julia wirft ein Kissen nach mir, verfehlt mich, es fällt mit einem weichen Geräusch zu Boden.

»Du hast gesagt, du wusstest, dass keine von den Frauen im Restaurant Phoebe war.«

»So ist es. Und?«

»Ich glaube, du würdest spüren, wenn sie es ist.«

Würde ich das? Ich denke an die vier Frauen bei *Pippa & Paul*, die rein theoretisch alle Phoebe hätten sein können – Statur, Haare, Sneakers –, es aber garantiert nicht waren. Keine von ihnen. Ich kann nicht sagen, warum, ich wusste es einfach. Vielleicht würde ich es wirklich spüren. Vielleicht würden wir uns gegenseitig erkennen. Nicht, weil wir wissen, wie der jeweils andere aussieht, sondern weil wir wissen, wie der jeweils andere *ist*. Ich kenne Phoebe. Und wenn sie meinen Roman gelesen hat, kennt auch sie mich.

»Ich sehe das wie Jules«, sagt Sam, rührt die Soße um, legt den Holzlöffel weg, kommt näher, setzt sich zu mir an den Tisch. »Diese Phoebe *bedeutet* dir etwas.« Er lächelt. »Ich glaube, ich habe dich selten so über eine Frau sprechen hören.«

»Selten?«, fragt Julia. »Nie.«

Ich atme tief ein, schließe kurz die Augen, öffne sie wieder, weiß, dass sie recht haben, aber nicht, was ich tun soll.

»Okay«, sagt Sam, »wir wissen, wo sie gerne isst, welche Filme sie mag, in welche Kinos sie geht. Können wir nicht so den Stadtteil eingrenzen?«

Julia nickt. »Du könntest dort hingehen. In die Kinos und Kneipen, die sie erwähnt hat.«

»Und was dann?«, frage ich an der Grenze zu verzweifelt. »Warten?«

»Willst du sie nun finden oder nicht?«, fragt Sam mit einer unüblichen Strenge in der Stimme.

Das ist eine gute Frage. Will ich das?

Ich weiß es nicht. Was ist, wenn ich sie finde und sie dann nicht mag? Wenn die Phoebe in meiner Fantasie mir lieber ist? Oder noch schlimmer, wenn sie genauso ist wie in meinem Kopf, mich aber nicht leiden kann? Ich bin ein schwieriger Mensch. Ein Außenseiter. Jemand, der sich ans Alleinsein und die Einsamkeit gewöhnt hat, jemand mit Eigenarten. Was, wenn ich sie finden, aber nicht an mich ranlassen würde, so wie ich niemanden an mich ranlasse? Sam und Julia und die Kinder ausgenommen. Maggie mag kalt gewesen sein, aber sie hatte es auch nicht leicht mit mir. Einem Mann, der mehr denkt als spricht, nach außen wortkarg und nur an der Tastatur gesprächig. Ein Mann, der den Satz »Ich liebe dich« nicht fühlt, sondern ihn nur sagt, weil er denkt, dass er sollte. Wäre es denn anders, wenn ich es meinen würde? Würde ich es denn meinen?

Phoebe ist ein Phantom. So wie es jetzt zwischen uns ist, kann sie mir nicht widersprechen, wir streiten nicht, wir lesen einander nur. Das ist einfach. Das ist schön. Aber nicht real.

Meine Gedanken drehen sich schon seit Tagen im Kreis, beginnen und enden bei ihr. Und letzten Endes stoße ich immer auf dieselbe Frage: Was, wenn ich sie finden und wirklich lieben würde, und sie liebt mich, und wir sind glücklich, und dann stirbt sie? So wie eigentlich alle sterben, die mir etwas bedeuten: unsere Eltern, Onkel Theo.

Ich glaube, ich ziehe die Einsamkeit dem Verlust vor. Ich kann nicht noch einmal jemanden verlieren, ohne selbst daran zu zerbrechen.

»Dave?«

Ich schaue hoch, Julia und Sam sehen mich an, mit warmen Augen und liebevollen Blicken. Ich hätte gern, was sie haben – nur in meiner Version. Julia holt Luft, will etwas sagen, doch in der Sekunde schrillt die Küchenuhr los. Die Pasta ist fertig. Und ich ernüchtert. Ich brauche Wein.

PHOEBE. ZUR SELBEN ZEIT.

Hide and Seek – oder: Mr. Lewis hat heute leider keine Kreditkarte für mich

Heute war Ersatzbefriedigung angesagt. Ausgiebig und lang. Nach dem Mittagessen habe ich eine Stunde recherchiert und mich dann vor Gabriel versteckt. Er hat drei Mal angerufen und ist dann sogar in meinem Büro aufgetaucht. Falls Sie sich fragen, wo ich war: Ich habe mich in einer Nische hinter dem Sofa versteckt. Peinlich, ich weiß, aber da das Sofa in unserer »Nicht-Liebesgeschichte« bereits zwei Mal eine Nebenrolle gespielt hat und damit nicht mehr jungfräulich ist, dachte ich, sicher ist sicher. Er muss gewusst haben, dass ich da bin – mein Laptop stand auf dem Couchtisch, die Kaffeetasse daneben, meine Handtasche auf dem Boden. Ich habe durch die Ritze zwischen den Sofakissen gesehen, wie er sich umgeschaut hat, ich glaube, er hat mich nicht bemerkt. Falls doch, hat er es gut überspielt.

Als er weg war, bin ich geflohen. In der Redaktion gibt es keine festen Arbeitszeiten. Jeder kann kommen und gehen, wie er will, Hauptsache, die Deadlines werden eingehalten – jaja, ich weiß, das ist nicht so meine Stärke, aber ich wurde auch dafür bestraft. Außerdem war das nicht nur meine Idee. Wir alle wollten Flexibilität. Das war von Anfang an der Deal. Klar gibt es ab und zu auch fixe Termine – wie Besprechungen, Teamsitzungen und dergleichen –, aber das ist die Ausnahme, und heute gab es keine.

Das hört sich natürlich erst mal toll an, und das ist es auch, aber in unserem Job findet ein Großteil der Arbeit ohnehin draußen statt, eine Stechuhr würde daher also nur wenig Sinn ergeben. Dann hätte man viele Leute, die sich langweilen, und keine Inhalte.

Bei meiner Flucht vor Gabriel habe ich in der Kaffeeküche um ein Haar Margo über den Haufen gerannt. Ich wollte meine Jimmy-Tasse in den Geschirrspüler räumen, und sie war gerade dabei, sich einen Tee zu machen. Natürlich grün und gesund. Ich habe ihr im Flüsterton erzählt, dass ich wegmuss – das Warum habe ich für mich behalten. Vermutlich, weil sie ohnehin wusste, dass es etwas mit Gabriel zu tun hat. Das haben meine Fluchten meistens.

Margo hat sich kurzerhand gegen den Tee und für mich entschieden, und wir sind zusammen abgehauen. Raus in die Hitze, raus in die Stadt, raus in die Sonne. Klamotten kaufen. Das größte Problem, wenn man seinen Koffer verliert, ist nämlich, dass dann alles weg ist, das man oft benutzt. Es beginnt bei der Unterwäsche und endet bei der Zahnbürste – deren Neuanschaffung in meinem Fall wirklich kein Luxus mehr war. Wenn man verreist, nimmt man meistens seine Lieblingssachen mit. Und die Dinge, die man ständig braucht. Ich bilde da keine Ausnahme. Meine

Haarbürste, meine Hautcreme, mein bestes Paar Jeans, meine Arnikasalbe, meine Pinzette. Alles weg.

Kann sein, dass ich das Zeug wiederbekomme, aber was mache ich bis dahin? Keine Unterhosen anziehen? Mich in eine von meinen alten, viel zu engen Hosen quetschen, die ich nur aufgehoben habe, weil ein naiver Teil von mir sich noch immer an die Hoffnung klammert, dass die überschüssigen fünf Kilo eines Morgens wie durch ein Wunder einfach verschwunden sein werden und ich wieder reinpasse? Dafür müsste ich meine Lieblingsbeschäftigung aufgeben und nur noch Salat essen, und das wird nicht passieren. Essen ist die Liebe meines Lebens. Wir gehören zusammen, sind ein eingefleischtes Team. Die besten Freunde. Am Ende würden meine Geschmacksknospen kollektiven Selbstmord begehen. Das geht also nicht. Eine Alternative wäre Georges Jogginganzug gewesen oder die Anzüge meines Autors, aber eine dauerhafte Lösung wäre weder das eine noch das andere. Also muss was Neues her.

Man kann Lieblingsstücke nicht einfach ersetzen, das weiß ich jetzt, aber man kann andere finden, die Sammlung erweitern und sich mit neuen Sachen über die alten hinwegtrösten. Das klappt besser, als ich dachte.

Margo und ich haben ein paar Läden abgeklappert. Zwei Stunden später hatte ich neben einer neuen Zahnbürste, Unterwäsche und Socken, die perfekten Jeans, ein neues Paar Sneakers – die Nike Air Max, die ich haben wollte, gab es leider nicht – und eine rosémetallicfarbene Handtasche, die perfekt zu meinen Birkenstocks passt. Als Margo dann auch noch einen Nagellack in demselben Farbton entdeckt hat, war das Lächeln kaum noch aus meinem Gesicht zu kriegen. Jetzt bin ich wieder ausgestattet. Von den Ohrenstäbchen bis hin zu den Haargummis.

Am Ende unserer Tour hatte ich so viele Tüten, dass ich mich gefühlt habe wie Pretty Woman, nur dass ich meinen Kram selbst bezahlen musste – Mr. Lewis war leider verhindert.

Jetzt, um kurz vor acht abends, stehe ich auf dem Dachhof und decke den Tisch. Mit Kerzen und Servietten und allem, was dazu gehört. Ich habe Musik angemacht, eine Playlist mit meinen Favoriten. Gerade läuft »I'm Going Down« von Free Energy. Ich hoffe, das ist kein böses Omen.

George glaubt nämlich, dass das Ganze in einem Desaster enden wird. Ich sehe das anders. Zumindest rede ich mir das ein. Leider nur halb erfolgreich. Aber was soll schon passieren? Im schlimmsten Fall haben wir einen angespannten Abend – wäre nicht der erste meines Lebens. Im mittelguten Fall landet Jess mit Jamie im Bett und ist morgen post-orgasmisch gut gelaunt. Und im besten Fall lernt sie ihn durch dieses Abendessen etwas besser kennen und sieht das, was ich sehe, nämlich ein potenzielles Happy End.

Vielleicht hätte ich ihr sagen sollen, dass er kommt, aber ich bin mir sicher, dass sie dann abgesagt hätte. Das offene Messer war also meine einzige Möglichkeit, auch wenn es mir leidtut, dass ich sie reinlaufen lasse. Sie sehen, ich hatte gar keine andere Wahl. Als ich das zu George gesagt habe, hat er nur gelacht und entgegnet, dass ich mich auch einfach hätte raushalten können. Das stimmt. Aber heißt es nicht, dass man manche Leute zu ihrem Glück zwingen muss? Ich glaube, Jess gehört zu diesen Leuten. Ohne einen Schubs in die richtige Richtung bleibt sie für immer allein zu Hause. Ich tue es für sie. Weil sie mir wichtig ist. Weil sie das eigentlich will. Zumindest hoffe ich das.

Sie denken jetzt bestimmt, dass jemand wie ich selbst einen Schubs in die richtige Richtung brauchte, dass ich ein Bindungsproblem habe, und dann loslaufe und versuche, eine meiner besten Freundinnen zu verkuppeln. Und vielleicht finden Sie das verwerflich. Aber so stimmt das nicht. Ich bin ein glücklicher Single, Jess ist ein unglücklicher Single. Der Unterschied ist freiwillig zu unfreiwillig. Ich weiß, dass sie nicht allein sein will. Was sie will, ist ein Wir. Mir ist das egal. Warum ich genau jetzt an meinen Autor denken muss, weiß ich auch nicht, und ich möchte auch nicht darüber reden.

Wie auch immer. Der Zeitpunkt ist perfekt. Sollte sie tatsächlich sauer sein, kann sie es nicht lange bleiben – ich habe übermorgen Geburtstag, und sie hat die Party geplant. Eine bessere Chance wird sich nicht ergeben. Man muss die Feste feiern, wie sie fallen. Also wird heute gefeiert – ob Jess nun will oder nicht.

DAVID.

Nachricht von Sam – oder: I Don't Want To Go Home

Das Essen war wunderbar. Ich liebe Sams Sahnesoßen. Cremig, mit einer leicht zitronigen Note. Dazu ein Glas Weißwein. In meinem Fall drei.

Die Zeit vergeht, das Thema bleibt dasselbe. Phoebe. Am längsten beschäftigt uns die Frage nach Leo, wer er sein könnte, warum sie ihm schreibt, ob es ihn überhaupt gibt. Ich behalte meine seltsame Eifersucht für mich, will nicht zugeben, wie sehr mich die Frage nach Leo umtreibt, trinke lieber noch etwas Wein.

Die Kinder sind inzwischen im Bett und wir ins Wohnzimmer umgezogen, wo wir »Beautiful Strangers« von Kevin Morby hören. Inzwischen zum dritten Mal. Phoebe hat es in einem ihrer Briefe erwähnt. Es ist wunderschön und traurig und trotzdem irgendwie hoffnungsvoll. Sam und Julia sitzen auf dem langen Sofa rechts von mir, ihre Waden auf seinem Schoß, er massiert ihr die Füße, während sie ihm immer wieder geistesabwesend über den Arm streicht. Ich sitze auf dem ausladenden Ohrensessel, die

Beine auf dem Couchtisch, mein Weinglas in der Hand, ein Lächeln auf den Lippen. Wir wippen mit den Köpfen im Takt, verdauen das Gespräch und die Pasta, schweigen. Die Türen zum Garten stehen offen, es geht kein Lüftchen, ich denke daran, dass ich auch einen Garten habe. Einen Garten mit alten Bäumen und einer Terrasse, die, genau wie hier, von der Küche abgeht.

»Sam.« Er schaut mich an. »Du hast doch noch die Schlüssel zu Maggies und meinem alten Haus?«

Er wirkt verwundert. »Klar hab ich die. Soll ich sie holen?«

»Ich … nein«, sage ich, »nicht nötig.«

»Es ist kein Problem«, sagt er, mustert mich.

Ich weiß, was er denkt. Er hält das für ein gutes Zeichen. Vielleicht ist es das. Ich war drei Jahre nicht mehr dort. Drei lange Jahre. Ich habe so getan, als gäbe es diesen Ort nicht – weder ihn noch die schlechten Erinnerungen. Ich habe meinen Schlüssel zu diesem alten Leben gut vor mir selbst versteckt: in einem der Scheidungs-Ordner in meinem Apartment.

Warum will ich jetzt auf einmal hin? Warum heute? Was ist heute anders? Immerhin steht das Haus bereits seit sechs Monaten leer. Ich hätte längst hingehen können, eine Entscheidung treffen. Verkaufen, behalten, wieder vermieten? Ich weiß es nicht.

»Dave?« Ich schaue auf, ertappt, irritiert. Sam streckt mir einen Schlüsselbund entgegen – ein großer Schlüssel, ein kleiner Schlüssel, Haustür und Briefkasten. Ich habe gar nicht mitbekommen, wie er aufgestanden ist und ihn geholt hat.

»Danke«, sage ich, nehme erst ihn, dann die Beine vom Couchtisch und setze mich auf. Das Metall ist kühl in meiner Hand. Sam hat sich die letzten Jahre um alles, was das Haus betrifft, gekümmert. Als ob er nicht sonst schon genug zu tun hätte. Er meinte, es wäre in Ordnung, es würde ihn nicht stören, immerhin ist es nicht weit. Er hat die Mieter gefunden, hat nach dem Rechten gesehen, wenn es Probleme gab. Ich konnte da nicht rein. Ich konnte es einfach nicht. Aber verkaufen konnte ich es auch nicht. »Ich glaube, ich geh dann mal«, sage ich.

»Bleib doch noch«, sagt Julia.

Sam nickt. »Wenn du willst, kannst du gerne bei uns übernachten.«

Es wäre nicht das erste Mal. Das Gästezimmer ist längst kein Gästezimmer mehr, es ist mein Zimmer. Ein Kinderzimmer für einen erwachsenen Bruder. Ein großer Raum mit großen Fenstern und einem Bett, darüber ein abstraktes Gemälde. Ich komme manchmal zum Schreiben, manchmal zum Nachdenken, manchmal übernachte ich, weil ich zu viel getrunken habe, manchmal, weil ich einsam bin – meistens, weil ich einsam bin. Aber nicht heute. Ich will zwar nicht nach Hause, aber ich muss gehen.

»Nein«, sage ich nach einer halben Ewigkeit, stehe auf. »Aber danke.«

»Geht es dir gut?«, fragt Sam. Er klingt besorgt.

»Ich glaube schon.« Ich lächle, es fällt mir leicht, Sam erwidert es.

Ich bringe mein Glas in die Küche, räume es in den Geschirrspüler, gehe in Richtung Eingang, ziehe mir die Schuhe an. Plötzlich bemerke ich Sam neben mir.

»Soll ich mitkommen?«, fragt er.

»Geh schlafen, Sam«, sage ich, umarme ihn fest, füge leise hinzu: »Ich hab dich lieb.«

»Ich dich auch, Dave.«

Ich öffne die Tür, lächle. »Danke für den schönen Abend.«

»Schön, dass du da warst«, sagt Julia, die uns in den Eingangsbereich gefolgt ist. Sam nickt, legt seinen Arm um sie, ihr Kopf ruht auf seiner Schulter. Ich wende mich ab, gehe die Stufen zur Straße hinunter, es ist noch nicht spät, aber gut, dass ich gehe. So haben sie noch ein bisschen Zeit füreinander, ohne Kinder, ohne mich.

»Ach ja, David.«

Ich drehe mich um. »Ja?«

»Bleibt es bei Donnerstag?«

Ich zögere. *Stimmt, Donnerstag*, denke ich, sage: »Das kommt ganz drauf an.«

»Worauf?«, fragt Sam.

»Ob ihr wieder versucht, mich mit irgendjemandem zu verkuppeln.«

Julia wirft Sam einen schnellen Blick zu, er befeuchtet sich die Lippen, weicht meinem aus.

»Jenna ist Künstlerin«, sagt Julia schließlich, »ich dachte … na ja, du weißt schon … dass ihr vielleicht Gemeinsamkeiten habt.« Ich lächle verzweifelt, schüttle den Kopf. »Es tut mir leid, David, ich habe sie eingeladen, bevor ich das von Phoebe wusste.«

Ich denke ein paar Sekunden nach, frage mich, was dagegen spricht. Ich hatte schon sehr lange keinen Sex mehr. Viel zu lange. Ohne Sams und Julias Versuche, die Richtige für mich zu finden, hätte ich vermutlich seit Maggie gar keinen gehabt. Seit zweieinhalb Jahren stellen sie mich jetzt jeder annähernd intelligenten und gutaussehenden Frau vor, die sie auftreiben können – Kolleginnen, entfernte Bekannte, hübsche Enkelinnen von alten Damen aus der Nachbarschaft. Meistens sind sie nett, die Unterhaltungen schal, aber ihre Haut weich. Ihre Körper sind Körper, ihre Wärme echt und ihre Hände auf mir wie eine Erinnerung daran, dass es mich noch gibt.

»Okay«, sage ich. »Um halb acht?«

Julia nickt erleichtert. »Ja, um halb acht.«

»Gut. Ich werde da sein.«

PHOEBE.

Vier sind keiner zu viel – oder: Happy Dining

Natürlich war Jess sauer. Anfangs. Sie haben es vermutlich geahnt. Aber am Ende hatte sie vom Wein gerötete Wangen und einen schönen Abend. Sie hat sich ausgelassen unterhalten, hauptsächlich mit Jamie, und sich dann, unmittelbar nachdem er gegangen ist, verabschiedet. Ich habe durch den Spion beobachtet, wie sie, kaum hatte ich die Wohnungstür hinter ihr zugemacht, bei Jamie geklopft hat. Jetzt haben sie Sex. Ich sitze auf meinem Bett, nur eine Wand von ihnen getrennt, und bin ein bisschen neidisch. Der triebhafte Teil meines Gehirns will auf Gabriels Nachricht antworten, die während des Essens kam – ein simples, aber sehr wirkungsvolles *Ich muss dich sehen* –, aber die Vernunft und die Tatsache, dass ich meine Tage habe, halten mich davon ab. Stattdessen werde ich duschen, mich selbst befriedigen und dann lesen. Klingt nach einem Plan. Ich schlendere zufrieden in die Küche, sie ist aufgeräumt, George sitzt draußen und telefoniert, Jess hat Spaß, sogar die Musik, die von irgendwoher zu uns in die Wohnung dringt, ist gut – »Friday I'm in Love« von Yo La Tengo. Ich würde sagen, alles in allem ein gelungener Abend.

Ich nehme eine Flasche Wasser aus dem Kühlschrank, will die Tür gerade wieder schließen und ins Bad gehen, als mein Blick auf die braune Papiertüte im untersten Fach fällt. *Der Nachtisch.* Da Jess und Jamie ihren in die Nachbarwohnung verlegt haben, gibt es mehr für George und mich. Sie haben Sex, wir Kuchen. Besser als nichts. Ich reibe die Hände aneinander, riskiere einen Blick in die Tüte und würde am liebsten beim Anblick des weißen Kartons mit der goldenen Aufschrift *ECLAIRE* vor Freude laut schreien. Ich mochte Jamie auch schon vor zwanzig Sekunden, aber jetzt finde ich ihn absolut fabelhaft. Ich lächle das große Stück *New York Chai Cheesecake* verliebt an und sage leise: »Du gehörst mir.« Dann mache ich die Kühlschranktür zu und gehe beschwingt ins Bad hinüber. Das Einzige, was mir zu meinem Glück jetzt noch fehlt, ist mein Autor.

DAVID.

Das Geisterhaus – oder: Time of my Life

Ich sperre die Tür auf, gehe ins Haus, schließe sie hinter mir. Alles ist dunkel, der Holzboden knarzt unter meinen Schritten. Es ist wie das Ächzen eines Menschen, den man zurückgelassen hat. Wie ein Lied, an das man sich plötzlich erinnert. Ich habe jahrelang hier gelebt, und trotzdem fühlt es sich fremd an. Wie alte Kleidung, zu der man den Bezug verliert, weil der Geschmack sich im Laufe der Zeit geändert hat. Es riecht auch anders. Nach der Familie, die hier zuletzt wohnte. Alles, was von Maggie und mir geblieben ist, sind Erinnerungen, die meisten davon schlecht. Dieses Haus war unsere Bühne. Hier haben wir glücklich gespielt. Hier hat Maggie mich betrogen. Genau hier. In diesem Haus. In unserem Bett. Mit einem gemeinsamen Freund. Ich frage mich, ob es wohl auch passiert wäre, wenn sie keine Fehlgeburt gehabt hätte, wenn uns das erspart geblieben wäre. Aber die Wahrheit ist, dass wir schon lange davor kaputt waren, jeder für sich und auch zusammen.

Ich gehe in die dunkle Küche, öffne die Tür zum Garten, trete hinaus in die abendliche Ruhe, stehe eingehüllt in allumfassender Dunkelheit auf der Terrasse meines Hauses, umgeben von nichts als hohen Backsteinmauern, Bäumen und Stille. Brooklyn schläft gerade ein, aber ich bin hellwach, meine Stimmung eine Mischung aus aufgekratzt, traurig und verloren. Ich hätte jetzt gerne Sex – mit Phoebe. Einer Frau, die ich nicht einmal kenne. Genau hier. In diesem leeren Haus. Auf dem Boden. Es ist neu für mich, mich so zu jemandem hingezogen zu fühlen, so zu denken. Vor allem, wenn das Gefühl weit über Körperlichkeit hinausgeht.

Ich gehe ins Wohnzimmer zurück, durchquere es, setze mich auf den Boden, direkt unter das Fenster, das Licht der Straßenlaterne erhellt den Raum. Ich nehme Phoebes Tagebuch aus der Tasche, öffne es. Und in dem Moment, als ich ihre Schrift sehe, ertappe ich mich bei einem Lächeln.

PHOEBE.

Duschszene in Psycho – oder: You gotta be kiddin' me

Ich stehe tropfnass in der hohen Duschwanne und suche an der neuen Handbrause nach der Massagefunktion. Aber da ist keine. Das gibt es doch nicht! Ich stelle das Wasser ab und betrachte den Duschkopf von allen Seiten. Tatsächlich, man kann nichts verstellen. Es gibt nur *eine* Stufe. Viele dicke sanfte Tropfen. Wie ein warmer Schauer im Regenwald. So einen Schrott kann auch nur ein Mann aussuchen.

Ich steige wütend aus der Wanne, trockne mich wütend ab, schlüpfe wütend in mein T-Shirt, ziehe mir wütend die Unterhose an, binde mir die Haare zusammen, stürme in die Küche und klettere durch das Fenster hinaus auf unseren Dachhof. George telefoniert noch immer, aber das ist mir egal.

»Was ist das, bitte, für ein neuer Duschkopf?«, frage ich gereizt.

»Kannst du mal kurz dranbleiben?«, sagt George, dann hält er das Handy weg. »Ich bin gerade am Telefon«, flüstert er.

»Was du nicht sagst«, antworte ich. »Was ist das für ein neuer Duschkopf?«

»Der alte war kaputt.«

»Der alte war besser.«

George schüttelt den Kopf. »Nein, der alte war kaputt.«

»Aber er hatte verschiedene Härtegrade.«

»Er hatte was?«

»Ach, vergiss es«, schnaube ich und wende mich ab, »wir brauchen einen neuen.«

»Bee, der ist brandneu.«

»Kann sein, aber er ist auch scheiße.« Ich klettere in die Küche zurück, reiße die Kühlschranktür auf und packe mir gleich zwei Stück Kuchen auf einen Teller – *Death by Chocolate* von gestern und den *New York Chai Cheesecake,* den Jamie heute mitgebracht hat. Ich bin getränkt in Lust auf Sex, habe meine Tage und einen neuen Duschkopf, der zu nichts zu gebrauchen ist.

Ich habe mir zwei Stück so was von verdient.

DAVID.

The Road Leads Back To You – oder: Rätsel gelöst

Lieber Leo,
endlich. ENDLICH! Ich kann es noch gar nicht glauben! Ich sitze hier eingemummelt in meine Bettdecke mit einem fiesen Schnupfen, einem Glas Sekt in der Hand und Tränen in den Augen und proste dir zu. Ich weiß, dass du nichts davon weißt, aber ich bin stolz auf dich. Es ist die größte Auszeichnung, die man als Schauspieler kriegen kann, und du hast sie bekommen. Wenn es nach mir ginge, hättest du heute bereits den siebten oder achten Oscar abgeräumt, aber nach deiner Dankesrede war klar, dass es längst nicht mehr darum geht. Du bist inzwischen weit über Trophäen hinausgewachsen, hast das alles hinter dir gelassen. Weil du klüger bist. Klüger als die meisten. Und ganz nebenbei bemerkt, einer der besten Schauspieler der Welt. Nicht einer von denen, die immer nur sich selbst spielen und sogar dabei versagen.

Das waren sie also, die Oscars 2016. Zum ersten Mal gibt es einen Grund zu feiern. Jetzt bist du nicht mehr nur nominiert, sondern Preisträger. Ich habe bei der Verkündung vorhin so laut geschrien, dass Eva kurz echt sauer war. »Verdammt, Bee, du hast mich zu Tode erschreckt!«, hat sie gesagt, aber ich habe nicht geantwortet. Ich habe nur dich gesehen in deinem Anzug, mit diesem unbezahlbaren Lächeln, das all die Millionen wert ist. Letztes Jahr um diese Zeit saß ich auch hier, auch mit Sekt, aber ohne Schnupfen. Damals habe ich mich mit dir betrunken – nur allein.

Immer wenn die Oscars verliehen werden, frage ich mich, ob ich vielleicht doch ein bisschen gestört bin. Ob meine Briefe an dich und diese erfundene – für mich sehr reale – Freundschaft vielleicht etwas zu weit gehen. Ob ich mir Sorgen machen sollte, einen Arzt aufsuchen. Aber dann sage ich mir: Und wennschon? Vielleicht bin ich gestört. Wenn es so ist, ist es eine nette Störung. Ich tue damit niemandem weh. Dann weiß ich eben, dass du Wilhelm mit zweitem Namen heißt und dass du deinen Vornamen der Tatsache verdankst, dass deine Mutter gerade vor einem Bild von Leonardo da Vinci stand, als sie dich zum ersten Mal in ihrem Bauch gespürt hat. Ich weiß, dass sie dich allein großgezogen hat, im Ghetto von Hollywood, und dass dein erster Film weder »This Boy's Life« noch »Gilbert Grape« war, sondern

»Critters 3«. Ich weiß, dass du beim Dreh in Thailand zu »The Beach« einen Unfall hattest und dass man dir am Anfang deiner Karriere geraten hat, einen Namen zu wählen, der amerikanischer klingt. Ich bin übrigens wirklich froh, dass du dich gegen Lenny Williams entschieden hast, nur mal so nebenbei.
Aber was ich eigentlich sagen wollte, ist, dass es keine Rolle spielt, dass du keine Ahnung hast, dass es mich gibt. Ich bin einfach froh, dass es dich gibt. In meinem Kopf und in meinem Tagebuch. Das reicht mir. Mehr brauche ich nicht. Was gut ist, denn mehr bekomme ich auch nicht.
Ich habe mir eben noch einmal deine Dankesrede auf YouTube angesehen. Und natürlich wieder geweint. Jetzt sitze ich hier und höre »Georgia On My Mind« von Ray Charles und heule noch mehr. Vor Rührung, vor Glück, vor Freude.
Du wirst sagen: Warum hörst du das immer? Du musst jedes Mal weinen, wenn du es hörst. Und du hast recht. Jedes Mal. Ach Leo, wenn du mich sehen könntest. Ich sitze hier und schluchze und schreibe dir. Meine Tränen tropfen auf die Seiten, eine nach der anderen. Und du saugst sie auf. So wie immer. Ich mache jetzt mal Schluss. Keine Angst, nur für heute. Ich bin ziemlich angetrunken. Und wie du weißt, macht mich Alkohol manchmal ein bisschen gefühlsduselig. Und manchmal noch ein bisschen mehr.

Ich hebe mein Glas auf dich, Leo. Noch einmal.
Ich bin froh, dass es dich irgendwo da draußen gibt. Und in meinem Kopf.
Ich umarme dich,
Phoebe

Ich lese den Text ein Mal, zwei Mal, drei Mal, bin entgeistert, lese ihn ein viertes Mal, ein fünftes Mal. Dann lache ich plötzlich los. Mein Körper bebt, mein Lachen hallt wider von den nackten Wänden, kommt zu mir zurück, ich lache weiter, kann nicht aufhören.

Leonardo DiCaprio. Phoebe schreibt Leonardo DiCaprio. Ich kann es einfach nicht glauben, bin auf eine Art hingerissen von ihr, dass mir die Worte fehlen. Es ist alles, jede Kleinigkeit. Sie ist eine erwachsene Frau mit der Fantasie eines Kindes. Unbeirrt, völlig unlogisch, absolut faszinierend. In meinem Kopf entsteht ein Gesicht, formt sich ganz langsam, dringt zu mir hindurch wie durch Nebel. Große dunkle Augen, fast schwarz, lange Wimpern. Ich bin mir sicher, sie hat dunkle Augen. Eine Farbe wie Schokolade.

Ich lasse das Tagebuch in meinen Schoß sinken, beruhige mich, höre auf zu lachen, genieße das Gefühl in meinem Bauch, blicke auf die aufgeschlagenen Seiten, schüttle den Kopf. Sie schreibt Leonardo DiCaprio. Wie unwahrscheinlich, wie großartig. Ich muss wieder lachen. Dieses Mal leiser, dafür länger, wie kleine Wellen, die aus mir herausbrechen und im leeren Raum versickern. Ihre Schrift verschwimmt vor mir, ich spüre heiße Tränen über meine Wangen laufen, es sind die ersten seit Jahren.

Ich hole mein Handy aus der Tasche, suche in meinen Playlists »Georgia On My Mind«, wähle es aus, bekomme beim Einsatz der Geigen Gänsehaut. Ich sitze in meinem alten Haus auf dem Holzboden, genau da, wo vor ein paar Jahren noch ein Beistelltisch stand, mit dieser grünen Vase, die Maggie so geliebt hat und die ich nie leiden konnte, und höre Ray Charles.

Als ich das letzte Mal hier war, bestand ich fast ausschließlich aus Wut – auf das Leben, auf den Tod, auf Maggie. Auf alles. Ich habe Gott verflucht und mich dennoch zusammengerissen. So wie immer eigentlich. Ich war jahrelang wie betäubt, habe lieber traurige Geschichten erfunden, als mich mit meiner eigenen zu befassen, habe die Kontrolle behalten und dabei einen Teil von mir verloren. Es fühlt sich so an, als wäre er wieder da, als hätte er genau *hier* auf mich gewartet. Hier in diesem Haus. Weil er irgendwie wusste, dass ich eines Tages zurückkommen würde.

Wenn ich bereit dafür bin.

PHOEBE. ZUR SELBEN ZEIT.

Frustkuchen, Buchliebe & Kapitel 29 – oder: I love My Author

Das Skype-Icon springt im Dock meines Laptops auf und ab. Ich mache die Musik etwas leiser – »Every Night« von Jon and Roy –, dann klicke ich auf das hüpfende Icon, und die Videoverbindung baut sich auf.

»Eva«, sage ich und lege die Manuskript-Seite weg.

»Jimmy-Time«, sagt sie und grinst breit.

Mein Blick fällt auf den Wecker. Tatsächlich. Schon 23:34 Uhr. Verrückt, wie die Zeit vergeht.

»Du hast unser Date doch nicht etwa vergessen, oder?«

»Wo denkst du hin«, antworte ich. »Nur die Uhrzeit.«

»Lass mich raten. Wegen deinem Autor.«

»Das war nicht wirklich schwierig, Eva.«

»Auch wieder wahr.«

Ich schalte den Fernseher ein. Punktlandung.

»Geht los«, sage ich, lehne mich an die Wand und greife nach dem kleinen Teller mit dem Kuchenberg. Eva lacht bei dem Anblick.

»Frustkuchen?«, fragt sie.

»Ach, frag nicht«, sage ich.

»Ich frage aber.«

»Und ich antworte später. Jimmy fängt an.«

»Was du ohne meinen Anruf vergessen hättest.«

»Spielt keine Rolle.«

»Komm schon, Bee, gib mir wenigstens einen Anhaltspunkt.«

»Na gut. Du erinnerst dich doch bestimmt noch an den Duschkopf mit der Massagefunktion?«

»Deinen *Freund?* Klar.«

»Ja, meinen Freund. Er ist kaputtgegangen, als ich weg war. George hat einen neuen gekauft.«

Erst versteht sie es nicht, doch dann tut sie es. Ihre Augen weiten sich. »Okay, verstehe«, sagt sie, »Frustkuchen.«

»Frustkuchen«, antworte ich. »Und jetzt Jimmy.«

Wir schauen zusammen die *Tonight Show* und essen Kuchen. Evas ist selbstgemacht und im Café übrig geblieben, meiner selbst auf den Teller gelegt – und ein Ersatz für irgendwas. Für Liebe? Für Sex? Wofür eigentlich?

Von nebenan ist noch immer schweres Atmen zu hören. Kein Wunder, dass Jess zu Jamie rübergeschlichen ist. Hätte ich an ihrer Stelle auch gemacht. Ich schiebe den Gedanken weg und schaue Jimmy. Der Schokoladenkuchen ist großartig, und ich werde mit jeder Gabel ein kleines bisschen glücklicher – und voller. So voll, dass ich sogar das Stöhnen kaum noch wahrnehme. Als würde der Kuchen von innen gegen mein Trommelfell drücken. Jetzt weiß ich, dass der Name *Death by Chocolate* nicht von ungefähr kommt. Ich kann mich nach drei Viertel kaum noch bewegen. Georges Risotto und der Kuchen kämpfen in meinem Magen um die

Vorherrschaft. Mir ist fast schlecht, aber *eine* Gabel geht noch.

Knapp fünfzig Minuten später ist die Sendung zu Ende, und das Publikum tobt. Jimmy macht seine übliche High-Five-Runde durchs Studio, die Stufen hoch und wieder runter, umarmt ein paar Gäste und grinst in die Kamera. Ich lächle zurück, dann schalte ich aus.

»Hast du eigentlich gestern *Tonight Show* geschaut?«, fragt Eva. »Oder am Freitag?«

»Nein«, gebe ich zu. »Ich war untreu. Freitag war ich noch bei einer Veranstaltung in San Francisco, und gestern habe ich mich festgelesen. Du?«

»Ich auch nicht. Ich war noch viel zu verkatert von der Folge letzten Donnerstag.«

»Gott, die war so gut.« Ich denke an mich in meinem Hotelzimmer mit Blick auf die Golden Gate Bridge, Eva neben mir in meinem Laptop, vor mir das Essen vom Zimmerservice. Es war ein schöner Abend.

»Es muss echt scheiße sein, wenn man direkt nach Obama eingeladen wird«, sagt sie. »Ich meine, da will doch keiner kommen. Da ist man so was wie eine Nachband.«

Ich muss lachen und drücke Play auf meinem Laptop. Und in demselben Moment läuft es mir eiskalt über den Rücken, weiter über die Arme bis zu den Händen.

»Clapton?«, fragt Eva erstaunt und zieht die Augenbrauen hoch. »Seit wann hörst du wieder Clapton?«

»Die ehrliche Antwort? Seit heute Abend.«

Sie lauscht, lächelt. »Den Song kenne ich gar nicht.«

»Ich bis vorhin auch nicht. Er heißt ›Autumn Leaves‹.«

Eine Weile schweigen wir, hören das Lied ein Stückchen

weiter, dann sagt Eva: »Es erinnert mich an New York.« Sie wippt sanft zur Musik, hat die Augen zu, dann öffnet sie sie wieder. »An einen Nachtclub mit schummriger Beleuchtung, dunkler Holztheke und einem Glas Whiskey.«

Ich stelle es mir vor. »Stimmt. Das passt ziemlich gut.«

»Ich nehme an, das war ein Autoren-Tipp?«, sagt sie und sieht mich vielsagend an.

»Ja«, sage ich knapp.

»Also, Clapton und Nat King Cole, hm?« Sie macht eine Pause. »Er klingt alt.«

»Er klingt nach Geschmack.«

»Jetzt mal im Ernst, Bee, was ist, wenn er alt ist?«

»Ist er nicht.«

»Er hört dieselbe Musik wie Dad.«

»Na und? Ich höre auch dieselbe Musik wie Dad.«

»Ja, weil du seine Tochter bist. Das ist was anderes.«

Kurze Pause.

»Er ist nicht alt.«

»Woher willst du das wissen? Er könnte uralt sein.«

»Ich weiß es einfach, okay?«

Eva verschränkt die Arme vor der Brust. »Woher?«

»Er …«, fange ich an, breche ab, sage es aber dann doch: »Er ist Ende dreißig.«

Sie reißt die Augen auf. »Moment, du *weißt*, wer er ist? Und sagst du mir erst jetzt?«

»Nein, natürlich nicht.«

»Sondern?«

»Die männliche Hauptfigur ist Ende dreißig. Nathaniel.« Eva schaut mich wartend an. »Ich glaube, er *ist* Nathaniel.«

Ein skeptischer Blick. »Wie kommst du darauf?«

»Keine Ahnung. Es fühlt sich einfach so an.« Ich mache eine Pause, denke an die zweihundertdreiunddreißig Seiten, die ich bisher gelesen habe. »Dieser Roman ist eine Art Abrechnung. So was wie eine Therapie.«

»Eine Therapie?«, fragt Eva. »Was für eine Therapie?«

»Na ja, eine Selbsttherapie. So, als hätte er sich alles von der Seele schreiben müssen. Seine Trauer, seine Wut auf die Welt, die Angst vor dem Alleinsein … Verstehst du?«

Tut sie nicht.

»Nimm es mir nicht übel, Bee, aber ich glaube, du verrennst dich da in etwas. Dieser Nathaniel oder wie auch immer er heißt, ist nur eine weitere fiktive Figur, in die du dich verliebt hast.«

»Nein. Dieses Mal ist es anders. Es ist nicht nur eine Schwärmerei.«

»Wie könnte es denn mehr sein?« Sie lächelt sanft. »Ich meine, du kennst ihn doch gar nicht.«

»Ich kenne ihn sehr wohl«, sage ich vollkommen ernst, »ich weiß nur nicht, wie er aussieht.«

Noch eine Pause. Der Laptop ist heiß auf meinen nackten Oberschenkeln. Der Sex nebenan hat endlich aufgehört.

»Okay«, sagt Eva. »Lies mir was vor.«

»Wie bitte?«

»Na ja, ich würde ja sagen, stell ihn mir vor, aber da das nicht geht …« Sie grinst. »Muss das eben reichen.«

Ich weiß nicht, ob ich es will, tue es aber. Ich greife nach den letzten Seiten, die ich gelesen habe, gehe zum Anfang des Kapitels. Und dann fange ich an zu lesen.

Kapitel 29

Er war den sechsten Tag in Folge allein gewesen. In dieser irrwitzig großen Wohnung, in der er sich manchmal fühlte wie in einem Sarg, lebendig begraben. War er das überhaupt noch? Lebendig? Er atmete, sein Herz schlug, er ging auf und ab, machte Toast. Immer Toast. Jeden Tag. Ein anderer Mann hatte seine Frau gefickt, und er machte Toast. Valerie hatte Toast gehasst. Es sei kein richtiges Essen, meinte sie. Und er kein richtiger Mann. Das hatte sie nie gesagt, nie laut ausgesprochen, aber immer gedacht, da war er sich sicher. Und vielleicht stimmte es sogar. Vielleicht war er mit ihr nie ein richtiger Mann gewesen – was auch immer das bedeutete. Vielleicht hätte er sie anders ficken müssen, oder öfter. Nathaniel setzte sich aufs Sofa. Im Nachhinein war er sich sicher, dass sie ihm alles vorgespielt hatte, so wie dem Rest der Welt auch. Er fragte sich, warum er eine Frau hatte haben wollen, die ihn emotional jeden Tag ein bisschen mehr kastriert hatte. Langsam, genüsslich. Eine Frau, an deren glatter Oberfläche er keinen Halt gefunden hatte, für die er versucht hatte, in ein Gesamtbild zu passen, das ihm nicht entsprach. Er wollte es sich nicht eingestehen, aber teilweise hatte er sie gehasst. Ihr schönes Gesicht, ihre gebleechten Zähne, ihre Stimme. Diese kalten blauen Augen.

Nathaniel stand auf, ging ziellos durch die Wohnung. Mit Valerie hatte er sich immer richtig ernährt. Bloß keinen Toast. Jetzt aß er all den Toast, den er in den vergangenen Jahren nicht gegessen hatte, stopfte sich regelrecht voll damit, genoss es, als würde er ihr damit eins auswischen. Als wäre ihre Ehe an seiner Vorliebe für Toast gescheitert und nicht an allem anderen.

Er schüttelte den Kopf, resigniert, sauer. Eine weitere Geste der Unzufriedenheit, die keiner sah. Nathaniel fragte sich, wann er zuletzt mit jemandem gesprochen hatte. Wirklich gesprochen, von Angesicht zu Angesicht. Sein Bruder und er schrieben sich regelmäßig Nachrichten, telefonierten jedoch nicht – Nathaniel hatte ihn darum gebeten.

Wann hatte er das letzte Mal die Stimme eines anderen Menschen gehört? Nicht im Fernsehen, im realen Leben. Er dachte nach, lange und angestrengt, dann schließlich kam er darauf. Es war vor knapp einer Woche auf einer Party gewesen. Er wurde oft eingeladen, sagte jedoch meistens aufgrund irgendwelcher Vorwände ab. Doch nicht dieses Mal. Er war selbst überrascht gewesen, dass er zugesagt hatte, noch mehr, dass er dann tatsächlich hingegangen war. Die Nacht hatte sich ausgedehnt und er mit einer schönen Frau geschlafen – mit einer völlig Fremden in einem fremden Bett mit teurer Bettwäsche – und nichts dabei gefühlt. Nicht einmal, als er gekommen war. Seine Muskeln hatten gezittert, sein Herz schnell geschlagen, auf seiner Brust der Schweiß geglänzt, aber die passende Emotion hatte gefehlt. Als wären sein Kopf und sein Körper voneinander unabhängige Wesen, die zusammenhingen wie siamesische Zwillinge, sich aber nicht leiden konnten. Als wäre einer dem anderen überlegen. Bei Nathaniel war es der Kopf. Sein Herz diente nur noch der Blutversorgung. Vielleicht war es ein Mal zu oft gebrochen worden.

Er setzte sich wieder auf die Couch, dachte an die Fremde. Wie sie sich angezogen und ihm dann ihre Nummer zugesteckt hatte. Mit diesem Blick, dunkel unter schweren Lidern, einem Lächeln im Gesicht. Auf dem Weg nach unten hatte er ihre Visitenkarte in den Mülleimer neben dem Aufzug geworfen. Er hätte sie ohnehin nie angerufen.

In der Sekunde, als er das dachte, klingelte schrill das Telefon. Er erschrak. Niemand rief ihn je auf dem Festnetz an, die wenigsten kannten die Nummer. Er war neugierig, jedoch nicht genug, um dranzugehen, ließ es klingeln, wartete ab, saß einfach nur da und fragte sich, wann sein unbekanntes Gegenüber wohl aufgeben würde. Und in genau dem Moment wurde es still. Und es waren wieder nur er und seine Gedanken in trauter Zweisamkeit.

Das Alleinsein machte ihm nichts aus, aber es machte etwas mit ihm. Mit seinem Kopf. Mit seinem Zeitgefühl. Er wusste nicht, was es war, ob er es mochte oder hasste. Er existierte, da war er sich ziemlich sicher, was den Rest anging, weniger. Er schrieb seinem Bruder Nachrichten, und der schrieb auch welche zurück. Es gab sie also noch, die Welt da draußen, sie war noch da. Nur *er* war weg. Gefangen in sich selbst, in seinem riesengroßen Grab direkt am Central Park.

Er stand wieder auf, schaute sich nach seinem Handy um, fand es auf dem Tisch, durchsuchte seine Musik, entschied sich für Eric Clapton. »Autumn Leaves«. Der Song begleitete ihn nach draußen, barfuß im Morgenmantel, obwohl es bereits früher Abend war. Nathaniel stützte sich auf der Mauer ab, blickte in die Tiefe, fragte sich, wie es wohl wäre zu springen. Wie es sich anfühlen würde, wenn jede Zelle wüsste, dass sie gleich stirbt.

Sein Blick schweifte über die Baumkronen tief unter ihm. Es war Herbst geworden. Innerhalb weniger Tage hatte sich der Sommer davongemacht, war unerkannt verschwunden. Es hatte Nathaniel schon als Kind fasziniert, dass sterbende Blätter so schön aussahen, dass sie sich bunt färbten, bevor sie fielen. Gelb, orange, rot. Ein Feuerwerk aus Farben. Als wollten sie sich mit einem Knall verabschieden. Er dachte an Valerie, daran, wie sehr sie sich immer auf den Herbst gefreut hatte. Er war ihre liebste Jahreszeit gewesen. Sie waren oft zusammen spazieren gegangen.

Nathaniel selbst hatte keine bevorzugte Jahreszeit, für ihn hatte jede ihren Reiz. Besonders in New York City. Diese Stadt wechselte vier Mal im

Jahr ihr Aussehen, veränderte sich, verlor jedoch nie ihren Charme. Er hatte sich immer eine Frau gewünscht, bei der es genauso war. Eine Frau, die schmutzig und schön sein konnte, stark, vielseitig, verletzlich. Einzigartig.

Er dachte wieder an Valerie. An ihr Gesicht, die hohen Wangenknochen, ihre kühlen Augen, die helle Haut. Es hatte Zeiten gegeben, da hatte er sie betrachtet und den Rest seines Lebens gesehen. Bis ihm klargeworden war, dass, wenn das der Rest seines Lebens war, er hoffte, dass sein Leben schnell zu Ende gehen würde. Da hatte er verstanden, dass er einen riesengroßen Fehler gemacht hatte. Einen Fehler, den sich einzugestehen weh tat, weil man sich doch so sicher gewesen war, weil man gedacht hatte, das Richtige zu tun, weil man gedacht hatte, die richtige Person gefunden zu haben. Als wäre eine Person die Lösung auf alle Probleme. Wie ein Zauberwort. Ein Zauberspruch. Ein Gegenstück. In Wahrheit hatten Valerie und er nie zusammengepasst, nur zusammenpassen wollen. Das wusste er jetzt. Und dass manchmal selbst zwei eiserne Willen für einen Weg nicht ausreichten.

Mittwoch, 15. Juni 2016

PHOEBE. SPÄTER NACHMITTAG.

Gedankenkarussell – oder: Wer ist D. C. Ferris?

Ich sitze in der Redaktion an einem weiteren Entwurf für die *New York Diaries* und bin kurz davor, ein drittes Mal zu scheitern. Ich versuche, mich zu konzentrieren. Versuche, an etwas anderes zu denken als an das, was Eva gesagt hat, nachdem ich ihr gestern das Kapitel vorgelesen habe. Mein Handy vibriert auf der Tischplatte, und ich zucke zusammen. Eine neue Sprachnachricht. Die vierte heute. Ich habe auf die ersten drei noch nicht geantwortet, bin viel zu verwirrt. Doch Eva hat recht. Der Stil ist wirklich ähnlich. Mehr als das. Aber das ist nicht möglich. Es kann einfach nicht sein.

Falls Sie sich fragen, warum ich so wirres Zeug rede, ich tue es, weil ich so wirres Zeug denke. Ich muss hier raus. Muss mir die Beine vertreten, meine Gedanken sortieren. Ich stehe auf, packe meine Sachen zusammen und weiß plötzlich, wo ich hinwill. Das *Roof Garden Café* auf dem Dach des Metropolitan Museum of Art – einer meiner Lieblingsorte zum Nachdenken. Wenig später laufe ich zur

U-Bahn hinunter, dränge mich zum richtigen Bahnsteig. Nach nicht einmal einer Minute kommt meine Linie, und ich steige ein. Also. Der Reihe nach. Wie Sie wissen, habe ich meiner Schwester ein Kapitel aus dem Manuskript vorgelesen. Als ich fertig war und auf den Bildschirm geschaut habe, waren ihre Augen groß und der Ausdruck in ihrem Gesicht vollkommen leer. Versteinert. Kurz dachte ich, die Verbindung wäre abgebrochen oder das Bild eingefroren, aber so war es nicht. Die Verbindung war einwandfrei. Nur Eva war eingefroren.

»Bist du dir ganz sicher, dass dieser Roman noch nicht veröffentlicht ist?«, hat sie mit zitternder Stimme gefragt, und wir haben nach dem Titel gesucht, aber nichts gefunden. Wenn Eva richtig aufgeregt ist, wird sie immer total unruhig, schaut schnell zwischen zwei unbestimmten Punkten hin und her, murmelt irgendwelche unverständlichen Dinge. Das wiederum macht mich völlig wahnsinnig. Schließlich hat sie mich angesehen und gefragt: »Kennst du D.C. Ferris? Mom liebt seine Romane.«

Natürlich kenne ich D.C. Ferris – wer kennt D.C. Ferris nicht –, aber ich muss gestehen, dass ich bisher noch nichts von ihm gelesen habe. Bestsellerlisten stoßen mich tendenziell eher ab und Romane, die sofort auf den oberen Plätzen einsteigen, noch mehr. Ich bin nicht so geeignet für den Herdentrieb.

»Lies die Leseprobe von ›Begegnungen mit Sally‹. Oder besser noch, kauf dir gleich das Buch.«

Ich wollte wissen, warum, aber sie meinte nur: »Tu es einfach, Bee.« Und das habe ich. Ich habe es noch nachts als E-Book gekauft und sofort angefangen zu lesen, konnte gar nicht mehr aufhören. Inzwischen bin ich fast fertig mit der Geschichte – und den Nerven. In meinem Kopf ist ein heilloses Durcheinander. Ich kann nicht mehr geradeaus denken. D. C. Ferris. Er kann es nicht sein. Unmöglich.

Aber es ist eindeutig seine Stimme, seine Art zu erzählen. Er ist es. Einer der erfolgreichsten Schriftsteller der Welt. Ein Mann ohne Gesicht, jemand, der sich nie öffentlich zeigt, von dem keiner weiß, wie sein echter Name lautet oder wie er aussieht. Von dem es nur heißt, dass er ein Mann ist und in New York City lebt.

Mein Autor ist D. C. Ferris.

Und ich lese sein unveröffentlichtes Manuskript.

DAVID. ZUR SELBEN ZEIT.

Allein, aber nicht einsam – oder: Que sera sera

Ich bin in die Orchard Street gefahren, ins *The Fat Radish*, weil Phoebe so begeistert davon war. Jetzt verstehe ich, warum. Ich sitze mit dem Rücken zur weißgetünchten Backsteinwand, überblicke das gesamte Lokal, die weiße Theke, die kleinen Holztische, schaue zum großen Spiegel, auf dem in weißer Schrift das Tagesmenü präsentiert wird. Um mich sind Menschen und ich in Gedanken versunken. Ich habe keinen Hunger, bestelle nur Kaffee, mag die kleine Bodum-Kanne, die mir wenig später gebracht wird.

Ich genieße es, länger unterwegs zu sein. Nicht nur von A nach B, keine gewohnten Strecken. Es ist weit weniger beengend, als ich gedacht hätte. Im Laufe der Jahre bin ich menschenscheu geworden. Wie ein Reh, habe selten die Wohnung verlassen, bin, wenn überhaupt, U-Bahn gefahren, am liebsten jedoch zu Fuß gegangen. Langsam finde ich wieder ins Leben zurück. Phoebe und die Orte, von denen sie schreibt, locken mich nach draußen. Zum ersten

Mal seit langem bin ich allein, aber nicht mehr einsam. Ein schönes Gefühl.

Auf dem unbesetzten Nachbartisch bemerke ich eine offene Zeitschrift, jemand hat sie liegen gelassen oder vergessen. Mein Blick fällt erst auf die Überschrift – *The Jungle Book* –, dann auf den Text, bleibt sofort an einem Satz hängen: *Was passieren soll, wird passieren.* Ich muss lächeln, hoffe, dass es stimmt, greife nach der Zeitschrift und beginne zu lesen.

THE JUNGLE BOOK

Que sera sera – oder so ähnlich.

von Jamie Witter

New York und ich haben Jubiläum. Wir sind seit sechs Jahren zusammen – das ist mit Abstand meine längste Beziehung. Ich würde sagen, es ist Zeit für eine Bilanz.

Rückblickend war es richtig, hierherzukommen, den ersten Schritt zu machen, den ich, um ehrlich zu sein, eine Weile ziemlich bereut habe, weil es ein ziemlicher Druck ist, im Land der unbegrenzten Möglichkeiten zu leben – vor allem in New York City. Man MUSS quasi etwas aus sich und seinem Leben machen, wenn nicht, hat man das Gefühl, Atemluft und Platz zu verschwenden. Ich kenne dieses Gefühl. Es war bei mir sozusagen ein Dauerzustand. Meine negativen Glaubenssätze haben mich begleitet wie Schatten, waren wie schlechte Freunde, die ich nicht loswerden konnte.

Du hast nicht das Zeug für New York.

Du bist nicht gut genug.

Du wirst es nicht schaffen.

Du bist dumm.

Du bist langweilig.

Du bist eine einzige Enttäuschung.

Du bist nichts wert.

Du solltest nicht hier sein.

Aber ich bin geblieben. Vielleicht, um es mir selbst zu beweisen, vielleicht, weil ich nicht wusste, wo ich sonst hinsollte, vielleicht, weil Aufgeben keine Option war. Ich weiß es nicht. Aber ich bin noch hier.

Anfangs war New York hart zu mir und ich einsam. Ich kann mich nicht mehr erinnern, warum ich damals hierhergekommen bin, aber ich weiß noch, wie klein und mickrig ich mich gefühlt habe. Wie ein einzelner Klecks auf einem Pollock-Gemälde. Da und doch unwichtig.

Das Zimmer, in dem ich gewohnt habe, war gerade groß genug für ein Bett und ein Regal. Wenn ich dalag und an die Decke geschaut habe, hat es sich angefühlt, als würde ich von unten aus meinem Grab schauen. Als wäre es das Ende meines Lebens und nicht erst der Anfang. Mein damaliger Mitbewohner Dexter war laut und selbstsicher. Er ist in New York geboren, war wie ein Fisch im Wasser. In seinem Element. Er war echt, ich ein Hochstapler. Eines Tages hat er zu mir gesagt, dass nicht New York dafür verantwortlich ist, wie es mir geht. Er hat gesagt, dass diese Stadt ein Becken voller Chancen ist, in das man kopfüber hineinspringen muss, ohne an die Folgen zu denken, ohne sich zu fragen, was kommt. Er meinte: *Was passieren soll, wird passieren*. Und dass es unendlich viele Wege gibt, ans Ziel zu kommen.

Ich habe ihn gefragt, was mit denen ist, die kein Ziel haben, und Dexter hat geantwortet: *Die finden ihr's unterwegs*.

Manchmal fühle ich mich noch immer wie ein Pollock-Klecks, aber das stört mich nicht mehr – es braucht schließlich jeden einzelnen Klecks für das Gesamtbild. Ich habe aufgehört zu versuchen, etwas *aus meinem Leben zu machen*, stattdessen lebe ich es einfach. Ich bin vor einer ganzen Weile hierhergezogen, aber es hat fast zwei Jahre gedauert, um wirklich anzukommen. Inzwischen kenne ich diese Stadt. Ich bin nicht mehr der Parasit, ich bin ein Teil von ihr. Wie eine Zelle in einem Organismus. Ein kleines Zahnrad in einem hochkomplexen Gebilde, in dem die Zeit nie stillsteht. Wäre New York City eine Uhr, wäre es eine Patek Philippe *Calatrava* aus den Neunzehnhundertsechzigern in Weißgold. Klassisch, stilvoll, zeitlos.

Mein Blick fällt auf mein Handgelenk, auf genau die Uhr, um die es geht. Onkel Theo hat sie mir hinterlassen, weil ich sie schon geliebt habe, lange bevor ich wusste, wie viel sie wert ist. Ich bin meinem Onkel sehr ähnlich, denke ich lächelnd und lese weiter.

Ich habe Fuß gefasst und Wurzeln geschlagen, bin umgezogen, habe neue Freunde gefunden und alte behalten, habe hier und da gejobbt, New York erobert und von allen Seiten kennengelernt, ich schreibe Kolumnen und vlogge über alles, was ich in diesem Dickicht an Menschen und Beton entdecke. Ich fließe wie Strandgut durch die Schluchten dieser Stadt und genieße das Gefühl um mich herum. Das Knistern, die Energie, spüre die unbegrenzten Möglichkeiten. Auf einmal sehe ich sie. Auf einmal sind sie da. Als wäre ich lang genug im Wald gewesen, um ihn trotz der Bäume wieder zu erkennen.

Ich habe keine Ahnung, was als Nächstes kommt. Was passieren soll, wird passieren. Vielleicht über Umwege, und vielleicht ist auch der Weg das Ziel. Ich bin jedenfalls angekommen.

In New York. Und bei mir.

Es ist also tatsächlich eine Liebesgeschichte geworden. Sogar mit Happy End.

Ich spüre einen wachsenden Kloß in meinem Hals, schlucke daran vorbei, schlage das Magazin zu, betrachte die Titelseite. NY TRND. Noch nie davon gehört. Ich blättere sie durch, bekomme eine E-Mail von Harry, ignoriere das beklemmende, gerührte Gefühl in meiner Brust, beantworte seine Nachricht, stecke die Zeitung ein.

Der Kaffee ist nicht mehr heiß, er hat die perfekte Trinktemperatur. Ich nehme einen Schluck. Er ist stark und schwarz und kräftig und dabei kein bisschen bitter. Genau so, wie Phoebe ihn mag, und wie ich im Moment feststelle, ich auch. Ich habe den gesamten gestrigen Tag mit ihr im Bett verbracht, ihre Briefe gelesen und mir dabei eingestehen müssen, dass das Leben die besten Geschichten schreibt. Nicht wir Menschen. Nicht ich.

Ich habe lange darüber nachgedacht, manche Einträge regelrecht studiert. Das Essen habe ich mir bringen lassen, habe im Bademantel die Wohnungstür geöffnet, mich wieder ins Bett gelegt, gegessen, dann weitergelesen, bis tief in die Nacht. Bald bin ich fertig. Ich will nicht fertig werden. Nie. Will mehr von ihr wissen, obwohl ich schon so viel weiß. Welche Musik sie hört, welche Stellungen sie im Bett mag, dass sie sich unter der Dusche selbst befriedigt, was sie gerne isst, was sie nicht ausstehen kann, welche Filme und Serien sie schaut, dass sie Sternzeichen Zwilling ist. Ich frage mich, wann sie Geburtstag hat. Vielleicht heute, vielleicht hatte sie gestern, vielleicht vor zwei Wochen, vielleicht morgen. Ich wäre gern dabei, beneide die, die mit ihr feiern werden oder gefeiert haben, würde morgen so viel lieber mit ihr zu Abend essen als mit einer Jenna, die ich gar nicht kenne – und die ich auch nicht kennenlernen will.

Ich fühle mich beobachtet, spüre, dass mich jemand ansieht, schaue hoch, entdecke eine Frau am Tresen. Sie lächelt mich an, verlegen, schüchtern, streicht sich eine Haarsträhne hinters Ohr, schaut kurz weg und dann doch wieder zu mir. Maggie hat das gehasst. Meine Wirkung auf Frauen. *Alle starren dich an*, hat sie immer gesagt und mir nicht geglaubt, dass es mir egal war.

Ganz am Ende meinte sie einmal, sie hätte mich auch deswegen betrogen. Wegen all den anderen Frauen, von denen ich keine einzige angefasst habe. Sie fand das logisch, ich ironisch. In Maggies Welt hat es bestimmt Sinn ergeben. In meiner nicht.

Ich lasse den Blickkontakt abreißen, trinke einen Schluck Kaffee, lehne mich zurück und schlage das Tagebuch auf.

Lieber Leo,
Gabriel ist über Nacht geblieben. Ich wollte, dass er geht, aber er war bereits eingeschlafen, und irgendwie kam es mir schäbig vor, ihn zu wecken. So nach dem Motto: Vielen Dank für den Sex, aber da ist die Tür. Also habe ich mich neben ihn gelegt und grauenhaft geschlafen. Und das nicht mal aus dem Klischee-Grund, denn Gabriel schnarcht nicht. Er lag reglos da wie eine Leiche. Totenstill. Zeitweise habe ich befürchtet, dass er aufgehört hat zu atmen. Aber das hat er nicht – ich habe, um sicherzugehen, einen Finger unter seine Nase gehalten. Danach lag auch ich reglos und totenstill da. Und hellwach. Habe mich gefühlt wie ein Gast in meinem eigenen Bett.
Gabriel und ich hatten so oft Sex, aber dieser »Morgen danach«, das war ein erstes Mal. Und ich will kein zweites. Alles hatte diesen Beigeschmack vom Anfang einer frischen Beziehung. Unsichere Blicke, Tageslicht, Abwenden. Ich hatte keine Ahnung, wie ich mich ihm gegenüber verhalten soll, also bin ich erst mal duschen gegangen. Als ich ins Zimmer zurückkam, hat er mir das Handtuch vom Körper gerissen, und wir haben gevögelt. Das war gut, gewohntes Terrain. Im Anschluss haben wir verhalten geschwiegen und sind dann in die Redaktion gefahren. Zusammen.

Hat das etwas zu bedeuten? Ich meine, er verschwindet sonst immer sofort. Und das meine ich wörtlich. Normalerweise knöpft er bereits sein Hemd zu, während ich gerade erst langsam wieder in die Realität finde. Anfangs kam mir das seltsam vor, aber inzwischen ist es mir lieber. Er steht auf, zieht das Kondom ab, wirft es in den Müll, springt in seinen Anzug und ist weg. Immer in dieser Reihenfolge. Ein automatisierter Ablauf, wie eine Kür, die er perfektioniert hat. Nach dem Sex bewegen wir uns in verschiedenen Geschwindigkeiten. Seine Welt ist im Schnelldurchlauf, meine existiert direkt daneben, nur in etwas langsamer. Und genau so mochte ich es. Das war vorhersehbar. Toller Sex und dann meine Ruhe. Und damit meine ich nicht die Art von Ruhe, in der ich mich nicht traue zu atmen, weil ich sonst jemanden aufwecken könnte. Ich meine angenehme Stille. Nur ich und die Geräusche, die zum Soundtrack meines Lebens gehören. Tony, der an der Tür kratzt, George, der telefoniert oder fernsieht, die Klospülung, die Dusche, der Geschirrspüler. Gabriel gehört nicht dazu. Ich will nicht, dass er übernachtet, egal, wie lautlos er schläft. Er soll bei sich zu Hause lautlos schlafen. Nicht bei mir. Denkst du, ich sollte ihm einfach sagen, dass Sex okay ist, aber mehr eben nicht? Also, ich meine nicht, dass der Sex nur okay ist, ich meine, dass wir gerne miteinander schlafen, aber eben nicht miteinander einschlafen können. Ein-

mal abgesehen davon, dass eigentlich nur er eingeschlafen ist und ich hellwach danebenlag.
Würde er es mir übelnehmen?
Es sollte mir egal sein. Aber nicht nur das mit dem Übernachten hat mich genervt. Es war der gesamte Abend. Ich saß gestern nichtsahnend in meinem Zimmer und habe mir – ja, schon wieder – »Wolf of Wall Street« angeschaut, als plötzlich Gabriels Nachricht kam. »Ich bin unten.« Mehr nicht. Ein Satz, der so viel Raum einnimmt. Er sagt: Mach auf, lass mich rein, ich will mit dir schlafen, mir doch egal, was du gerade machst oder ob du etwas vorhattest. Ich bin unten.
Kurz habe ich gezögert, ihn dann aber reingelassen.
George war nicht da, also war es kein Thema, dass das Vorspiel bereits im Flur losging. Und es war gut. Gabriel hat sehr geschickte Finger. Aber darum geht es nicht. Es geht darum, dass ich nicht will, dass er einfach so hier aufkreuzt, und erst recht nicht, dass er über Nacht bleibt.
Das hier ist meine Wohnung. Und mein Leben.
Vielleicht ist es gar nicht schlecht, dass ich in zwei Wochen nach San Francisco fahre. Der Abstand wird uns guttun. Jetzt braucht man schon Abstand von einer Affäre. Lächerlich.
Weißt du, was ich mich manchmal frage? Ob ich jemals jemanden finden werde, von dem ich mir wünsche, dass er bleibt. Und damit meine ich nicht nur für eine Nacht, sondern für immer.

Jemanden, von dem ich mir keinen Abstand wünsche. Du kennst mich. Du weißt, wie ich ticke, du weißt, dass ich zufrieden bin. Glücklich mit meinem Leben. Ich habe nicht das Gefühl, dass mir etwas fehlt, zumindest nicht generell. Aber wie sollte mir auch etwas fehlen? Ich meine, weiß ich denn überhaupt, wovon ich rede? Ein Nichtraucher vermisst doch auch keine Zigaretten, während ein Raucher Zustände bekommt, wenn er keine mehr hat. Was ich damit sagen will: Wenn man nie wirklich geliebt hat, kann man dann überhaupt etwas vermissen?
Ich liebe die Vorstellung von Liebe, die Idee davon, den Wunsch, jemanden zu finden, der einen auf einer ganz anderen Ebene versteht. Ich glaube, genau darauf warte ich. Auf einen Menschen, den ich Schicht für Schicht für mich entdecken kann, in dessen Seele ich mich verliebe, jemanden, der mich völlig gefangen nimmt und gleichzeitig freilässt. Du siehst, ich will mal wieder das Unmögliche. Nicht wirklich verwunderlich, oder?
Die Mittagspause ist vorbei.
Danke fürs Zuhören, Leo.
Phoebe

PHOEBE. NOCH IMMER NACHMITTAGS.

Begegnungen mit Sally – oder: How To Meet My Author

Ich sitze im Gras, um mich herum nur Grün. Wenn ich hier oben bin, vergesse ich, dass New York City eine Großstadt ist. Dann werde ich ganz klein und der Central Park in meiner Vorstellung zu einem riesigen Wald, umarmt von Hochhäusern, die wie Speerspitzen in den Himmel ragen, die Baumkronen sind buschig und schwer, darunter ist es schattig. Ich kann nicht sagen, was schöner ist: das Grün im Sommer oder wenn sich die Blätter bunt verfärben. Jede Jahreszeit in New York City ist irgendwie magisch.

Ich schaue mich um. Bis auf mich sind nur noch ein paar andere Leute da. Zeit, Eva zu antworten. Ich öffne WhatsApp, seufze und presse meinen Zeigefinger auf das kleine Mikrofon unten rechts, dann fange ich an zu sprechen.

Bee: »Hey Eva, tut mir leid, dass ich mich erst jetzt melde, ich war einfach viel zu … keine Ahnung, verwirrt. Eigentlich bin ich das immer noch. Puh. Was soll ich sagen? Ich habe das Buch fast durch. Und ja, du hast recht, es klingt sehr nach meinem Autor. Aber das kann doch gar nicht sein. Ich meine, wir reden hier immerhin von D. C. Ferris. Der packt doch nicht seinen nächsten Bestseller einfach so in den Koffer. Und abgesehen davon ist der Stil zwar unglaublich ähnlich, aber die Art der Geschichte ist ganz anders. Vielleicht ist er es ja doch nicht. Vielleicht ist es jemand, der versucht, wie er zu schreiben? Wem versuche ich, hier was vorzumachen? Er ist es eindeutig. Scheiße, Eva. Was mache ich denn jetzt bloß? Am besten, ich schicke das jetzt mal ab. Ich küss dich. Bis nachher.«

Es dauert keine zwei Minuten, da vibriert mein Handy. Ich halte es mir ans Ohr und höre Evas Stimme.

Eva: »Ich habe herausgefunden, welche Agentur ihn vertritt. Vielleicht solltest du denen einfach mal eine E-Mail schreiben und den Vorfall schildern. Ich meine, vielleicht leiten sie deine Nachricht ja an ihn weiter? Könnte doch sein? Okay, das ist eher unwahrscheinlich, aber immerhin nicht unmöglich. Ich schicke dir einfach mal den Link. Was ich mich gefragt habe: Sind da vielleicht irgendwo Initialen in dem Manuskript? Blätter es doch noch mal durch, vielleicht hast du da ja was übersehen. Ach ja … Wenn du der Agentur nicht schreibst, mache ich es. Und lies das Ende. Es ist herzzerreißend. Ich küss dich zurück.«

Ein paar Sekunden später summt es erneut, und WhatsApp zeigt mir einen Link an. Ich tippe darauf und gelange zu einer schlichten Website. *Brooks & Associates – Literary Agency*, Inhaberin: Meredith Brooks. Ich wähle im Menü den Punkt *Kontakt*. Die Agentur ist nur zwei Blocks von hier. Madison Ecke achtzigste Straße. Ich könnte jetzt dorthin gehen. Und dann? Etwa einfach klingeln? Als ob das etwas bringen würde. Ich bin bestimmt nicht die erste Frau auf der Suche nach D. C. Ferris.

Okay, das fällt weg. Aber was bringt eine E-Mail? Seine Agentin würde die niemals weiterleiten. Vermutlich würde sie sie nicht mal lesen. Ich glaube, ich will gar nicht wissen, wie viele Mails jeden Tag von verzweifelten Fans bei ihr ankommen. Abgesehen davon, was sollte ich schreiben? Etwa *Hallo, mein Name ist Phoebe Steward, und ich lese gerade Mr. Ferris' unveröffentlichtes Manuskript und finde es wirklich großartig. Ob Sie mir wohl seine Adresse geben könnten? Ich würde es ihm nämlich gerne persönlich zurückbringen.* Wohl kaum.

Was würden Sie an meiner Stelle tun? Ich meine, soll ich seiner Agentin schreiben? Das ist doch Quatsch.

Mein Handy vibriert wieder. Und wieder ist es Eva. Nur ein Satz: *Jetzt lies schon das Ende. Und dann schreib die Mail. Okay?*

Na gut. Ich atme mir Mut zu, dann ziehe ich den Reader aus der Tasche und lese das Ende von »Begegnungen mit Sally«.

Epilog

Sally und er waren grundverschieden gewesen, zwei Welten, die aufeinanderprallten, Gegensätze. Er Ebbe, sie Flut, sie laut, er leise, er Ordnung, sie Chaos. Zusammen waren sie Sehnsucht. Andauernde Sehnsucht. Was ihr fehlte, hatte er, was ihm fehlte, hatte sie. Vereint waren sie vollkommen.

Thomas drückte ihre Hand, sie lag leblos in seiner, lauwarm, schlaff. Er schloss die Augen, sah sie im schummrigen Licht des Schlafzimmers, es war erst gestern gewesen. Ihre Haut hatte sich kaum von den Laken abgehoben, sie hatte sich an ihn geschmiegt, lebendig, warm. Schweißperlen hatten sie verbunden, die Luft nach ihnen gerochen, nach Sex und nach Körpern. Sally hatte sich das Haar aus der Stirn gewischt, sich auf den Ellbogen gestützt und ihn von unten angesehen, ihn aufs Kinn geküsst, gelächelt. Große blaue Augen, ungeschminkt, verletzlich. Er hatte sie geliebt. Immer schon. Unendlich. Ihr aufbrausendes Wesen, ihre Eigenarten, ihre Sturheit, ganz besonders ihre Sturheit. Sally war ein Genuss für seine Augen gewesen, Nahrung für seine Seele, eine Herausforderung für seinen Verstand. Seine Begegnungen mit ihr hatten ihn verändert. Jedes Mal ein bisschen mehr. Er hatte sie behalten wollen, in seinem Leben, bei sich. An ihrer Seite war er besser, ein besserer Mann.

Manchmal schien es Thomas, als wäre sein Leben bis zu dem Moment, als er sie getroffen hatte, eine Warteschleife gewesen. Alles war auf jenen Augenblick zugelaufen, auf sie, die Frau, deren leblose Hand er gerade hielt. Er fragte sich, ob Sally noch da war, ob sie seine Nähe spürte, die Wärme seiner Haut. In ihrem Gesicht war kein

Lächeln mehr, kein Leben, ihre Augen geschlossen, ihre Lippen aufgesprungen. Sie hatte ihn vor diesem Moment gewarnt, jahrelang versucht, ihn wegzustoßen, ihn vor dem Schmerz und der Einsamkeit zu schützen, von denen sie wusste, dass sie kommen würden. Doch Thomas hatte nicht hingehört, es nicht sehen wollen, war eher bereit gewesen, sie zu verlieren, als sie nie zu haben. Und so hatte er sie viel zu kurz gehabt und viel zu schnell verloren.

Er hielt an ihr fest, obwohl er wusste, dass nur noch ihr Körper übrig war, ihr Wesen längst weitergezogen, die leblose Hülle nur ein Rest, etwas, das man beerdigen oder einäschern konnte. Sie war gegangen, an einen Ort, an den er ihr nicht würde folgen können.

Zwei Stunden später hatte ihr Herz aufgehört zu schlagen und seines damit gebrochen. Er war noch lange dort sitzen geblieben, neben ihr, an ihrer Seite, ihre Hand in seiner. Er hatte gefühlt, wie sie kälter und kälter wurde und das letzte bisschen Leben erlosch. Er war mit ihr ins Krankenhaus gekommen und würde ohne sie gehen. Als hätte er einen Teil von sich selbst verloren. Sein Leben. Er war allein gewesen, würde es bleiben, würde sie vermissen.

Liebe endet nicht, wenn ein Mensch stirbt, das wusste er jetzt. Aber er wusste nicht, warum. Denn Sally war tot, es gab sie nicht mehr. Nur die Erinnerung an sie.

Alles in Thomas tat weh, jeder Atemzug, jeder Schritt ohne sie an seiner Seite.

Und doch war er dankbar.

Um jede Begegnung mit Sally.

Ich weine lautlos, lege den E-Reader weg, wische mir über die Wangen und schaue verschwommen über den Central Park und weiter zur Skyline dahinter. Die Wimperntusche brennt in meinen Augen. Wie kann jemand so über Gefühle schreiben? Über den Tod, über die Sehnsucht, über die Furcht davor, jemanden zu verlieren? Hat er bereits jemanden verloren? Fühlt er deswegen alles so tief und allumfassend?

Wer auch immer diese Texte geschrieben hat, er ist traurig und klug. Und wütend. Eva würde sagen, eine besondere Seele, empfindsam und zerbrechlich im Körper eines Mannes, den niemand kennt.

Ich wische mir die Tränen weg und straffe die Schultern. »Nun gut, Mr. Ferris. Wo auch immer Sie sind, ich werde Sie finden.«

DAVID. SPÄTABENDS.

Alles hat ein Ende – oder: That Look She Gives That Guy

Ich betrete das Haus, schalte das Licht ein, schließe die Tür hinter mir ab. Kann kaum glauben, dass ich tatsächlich den gesamten Weg von meinem Apartment bis hierher gegangen bin. Wie weit wird das sein? Vom Central Park bis nach Brooklyn? Es kam mir nicht lang vor, meine Gedanken haben mir die Zeit vertrieben. Knapp zwei Stunden war ich unterwegs, habe zugesehen, wie es langsam dunkel wurde, Musik gehört. Ich habe einen Schritt nach dem anderen gemacht, mich abreagiert. Auf Phoebes Playlist gibt es einen Song von den Eels. »That Look You Give That Guy«. Er handelt von einem Mann, der gerne *der andere Mann* wäre; der, den sie mit diesem bestimmten Blick ansieht, auf diese ganz besondere Art und Weise. In dem Lied heißt es: Könnte ich doch bloß *er* sein und nicht ich, ich würde dich niemals gehen lassen.

Zum ersten Mal verstehe ich das. Weiß, wie es sich anfühlt. Bisher war Eifersucht sehr abstrakt für mich. Heute habe ich sie kennengelernt. Heiß und eng in der Brust, körperlich aufgeladen. Als Maggie mich damals betrogen hat, war ich verletzt, in meinem Stolz und meiner Männlichkeit, aber eifersüchtig? Nein, ich glaube nicht. Ich dachte es, aber ich war es nicht. Es ging mir mehr ums Prinzip als um die Details. Sie war meine Frau und hatte daher nicht mit anderen zu schlafen. Nicht in meinem Haus, nirgends. Nur mit mir. Schwarz und weiß.

Jetzt bin ich eifersüchtig. Rasend. Es ist ein Brennen, fühlt sich an wie eine Mischung aus Verzweiflung und Wut und noch etwas. Etwas, das ich nicht kenne. Eine Zutat, die mich aufwühlt.

Ich schenke etwas Bourbon in ein Glas, stelle die anderen Sachen, die ich unterwegs eingekauft habe, in den Kühlschrank, gehe nach draußen, setze mich auf die warmen Holzdielen der Terrasse, höre dem Rascheln der Blätter zu, wie der Wind sie durcheinanderbringt.

Es klingt nicht so, als würde Phoebe diesen Gabriel lieben, aber sie schläft mit ihm, er schläft bei ihr, auch wenn sie es nicht will, sie lässt es zu. Ich denke an sie, und sie bekommt nichts davon mit, hat keine Ahnung, wer ich bin. Vielleicht hat Sam recht, und diese ewige Geheimnistuerei war ein Fehler. Ich weiß nicht mehr, warum ich das Pseudonym wollte. Ich hatte mich bereits dazu entschieden, bevor der Durchbruch kam, lange davor. Warum eigentlich?

Ich habe noch ein paar Einträge, nur noch wenige Seiten Phoebe, dann ist es vorbei. Wie eine flüchtige Affäre, die ebenso plötzlich endet, wie sie begonnen hat.

Ich schlage das Tagebuch auf, lese noch einmal den letzten Absatz.

Ich liebe die Vorstellung von Liebe, die Idee davon, den Wunsch, jemanden zu finden, der einen auf einer ganz anderen Ebene versteht. Ich glaube, genau darauf warte ich. Auf einen Menschen, den ich Schicht für Schicht für mich entdecken kann, in dessen Seele ich mich verliebe, jemanden, der mich völlig gefangen nimmt und gleichzeitig freilässt. Du siehst, ich will mal wieder das Unmögliche.

Will sie das Unmögliche? Kann man nicht von jemandem gefangen genommen und freigelassen werden? Schließt sich das wirklich aus? Oder kommt es einfach nur sehr selten vor? Es gibt doch diese Paare. Paare, bei denen es so scheint, als hätten sie ein Geheimnis, eine Formel für die Liebe, die sie nicht teilen wollen. Sam und Julia, meine Eltern. Es gibt sie.

Ich blättere weiter, will auf keinen Fall Gabriels Namen sehen, entdecke ihn aber sofort, balle die linke Hand zur Faust, öffne sie wieder. Ich hasse diesen Mann. Dass er weiß, wie sie riecht, wie sie sich anfühlt, wie sie aussieht.

Ich weiß, wie es *in ihr* aussieht. Ist das nicht viel mehr wert? Sieht nicht das Äußere jeder und das Innere so gut wie niemand? Ich kenne Phoebes Gedanken, habe einen Blick in ihre Seele geworfen und kann jetzt nicht mehr aufhören, an sie zu denken. Ich trinke einen Schluck Bourbon, atme tief in den Bauch und langsam wieder aus. Dann lese ich weiter in Phoebes Leben und wünschte, ich wäre ein Teil davon.

PHOEBE. ZUR SELBEN ZEIT.

Schlachtplan – oder: Finding author

So voll war unsere Küche lange nicht mehr. Erst waren es nur George und ich. Dann sind Jess und Margo vorbeigekommen, um mit mir in meinen Geburtstag reinzufeiern. Als Jamie geklingelt und mir einen USB-Stick mit seinem fertig geschnittenen Video vorbeigebracht hat, habe ich ihn spontan gefragt, ob er nicht bleiben will. Jess hat so getan, als wäre es ihr egal, aber in Wirklichkeit hat sie sich gefreut, das weiß ich genau. Ihr Lächeln hat sie verraten.

Dann hat sie seine Begleitung bemerkt. Claire ist eine von den Frauen, die man hassen würde, wenn man sie nicht so großartig fände. Sie ist klug und schön und witzig. Als Jess die beiden gesehen hat, wurde der Ausdruck in ihrem Gesicht eisig. Es war ein betrogener, ein »Wie konntest du nur«-Blick. Was folgte, waren Fragen und Andeutungen wie: *Und? Woher kennt ihr beiden euch?*, oder: *Was? Schon seit der Schulzeit?*, oder: *Ach, dann bist du in einer Beziehung, Claire? Schade, dass dein Freund nicht kommen konnte.* Claire hat das Verhör überlebt. Sie ist in einer Beziehung, und

Jamie ist nur ein guter Freund. Danach entspannte sich die Stimmung. Und als ich dann erfahren habe, dass die kleine Bakery, die ich neulich entdeckt habe, *ihr* gehört, dass sie die Frau hinter ECLAIRE und dem weltbesten *New York Chai Cheesecake* ist, den ich je gegessen habe, hätte ich ihr am liebsten einen Heiratsantrag gemacht. Deshalb hatte Jamie neulich den Kuchen dabei. Weil er mit der Quelle befreundet ist.

Wir sitzen alle in der Küche und reden durcheinander. Im Hintergrund läuft »Feeling Good« von Michael Bublé, und ich kann ihm nur recht geben: Es geht mir gut. Es geht mir großartig. Ich liebe es, wenn Menschen so zusammenkommen. Wie einzelne Tropfen, die gemeinsam zu einem Regen werden. Ich wollte auf den Dachhof, aber George meinte, das geht nicht. Erst nach Mitternacht, hat er gesagt. Die Dreiviertelstunde kann ich warten. Margos Handy klingelt. Sie verschwindet im Flur, und George sieht ihr nach. Jess und Jamie unterhalten sich, und ihre Blicke sind so aufgeladen, dass es mich nicht wundern würde, wenn sie sich jeden Augenblick anspringen. Claire öffnet eine Flasche Bier, George erzählt ihr etwas, ich höre nicht hin, denke stattdessen an meinen Autor und frage mich, was er wohl gerade macht. Ob er einsam ist oder unter Freunden, so wie ich. Ich frage mich, ob es in seinem Leben eine neue Frau gibt, eine, die er liebt. Eine, die er so ansieht wie Jamie gerade Jess. Ich hoffe nicht.

»Und ihr beide?«, fragt Claire und zeigt auf George und mich. »Wie lange seid ihr schon zusammen?«

»Um Gottes willen«, sagt George. »Wir sind kein Paar. Wir sind eher so was wie« – er schaut kurz in meine Richtung, dann zurück zu Claire –, »keine Ahnung. Geschwister.«

Ich nicke. »Bruder George ist nicht mein Typ und ich auch nicht seiner.«

Claire lacht, George grinst. »Und sogar wenn, wäre ich viel zu jung für sie.«

»Wie bitte?«, frage ich zwischen Ernst und Lachen.

»Ist doch so. Du stehst eben mehr auf … Wie soll ich sagen? Ältere Jahrgänge.«

»Ältere Jahrgänge? Das klingt ja fast so, als würde ich Grabschändung betreiben.«

»Nein«, sagt er, »deine Männer leben noch – zumindest bis du ihnen das Herz aus der Brust reißt.«

»Ach, halt die Klappe.«

»Ihr seid wirklich wie Geschwister«, sagt Claire und trinkt einen Schluck.

»Ja, wir lieben uns«, erwidert George, legt den Arm um mich und drückt mir einen Kuss auf die Wange.

»Du bist echt ein Blödmann«, sage ich und schiebe ihn weg.

»Warum? Hast du nicht neulich selbst gesagt, du bist eine Gottesanbeterin?«

»Ich habe gesagt, ich stehe da, als wäre ich eine, nicht, dass ich eine bin.«

»Warum stehst du so da?«, fragt Claire.

»Weil ich keine Beziehung will«, antworte ich knapp.

»Und weil sich alle Männer in sie verlieben«, fügt George angetrunken hinzu. Ja, Alkohol macht ihn redselig.

»Das ist doch gar nicht wahr. Nicht alle.«

»Fast alle.«

Ich schaue zu Claire. »Er übertreibt.«

»Tu ich nicht«, sagt George. »Und du kannst sagen, was du willst, mit Gabriel ist es nicht anders.« Kurzer Seitenblick zu Claire. »Das ist ihr Chef.«

Vielen Dank auch.

»Du hast was mit deinem Chef?«

»*Hatte*. Ich *hatte* was mit meinem Chef. Vergangenheit. Und es war nur kurz.«

»Es war über ein Jahr«, sagt George.

»Ich würde jetzt wirklich gern das Thema wechseln. Hast du schon die junge Frau kennengelernt, die gerade erst hier eingezogen ist? Sie heißt Zoe und ist Schauspielerin.«

»Falls es die ist, die aussieht wie Rachel McAdams, ja, die hab ich gesehen.« War klar, dass eine wie Zoe ihm auffallen würde. Und er hat recht, sie sieht ihr wirklich ähnlich. »Es ist doch die mit den endlosen Beinen und den vollen Lippen, oder?«

Margo steht in der Tür und schaut in unsere Richtung. Und natürlich tut George so, als hätte er sie nicht bemerkt. Aber ich weiß, dass es nicht stimmt. George würde Margo immer und überall wittern. Wenn es um sie geht, ist er ein Spürhund und sie die Fährte, die er aufnimmt. Ich könnte ihn auffliegen lassen. Ich könnte genau jetzt sagen, dass er eigentlich total auf Margo steht, aber im Gegensatz zu ihm bin ich kein Verräter.

»Ja, das ist sie«, sage ich deswegen nur.

»Sehr gut«, antwortet er. »Willst du sonst noch was über neue Nachbarn loswerden, oder war es das?«, fragt er grinsend. »Ich hätte da nämlich noch eine wirklich wichtige Frage zu unserem vorherigen Thema.«

Ich seufze. »Ja, dann spuck sie schon aus.«

»Läuft da wirklich nichts mehr zwischen dir und Gabriel?« Er klingt mehr als skeptisch.

»Nein.«

»Nur, damit wir uns richtig verstehen ... *gar* nichts?«

»Gar nichts. Ich hab dir doch schon recht gegeben.«

»Ja, schon ... aber du hörst doch sonst nie auf mich.« Röntgenblick. »Warum dieses Mal?«

Verdammt. Weil ich mich in D.C. Ferris verliebt habe. Oder in Nathaniel. Oder in beide.

»Bee?«

»Weil es ... falsch ist, ganz einfach. Es ist falsch.«

»Klingt, als gäbe es einen anderen«, sagt Claire und grinst.

Woher weiß sie das? Merkt man mir das etwa an? »Es gibt keinen anderen.«

Claire will antworten, doch in dem Augenblick klingelt ihr Handy, wofür ich sehr dankbar bin. Sie entschuldigt sich, steht auf und verlässt die Küche.

»Was sollte das?«, zische ich in Georges Richtung. »Du hast mich wie das letzte Flittchen dargestellt.«

»Gibt es einen anderen?«

Und jetzt übergeht er mich auch noch.

»Ich wüsste nicht, was dich das angeht.«

»Es gibt einen«, stellt er fest und nippt an seinem Bier. »Ist doch so.«

»Nein, tut es nicht. Also ... nicht wirklich.«

»Was jetzt? Gibt es einen, oder gibt es keinen?«, fragt George.

»Es kann keinen geben«, sagt Margo, »denn wenn es

einen gäbe, wüssten Jess und ich davon.« Kurzer Seitenblick zu mir. »Nicht wahr, Bee?«

Ich schließe kurz die Augen, dann erzähle ich George und Margo von Nathaniel, dem unveröffentlichten Manuskript, von dem Roman »Begegnungen mit Sally« und zu guter Letzt von Evas Theorie über D. C. Ferris.

Irgendwann bemerke ich, dass die Gespräche um uns herum verstummt sind. Alle schauen mich an. Ungläubig mit großen Augen und halboffenen Mündern. Die Musik läuft leise weiter, irgendeine Armbanduhr piept. Es ist 00:00 Uhr.

Ich habe Geburtstag.

Donnerstag, 16. Juni 2016

PHOEBE. VIERZEHN STUNDEN SPÄTER.

Operation Autor – oder: Made in Manhattan

Margo hat alles haargenau so umgesetzt, wie ich es mir gewünscht habe. Weißer Hintergrund, plakative schwarze Headlines, moderne Gestaltung, viele Möglichkeiten, um Bilder einzubinden.

Ich mache einen Punkt, atme tief ein und langsam wieder aus. Okay. Mein Beitrag ist fertig, er ist nur einen Klick von der Veröffentlichung entfernt und ich kurz davor, mich zu übergeben. Ich lege den Kopf in den Nacken, schaue an die Zimmerdecke, sie ist grau und hat Risse. Ich konzentriere mich darauf zu atmen. Meine Hände sind feucht, meine Finger kalt, draußen ist es unglaublich heiß. Die Klimaanlage versucht, den Raum und mich runterzukühlen, summt vor sich hin. Ich zittere vor Anspannung.

Vor ein paar Stunden schien das alles noch richtig. Eine richtig gute Idee. George hat die ungläubige Stille und das leise Staunen, die sich nach meiner Erzählung über meine Gäste gelegt hatten, mit seinem selbstgemachten Tiramisu gebrochen, und wir haben angestoßen. Maria und Vincenzo haben Profiteroles für mich gemacht – für den Fall, dass Sie sich die Namen nicht gemerkt haben: Das sind Georges Eltern. Sie erinnern sich? Die mit dem italienischen Restaurant? –, und Claire hat den Kuchen, den sie eigentlich Jamie mitgebracht hat, aus seinem Kühlschrank geholt. Alle sind vollbepackt mit Essen und Alkohol raus auf den Dachhof geklettert. George wollte, dass ich noch kurz in der Küche warte, also hab ich gewartet.

Mein Handy hat wie verrückt vibriert. Es kam eine Nachricht nach der anderen. Die erste von Eva. Sie und Jonathan, die beide furchtbar schief und wunderschön »Happy Birthday« für mich singen. Dann eine von Mom und Dad. Ich weiß, dass Mom sie geschrieben hat, der Emoji-Ausbruch hat sie verraten, Dad schickt immer denselben, Mom alle, die ihr gefallen. Unmittelbar danach kam eine SMS von Tante Betty. Und dann noch eine von Andrew. Die letzte Nachricht war von Gabriel – in der Gott sei Dank nicht stand *Ich bin unten*. Stattdessen: *Alles Liebe zum Geburtstag, Phoebe. Ich denke an dich.* Gabriel dachte an mich und ich an meinen Autor. Ein seltsames Gleichgewicht. An wen er wohl gedacht hat?

Dann hat George nach mir gerufen, und ich bin nach draußen geklettert, erleichtert, dass mich niemand mehr auf meine Autoren-Theorie angesprochen hat. Und da stand er, der Grund, warum ich nicht schon vorher rausdurfte: eine riesengroße knallrote Hängematte. Ich bin wie ferngesteuert darauf zugegangen, habe mich reingelegt und in den Himmel geschaut. Die Matte hat leicht geschaukelt, und ich habe mich schwerelos gefühlt. Es war perfekt. Es war so perfekt, dass ich weinen musste. George hat etwas zu dem

Gestell gesagt. Dass es robust und wetterfest ist, und ich bin aufgestanden und habe ihn umarmt, weil George George ist und mein bester Freund. Einer, der im Gegensatz zu Leo weiß, dass es mich gibt. Der mir etwas zum Geburtstag schenkt, der weiß, was mich freut. Der mir zuhört und dem ich wichtig bin. Kein Phantom. Ein echter Mensch.

Von Margo und Jess habe ich die hellgrauen Nike Air Max mit der neongelben Sohle bekommen, die zusammen mit Leo verschollen sind. Und einen Einhundert-Dollar-Gutschein für *Pippa & Paul*. Auf der Karte stand:

> Die Schuhe brauchst du, damit es bei dir immer gut läuft, und die Pizza für die seltenen Augenblicke, wenn selbst die besten Schuhe dafür nicht ausreichen. Wir haben dich lieb, Bee.

Ich habe tolle Freunde. Freunde, die mich überraschen – vor allem damit, wie gut sie mich kennen. Dass sie Dinge von mir wissen, die ich manchmal vergesse. Und dass es ihnen so leichtfällt, mir eine Freude zu machen.

Die Nacht war lau und ich rührselig. Wir saßen draußen, haben total alberne Schlachtpläne geschmiedet, wie ich meinen Autor finden könnte. Um eins kam dann der Hunger und wenig später Paul mit ein paar Pizzen – sie gingen aufs Haus. Auf meiner Pizza stand in scharfen Salamis *Happy Birthday*. Paul ist spontan bei uns geblieben, wurde Teil der Verschwörung, oder wie er es nannte, der *Operation Autor*.

Die Nacht wurde lang, also habe ich nicht weitergelesen. Nur gegessen und gelacht und mich von der Euphorie der anderen anstecken lassen, dass ich ihn garantiert finden werde. Dass ich ihn finden *muss*. Dass wir eines Tages unseren Kindern erzählen werden, dass nur ein falscher Handgriff dafür verantwortlich war, dass es sie gibt. Eine Entscheidung. Ein unaufmerksamer Moment.

Als wir uns alle verabschiedeten, meinte Jamie zu mir: *Weißt du, Bee, was passieren soll, wird passieren. Ich hab neulich in meiner Kolumne darüber geschrieben. Es ist alles möglich.* Und ich habe es geglaubt, weil ich es glauben wollte.

Jetzt habe ich eine halbe Nacht darüber geschlafen und sehe die Sache nüchterner. Ich schließe kurz die Augen, mache sie wieder auf und schaue auf den Bildschirm. Das, was ich da geschrieben habe, ist ein Seelenstriptease. Und man stellt keinen Seelenstriptease ins Internet, ganz einfach, weil man ihn nicht rückgängig machen kann. Ich weiß das.

Andererseits weiß ich auch, dass es die beste Möglichkeit ist, meinen Autor zu finden. *Du hast so viele Leser, die werden das garantiert teilen,* hat Jess gesagt. *Nutz den Blog und das Magazin. Du wärst völlig verrückt, wenn du es nicht tust.*

Jess, die Verfechterin der Liebe. Das sind ja ganz neue Töne. Aber sie hat recht. Menschen lieben solche Geschichten. Zwei Fremde in einem Flugzeug, zwei vertauschte Koffer und das große Glück. Das macht Auflage. Das kommt an. Auch wenn es bei mir und meinem Autor reines Wunschdenken ist. Das mit dem ganz großen Glück, meine ich. Jamie sagt, dass es nur eine Sache gibt, die Menschen noch mehr lieben als solche Storys, nämlich, wenn sie dabei helfen können, diese zwei Fremden zusammenzubringen. Wenn sie den Eindruck haben, sie könnten mit einem Klick etwas verändern, Schicksal spielen. Er hat gesagt: *Wer liebt nicht so eine richtig gute Lovestory?*

Das stimmt. Sogar ich liebe solche Geschichten, und wie Sie wissen, bin ich nicht gerade berühmt für meine romantische Ader. Ich glaube, das ist menschenübergreifend. Diese Sehnsucht nach ein bisschen Märchen zwischen all den schrecklichen Nachrichten, die wir Tag für Tag verdauen müssen. Wenn Sie mich fragen, ist das auch der Grund, warum die Monarchie in manchen Ländern noch immer existiert. Weil wir gerne zuschauen, weil wir an *Es war einmal* und *Wenn sie nicht gestorben* sind glauben wollen. Weil es in den Märchen schließlich auch Prinzen und Prinzessinnen gibt. Und welche Frau sucht nicht ihren Prinzen?

Wir haben geredet und geredet, wild durcheinander und alle auf einmal. George meinte, ich soll unbedingt ein Video machen. *Auf keinen Fall nur Text.* Ich fand das mit dem Text schon schwierig genug; bei der Vorstellung, meine Gefühle mit einer Kamera aufzuzeichnen, wird mir richtig schlecht. Will ich das wirklich? Eine Beichte, bei der New York City mir zusieht? Die man mit einem Klick teilen kann? Ist das nicht *zu* persönlich? Ein Schritt zu weit? Und was erhoffe ich mir überhaupt davon? Dass mein Autor zufällig über den Beitrag stolpert? Ein Mann mit solchen Anzügen treibt sich nicht auf irgendwelchen Blogs herum, er kauft die Times oder das New York Magazine, und ganz sicher nicht NY TRND.

Deswegen musst du ja auch zusätzlich seine Agentur und den Verlag anschreiben, meinte Margo. Aber ist das nicht armselig? Wie eine gigantische Kontaktanzeige? Vor ein paar Stunden kam es mir noch nicht so vor. Da fand ich die

Ideen gut. Jetzt, am helllichten Tag, schreien sie nur noch Verzweiflung. Ich kenne diesen Mann doch gar nicht. Er hat mich berührt, ja. Und das schaffen nicht viele. Aber ich bin nicht der Typ Frau, der jemandem hinterherrennt. Das passt nicht zu mir.

Andererseits passen die Gedanken und Gefühle der vergangenen Tage auch nicht wirklich zu mir. Ich bin wie eine unmögliche Mischung aus nicht ich selbst und so sehr ich selbst wie niemals zuvor – falls Sie verstehen, was ich meine. Ich muss ihn finden. Und wenn er wirklich D.C.Ferris ist, dann ist das der einzige Weg, der funktionieren könnte.

Also, gut. Ich greife nach dem Schokoladeneclair, das ich mir auf dem Weg in die Arbeit geholt habe. Es waren vier Stück. Jetzt sind es nur noch zwei. Wenn ich so weitermache, erleide ich einen Zuckerschock. Ich brauche eine zweite Meinung. Evas Meinung. Aber davor mache ich das blöde Video.

DAVID. FRÜHER ABEND.

Home Is Where The Heart Is – oder: Wer bin ich?

Ich bin seltsam gut gelaunt, und das, obwohl ich weiß, dass Gabriel zwei Mal nach San Francisco geflogen ist. Ihretwegen. Phoebe sieht es nicht, weil sie es nicht sehen will, aber ich sehe es klar und deutlich. Für ihn ist es weitaus mehr als bloß Sex. Bleibt nur die Frage bestehen, was es für sie ist, ob sie sich ihre Gefühle für ihn nicht eingestehen will oder ob da wirklich keine sind. Was das anbelangt, ist sie schwer zu durchschauen.

Ich frage mich, ob Phoebe mir im Flieger aufgefallen wäre, wenn ich mich gegen die Business Class entschieden hätte. Hätte ich sie bemerkt? Oder wären wir rein äußerlich so verschieden, dass wir einander höflich ignoriert hätten? Sie mich, weil ich spießig bin, ich sie, weil sie es nicht ist? Phoebe erinnert mich an Sally. Das Chaos, dasselbe laute Wesen. Nur in glücklich.

Ich habe Sallys Charakter geliebt, ihr warmes Wesen, ihre Gedanken, ihre melancholische Sicht auf die Welt. Doch sie war nicht leicht, nicht fröhlich. Nie. Alles an ihr war irgendwie schwer. Phoebe dagegen ist lebendig und lebensfroh. Sie ist wunderbarer, als ich es mir je hätte ausdenken können.

Als ich heute Morgen aufgewacht bin in meinem leeren Haus, wusste ich, dass ich es nicht verkaufen werde. Es war mein erster Gedanke, noch bevor ich die Augen geöffnet habe. Er wurde zu einem Lächeln auf meinen Lippen. Ich werde es wieder einrichten. Mit den Dingen, die *mir* gefallen. Es wird ein Haus ohne grüne Blumenvasen sein, nicht repräsentativ, nicht mit den richtigen Möbeln, sondern mit Möbeln, die mir gefallen, Möbeln, die zu mir passen.

Jetzt ist später Nachmittag, und ich habe schon ein Sofa. Es ist riesig und gemütlich, aus grauem Tweed, mit großer Liegefläche und verstellbaren Lehnen. Drei Klicks und zwei Stunden später war es da. Schön, was mit Geld alles geht. Eine halbe Stunde danach kam der Fernseher. Ein gigantisches Ding, Maggie hätte ihn gehasst. »Wie ein privates Kino«, hätte sie gesagt. »Dekadent und übertrieben.« Ich habe den Tag auf der Couch verbracht und ein paar von Phoebes Filmempfehlungen angeschaut. *Mermaids*, *Grüne Tomaten* und *Elizabethtown*. Ich mochte alle, doch am meisten berührt hat mich *Elizabethtown*. Vermutlich, weil ich meinen Dad auch begraben musste. Ich war jünger, aber ich weiß, wie es sich anfühlt, wenn der Vater stirbt. Ein Mensch, den man liebt, von dem man sich wünscht, dass er stolz auf einen ist, den man fürchtet, der einem irgendwie fremd und doch nah ist. Ich hätte meinen Vater gerne besser kennengelernt. Richtig kennengelernt. Gewusst, was für ein Mensch er war.

Der Hauptdarsteller des Films konnte nicht weinen. Es ging einfach nicht. Bei mir war es damals genauso. Ich wollte es, doch meine Augen blieben trocken. Inzwischen weiß ich, dass man nicht trauern kann, wenn man betäubt ist. Man spürt gar nichts. Es ist, als wäre man unter Wasser, abgeschnitten von allem. Zumindest war es für mich so.

Als Orlando Bloom dann endlich weinte, weinte ich mit ihm. Es hat sich angefühlt wie Krusten, die aufbrechen, unter denen verheilte Haut wartet. Keine Wunden mehr. Seitdem geht es mir gut. Auf meinem riesigen, teuren Sofa mit meinem Mittagessen vom Lieferservice und dem kalten Sweet Chai, den ich bereits den ganzen Tag trinke. Ich wusste nicht, dass ich Süßholz mag. Und romantische Komödien. Oder wie gerne ich japanisch esse. Ich wusste vieles nicht. Vor allem von mir.

Mein Blick fällt auf die Uhr. Ich sollte duschen, mich fertig machen. Ich werde zu Sam und Julia gehen, höflich sein, gut zu Abend essen, ihre Gesellschaft genießen, den Wein und die Gespräche. Dann werde ich mich verabschieden und hierher zurückkommen, wo Phoebes letzte Seiten auf mich warten, werde mich aufs Sofa legen und lesen, vielleicht noch einen Film anschauen.

Ich gehe barfuß die Holzstufen hinauf und weiter ins Badezimmer, und zum ersten Mal fühlt sich dieses Haus wie zu Hause an.

Wie mein Zuhause.

PHOEBE. ZUR SELBEN ZEIT.

Nur ein Klick – oder: Let's Fall In Love

NEW YORK DIARIES

In That Case, oder: Die Sache mit meinem Koffer.

Ich habe eine Schwäche für fiktive Figuren. Das war schon immer so. Ich war total verliebt in Holden Caulfield, hatte eine Liaison mit Will Traynor und sieben tolle Jahre mit Harry Potter. Ich kann nicht sagen, wie oft ich bereits in eine Handlung springen und der Protagonistin den Kerl ausspannen wollte – aber es war oft.
Sie kennen das vielleicht auch, wenn Sie einen Film oder eine Serie anschauen oder einen Roman lesen und plötzlich Ihr Herz schneller zu schlagen beginnt, Sie schlucken müssen, irgendwie nervös werden. Wie es sich anfühlt, in zwei Welten zur selben Zeit zu existieren und am Ende in der falschen aufzuwachen. Mir ging es schon oft so. Die Liste meiner fiktionalen Liebschaften ist lang. Mit sechzehn wäre ich gerne Joey Potter gewesen, weil ich total

in Pacey Witter verknallt war – ein bisschen bin ich es noch immer. Später habe ich Trinity um Neo beneidet, und noch etwas später hatte ich Herzrasen beim Anblick von Don Draper. Ich habe vergeblich auf meinen Mr. Darcy gewartet, mit Winona Ryder in *Mermaids* auf dem Glockenturm gelitten und am Ende zu »If You Wanna Be Happy« um den Tisch getanzt. Ich hatte schon immer eine seltsame Beziehung zur Realität, habe sie, so gut ich konnte, geleugnet und so oft wie möglich verlassen. Aber sie kam immer wieder zurück.

Dieses Mal beginnt sie zu verschwimmen. Vielleicht passiert das irgendwann, wenn man sich zu oft in Filmen und Büchern aufhält. In Welten, in denen Männer das Richtige sagen, das Gute am Ende immer siegt und niemand je aufs Klo muss. Vielleicht musste es so kommen. Vielleicht war es gar nicht anders möglich, sondern nur eine Frage der Zeit.

Falls Sie sich jetzt fragen, wovon ich rede, ich rede von meinem Autor. Davon, dass ich mich verliebt habe. Und dieses Mal ist es ernst, denn dieses Mal ist es echt – wenn auch ähnlich aussichtslos.

Angefangen hat alles mit einem Koffer und einem falschen Handgriff. Einem kleinen Fehler, der das Drehbuch meines Lebens komplett umgeschrieben hat. Finden Sie es nicht auch seltsam, dass jede einzelne Handlung den Lauf Ihrer Welt für immer ändert? Nicht nur die großen, vermeintlich wichtigen Entscheidungen, sondern jede Entscheidung, egal wie belanglos sie erscheinen mag? Ob Sie Pasta oder Fisch bestellen, ob Sie den Brief heute aufgeben oder erst morgen, ob Sie jemandem die Tür aufhalten oder nicht. Jede einzelne Entscheidung, bewusst oder unbewusst, ändert Ihr Leben. Meistens bemerken wir den Unterschied nicht, doch manchmal tun wir es. Und manchmal ist er gewaltig. So wie jetzt bei mir.

Ich habe nach dem falschen Koffer gegriffen – einem, der genauso aussah wie meiner. Ein Victorinox in Mattschwarz mit einem Aufkleber auf der Vorderseite. Ich habe nicht hinterfragt, warum die Rolle, die sonst immer – und damit meine ich wirklich IMMER – klemmt, es plötzlich nicht mehr tat. Und auch nicht, dass der Aufkleber ein Stück weiter unten war, als er es hätte sein sollen. Ich habe es nicht bemerkt. Es war mir nicht wichtig. Alles, was ich wollte, war nach Hause. Ich weiß noch, dass ich mich gefreut habe, dass mein Koffer einer der ersten war. Ich habe ihn sofort erkannt, was nicht weiter schwierig ist, denn Victorinox-Koffer sieht man bei uns nicht besonders oft. Und schon gar nicht mit einem rechteckigen Aufkleber mit einem Zitat von Mark Knopfler. *Manchmal bist du die Windschutzscheibe – manchmal das Insekt*. Einer der Lieblingssprüche von meinem Dad. Es war also der gleiche Aufkleber auf dem gleichen Koffer. Aber eben nicht derselbe – nicht *mein* Koffer. Sondern der eines anderen. Eines Mannes.

Erst dachte ich, er wäre Soldat. Oder jemand mit einer massiven Zwangsstörung. Alles war so akribisch gepackt, so genau, der Inbegriff von Disziplin. Die Anzüge faltenfrei, die Borsten der Zahnbürste auf eine einschüchternde Art gerade – ganz im Gegensatz zu denen an meiner. Ich stand reglos vor seinem Koffer. Habe mich nicht getraut, seine Sachen anzufassen, als wären meine

sauberen Hände noch immer zu schmutzig. Aber schließlich habe ich es doch getan, weil ich dachte, dass ich vielleicht seine Adresse oder wenigstens seinen Namen finden würde. Während ich seine Sachen ausgepackt habe, habe ich versucht, nicht daran zu denken, dass er vermutlich dasselbe gerade auch mit meinen tut. Meine Unordnung entdeckt und dazwischen meinen wohl privatesten Besitz findet. Ein Notizbuch mit Briefen – ziemlich persönlichen Briefen. Briefen an meinen (erfundenen) besten Freund.
Ich hatte Ihnen ja bereits von meinem Faible für fiktionale Figuren erzählt. Das ist aber noch nicht alles. Da ist auch noch die Sache mit Leo. Seit ich zwölf Jahre alt bin, schreibe ich ihm jetzt schon. Er hat keine Ahnung, dass ich existiere, was ganz einfach daran liegt, dass er Leonardo DiCaprio ist und ich nur ich bin und somit nicht Teil seiner Welt. Vermutlich gibt es einen Fachausdruck für meine Art von Störung. Wenn es so ist, will ich ihn nicht wissen. Genauso wenig, wie ich wissen will, wie viele solcher Notizbücher ich bereits mit Briefen an Leo vollgeschrieben habe. Es sind viele – und eines davon war in meinem Koffer. Fast vollständig gefüllt mit knapp eineinhalb Jahren meiner Gedanken über Musik, Sex, Filme, One Night Stands, Beziehungen, Bücher, Freunde. Sie müssen sich das wie eine externe Festplatte mit sensiblen Daten vorstellen, die kein bisschen verschlüsselt oder codiert ist. Mein unzensiertes ungeschminktes Ich. Ich bin so ein Idiot.
Aber er ist es auch. Ich habe eine Mappe entdeckt. Eine Mappe mit einem ausgedruckten Manuskript. An den

Seitenrändern mit handschriftlichen Notizen in einer eindeutig männlichen Schrift. Nicht leicht zu entziffern, intellektuell und kantig. Ich habe angefangen, die Geschichte zu lesen, anfangs mit schlechtem Gewissen, dann ohne. Satz für Satz, Seite für Seite. Und es ist passiert, was mir so oft passiert: Ich habe mich in die männliche Hauptfigur verliebt – nur dass dieses Mal irgendwas anders war. Erst konnte ich nicht sagen, was, doch dann wurde es mir klar. Die männliche Hauptfigur und der Autor sind *dieselbe* Person. Ich weiß nicht, woher ich es weiß, aber ich weiß es. Ich bin mir absolut sicher. Nathaniel ist mein Autor.

Als ich meiner Schwester ein Kapitel aus der Geschichte vorgelesen habe, hat sie seine Stimme erkannt. Sie hatte eine Theorie, wer dieses Buch geschrieben haben könnte – eine wahnwitzige, völlig verrückte Theorie. Doch dann habe ich seinen letzten Roman gelesen und wusste, dass es stimmt. Dass sie recht hat, dass er *er* ist. Nathaniel.

Ich bin froh, dass ich nicht weiß, wie viel dieses Manuskript wert ist – ich könnte vermutlich nicht mehr schlafen, wenn ich es wüsste –, ich weiß nur, wie viel es *mir* bedeutet. Ich habe es noch nicht zu Ende gelesen, weil ich mich nicht traue. Am liebsten wäre mir, dass am Ende eine mysteriöse (und etwas chaotische) Frau auftaucht, in die er sich verliebt. Ziemlich unwahrscheinlich, ich weiß.

Damit sind wir im Hier und Jetzt angekommen. Wieder in der Realität. Wieder nicht da, wo ich gerne wäre. Nun kennen Sie also die Geschichte von den zwei Koffern und

den zwei Fremden, die sich gegenseitig und unfreiwillig ihre unzensierten Ichs gezeigt haben.
Ich habe mich in seins verliebt. Das Problem ist nur, dass der Mann, in den ich verliebt bin, ebenso unerreichbar ist wie meine fiktionalen Schwärmereien. Er ist in meinem Leben genauso real wie Leonardo DiCaprio. Und zum ersten Mal will ich nicht noch ein weiteres Phantom. Zum ersten Mal entscheide ich mich für die Realität. Ich werde nicht aufgeben, bevor ich versucht habe, ihn zu finden. Ich muss einfach wissen, wer er ist. Ihm wenigstens ein Mal in die Augen sehen – die in meiner Vorstellung übrigens stahlblau sind.
Ein Freund von mir hat gesagt: *Bee, was passieren soll, wird passieren.* Vielleicht stimmt das ja, vielleicht würden wir einander so oder so eines Tages begegnen, uns über drei Millionen Zufälle in die Arme laufen. Es ist möglich. Immerhin haben wir uns auch für dasselbe Koffermodell, den gleichen Aufkleber und denselben Flug entschieden. Vielleicht müsste ich also nichts tun, könnte mich zurücklehnen und seelenruhig darauf warten, dass das Schicksal dafür sorgt, dass mein Autor und ich uns finden. Dass wir einander ansehen und erkennen, dass wir aus irgendeinem Grund wissen, wer der jeweils andere ist. Vielleicht, weil wir unser Aussehen zwischen den Zeilen erahnt haben. Das wäre schön. Und normalerweise würde ich den Dingen auch einfach ihren Lauf lassen – ich bin kein Kontrollfreak –, aber dieses Mal kann ich das nicht. Ich glaube nicht an die Wahrscheinlichkeit von zwei Menschen in mehreren Millionen. Das hier ist New York City und kein verdammtes Märchen.

Deswegen habe ich mich für diesen Seelenstriptease entschieden, für eine öffentliche und peinliche Beichte über meine fiktionalen Vorlieben, Leo und meinen Autor. Ich habe Ihnen meine »New York Nicht-Lovestory« erzählt, weil ein verrückter und ziemlich naiver Teil in mir darauf hofft, dass dieser Text hier irgendwie seinen Weg zu ihm finden wird – zu meinem Autor.
Falls es so ist: Du weißt, dass ich mit meinem Mitbewohner und einem kleinen fetten Kater namens Tony in einem Apartment in New York City wohne, du weißt, wie meine Freunde heißen, wie gern ich mit meiner Schwester *Jimmy Fallon* schaue, dass ich die Dire Straits, die Rolling Stones, Milky Chance und Beck absolut liebe, dass ich von Quentin-Tarantino-Soundtracks nicht genug bekomme und dass ich mir ein Leben ohne Musik nicht vorstellen kann. Du weißt, dass ich den Monat November hasse, dass ich besonders gut im Essen und Schlafen bin und keine Beziehungen habe, weil ich lieber mit mir glücklich bin als mit jemand anders unglücklich. Du weißt, dass ich das Unmögliche will: jemanden, der mich völlig gefangen nehmen und gleichzeitig freilassen kann.
Was du nicht weißt: Mein Name ist Phoebe Steward, ich bin vierunddreißig Jahre alt und habe mich Schicht für Schicht in dich verliebt.
Ich hoffe auf deine Antwort unter:
deinautor@NYTRND.com.
Für den sehr wahrscheinlichen Fall, dass mein Autor diesen Text nicht liest: Vielleicht haben Sie ja rein zufällig einen weltberühmten Schriftsteller in Ihrem Bekanntenkreis, der gerade seinen Koffer mit dem einer absoluten

Chaotin vertauscht hat. Wenn es so ist, wäre es klasse, wenn Sie ihm den Link zu diesem Beitrag schicken könnten.

Und falls Sie keinen weltberühmten Schriftsteller in Ihrem Bekanntenkreis haben, der gerade seinen Koffer mit dem einer absoluten Chaotin vertauscht hat, wäre es trotzdem toll, wenn Sie den Beitrag teilen. Wie heißt es so schön? Sharing is caring.

So oder so: Vielen Dank, New York City. Vielleicht wird ja aus dieser Geschichte mit Ihrer Hilfe doch noch eine Lovestory – Made in Manhattan.

Angespannte Stille. Ich höre Eva atmen und die Klimaanlage summen.

»Also?«, frage ich vorsichtig. »Was denkst du? Idiotisch oder gut?« Ich klinge so unsicher wie sonst nie.

Eva räuspert sich, dann sagt sie: »Es ist großartig.« Ihre Stimme ist belegt. Ein gerührtes Krächzen.

»Ehrlich? Ich mache mich nicht lächerlich?«

»Kein bisschen.«

Kurze Pause.

»Dann würdest du es an meiner Stelle genau so veröffentlichen?«

»Ja«, sagt sie knapp, »das würde ich.« Mein Herz rast, mein Magen ist ein nervöser Klumpen, meine Fingerkuppen fühlen sich taub an. »Was ist mit dem Video?«, fragt sie.

»Das ist fertig«, antworte ich mit trockenem Hals und Schweißausbrüchen. »Es ist am Anfang des Beitrags.«

»Willst du es mir schicken?«

»Lieber nicht. Wenn ich das jetzt nicht sofort veröffentliche, tue ich es gar nicht.« Vielleicht sollte ich es einfach lassen.

»Nein, das solltest du nicht«, antwortet Eva auf meine Gedanken. »Du tust das Richtige.«

»Okay«, sage ich leise, dann atme ich tief ein und dirigiere den Cursor zum *Veröffentlichen*-Button. Ich glaube, ich war noch nie so nervös. Da ist kein Blut mehr in meinen Adern, nur noch Adrenalin. Ich lasse die Maus los, strecke meine Hand, sie zittert.

»Glaub mir«, sagt Eva, als wäre sie eine Stimme aus dem Off, »es wird klappen.«

Und dann tue ich es.

Ich klicke auf *Veröffentlichen*.

PHOEBE. ZEHN SEKUNDEN SPÄTER.

Soul Food – oder: Hochverrat

Mein Herz rast noch immer, Eva redet mir gut zu, ich höre es nicht. Ich habe es getan. Ich habe tatsächlich ein Stück meiner Seele ins Internet geschickt. *Lieber Gott, bitte mach, dass das kein Fehler war.*

»Es war kein Fehler«, sagt Eva.

Woher weiß sie, dass ich das eben gedacht habe?

»Weil ich dich kenne«, antwortet sie.

»Manchmal bist du mir unheimlich.«

»Ich weiß.«

Ich starre auf den Bildschirm. Auf das Standbild des Videos.

Die Frau, die mir entgegenblickt, sieht gut aus. Sogar ihre Haare. Aber gleichzeitig ist sie mir fremd. Ich habe erst Leo verraten. Und jetzt mich.

»Bee?«

»Hm?«, mache ich.

»Klapp den Laptop zu.«

Ich tue, was sie sagt. Als wäre ich ferngesteuert.

»Sehr gut. Und jetzt schnapp dir George, Jess und Margo und geh mit ihnen was trinken.«

Ich will ihr sagen, dass ich das ohnehin vorhabe. Dass George uns gleich abholt und wir dann zusammen auf einen schnellen Drink ins Gansvoort gehen, weil fürs ursprünglich geplante Schwimmen leider nicht mehr genug Zeit ist, aber bis auf ein: »Okay«, bekomme ich nichts raus.

Zu meiner eigenen Verwunderung klingt dieses *Okay* ganz normal. Ich klinge völlig unbeeindruckt, während mein Gehirn total durchdreht.

»Wann bist du bei Mom und Dad?«

Ich halte das Handy weg und schaue auf die Uhr.

»In zweieinhalb Stunden.«

»Versprich mir, dass du bis dahin irgendwas Schönes machst, okay?«

Ich will gerade antworten, als es klopft. Die Tür geht auf, noch bevor ich jemanden hereinbitten kann.

Es ist Gabriel.

Auch das noch.

PHOEBE. EINE HALBE STUNDE SPÄTER.

WTF?! – oder: Mein Schatzzzz

Margo findet als Erste ihre Stimme wieder.

»Er hat was?«

»Er hat mir eine Kette geschenkt«, sage ich noch einmal. Und auch für mich klingt es falsch.

»Gabriel. *Der* Gabriel.«

Ich nicke.

»Eine Kette.«

»Ja, eine Kette.«

»Mit einer Perle«, sagt Margo.

»Verdammt noch mal, ja.«

»Entschuldigung«, sagt sie, »ich versuche nur, das zu verarbeiten.«

»Das tue ich auch.«

George streckt sich nach seinem Glas. Als sein Knie Margos Oberschenkel berührt, verkrampft sie sich und rückt ein Stück von ihm ab.

Er tut so, als hätte er es nicht bemerkt. Vielleicht hat er es auch wirklich nicht bemerkt. Er trinkt einen Schluck, dann stellt er das Glas weg und fragt: »Und was hast du gemacht? Ich meine … Du hast sie doch hoffentlich abgelehnt, oder?«

»Ich«, fange ich an, breche aber ab. *Ich wünschte, das hätte ich.*

»Moment. Du … du hast sie genommen?«

»Ich wollte sie nicht, ich war völlig überrumpelt.«

»O Gott, Bee!«, sagt George verzweifelt. »Wie schaffst du das nur immer?«

»Keine Ahnung«, murmle ich und bewege die Beine im Wasser.

Jess trinkt einen Schluck und schaut in den Pool, als wollte sie sich ertränken.

»Okay, immer schön der Reihe nach«, schaltet Margo sich ein, »du hast den Blog-Beitrag veröffentlicht und dann?«

»Dann kam er rein und hat gesagt, dass er mit mir reden muss. Und dass es etwas *Wichtiges* ist.« Ich weiche ihren Blicken aus, schaue zwischen den Hochhäusern auf das erleuchtete Empire State Building. »Ich dachte, es geht um die Arbeit«, sage ich schließlich.

»Aber so war es nicht«, stellt George trocken fest.

»Nein, so war es nicht«, sage ich schnippischer, als ich will.

»Okay, was genau hat er gesagt?«

»Er wollte, dass wir uns setzen. Er hat geredet, aber ich war in Gedanken noch bei dem Beitrag. Ich habe ihm gar nicht richtig zugehört.«

Ich sehe mich wieder dort sitzen, auf dem Sofa, wir beide über Eck, sein Knie berührt meines, sein Gesichtsausdruck ist ungewohnt sanft, er lächelt. Da hätte ich es wissen müssen.

»Bee?«

Ich tauche aus meinen Gedanken auf, finde von der Couch in meinem Büro auf die Dachterrasse zurück. Die Eiswürfel in meinem Cocktail sind längst geschmolzen, das Glas schwitzt. Meine Beine baumeln noch immer im kühlen Wasser des Pools, das Pin-up auf dem Boden lächelt mich durch türkises Wasser an, im Hintergrund läuft »10,000 Emerald Pools« von BØRNS, was auf eine schon beinahe gespenstische Art zu diesem Moment passt. Ich habe mich auf diesen Abend gefreut. Auf ein paar Drinks mit meinen Freunden im Gansevoord und darauf, zwei Fliegen mit einer Klappe zu schlagen: Zeit mit Margo, Jess und George zu verbringen und gleichzeitig die Recherche für meinen ersten Blog-Beitrag voranzubringen und die erste von New York City's 5. Flächen zu erkunden. Und jetzt?

»Bist du dir sicher, dass sein Geschenk mehr zu bedeuten hat?«, fragt Margo. »Ich meine, vielleicht war es ja nur so eine Art Mitarbeitergeschenk.«

Ich lache auf. »Glaub mir«, sage ich, »das ist es nicht.«

»Woher willst du das wissen? Mir hat er auch etwas zum Geburtstag geschenkt. Und dir doch auch, Jess, oder?«

Jess nickt, schweigt aber. Sie ist ungewohnt blass, ihre Lippen farblos.

»Es ist kein Mitarbeitergeschenk.«

»Zeig mal her.«

Ich seufze, greife in meine Tasche und ziehe eine kleine dunkelblaue Samtbox heraus. Am liebsten würde ich sie in den Pool werfen. Oder besser noch, über die Brüstung, in Richtung Empire State Building. Stattdessen öffne ich sie und strecke sie Margo entgegen. Sie sagt nichts, ihre Augen sagen alles.

»Wow«, murmelt George.

»Ja«, sage ich.

Ein paar Sekunden schauen wir auf die filigrane weißgoldene Kette mit der einzelnen Perle.

George räuspert sich. »Okay, ein Mitarbeitergeschenk ist das nicht.«

»Sie ist wunderschön«, sagt Margo verträumt.

»Ja«, antworte ich, »und passt überhaupt nicht zu mir.«

»Warum hast du ihm nicht einfach gesagt, dass du sie nicht haben willst?«, fragt George.

»Ich war in Schockstarre, okay?«, verteidige ich mich. »Er hat irgendwas gesagt wie: Es gibt unendlich viele Muscheln, aber nur sehr wenige Perlen, oder so was. Ich wusste nicht, was ich darauf antworten soll.«

George kann sich ein Grinsen nicht verkneifen, Margo macht ihr *Das ist ja so romantisch*-Gesicht, blickt kurz vorwurfsvoll zu George, der wird plötzlich ernst, dann schauen beide schnell weg. Jess schluckt. Was ist heute nur los mit allen?

»Ich glaube, wir brauchen mehr Alkohol«, sagt George und zieht die Beine aus dem Pool. »Was wollt ihr?«

»Für mich ein Wasser«, sagt Jess.

»Gin Tonic«, antwortet Margo.

»Ich muss eigentlich los«, sage ich.

»Ein Drink geht noch«, sagt George.

»Na gut. Einen Dirty Martini.«

Er grinst, dann verschwindet er in Richtung Bar. In der Sekunde, als er weg ist, frage ich: »Was zum Teufel ist los mit euch?«

»Ich hatte letzte Nacht den besten Sex meines Lebens«, sagt Margo. »Mit George.«

»Und ich bin schwanger«, sagt Jess.

Ich starre Jess an. Und in diesem Moment wird mir klar, dass ich mit Gabriel und der Perlenkette ziemlich gut weggekommen bin.

DAVID. EINE STUNDE SPÄTER.

Zurück in die Zukunft – oder: Fools Rush In

Ich bin zu früh, das bin ich immer. Es ist mir lieber, zu warten und zu beobachten, als beobachtet zu werden.

Jetzt sitze ich am gedeckten Tisch, folge mit Blicken Julias watschelndem Gang, lächle. Bald wird es einen neuen Menschen geben. Er wird winzig klein sein, fängt ganz frisch an, hat eine weiße Weste und keine Angst. Ein angenehmer Gedanke.

»Du bist heute anders«, sagt Julia, als sie sich zu mir setzt.

»Anders?«, frage ich. »Inwiefern?«

»Ich weiß auch nicht ... Weniger nachdenklich.«

»Das täuscht«, antworte ich, »ich denke genauso viel nach wie sonst.«

»Vielleicht sind es andere Gedanken«, sagt Sam.

Mein Bruder und seine Antennen.

»Schon möglich«, entgegne ich vage, stehe auf, bücke mich nach meiner Tasche, hole den Wein und die Flasche Pfirsichsaft heraus, die ich für Julia mitgebracht habe. Das Magazin fällt auf den Boden. Ich wollte es eigentlich noch rausnehmen, bevor ich losgegangen bin, doch dann hat Harry angerufen.

»Du bist mein Held!«, sagt Julia begeistert, als sie die Flasche entdeckt. »Du hast an den Pfirsichsaft gedacht!«

Ich lächle. »Willst du ihn gleich, oder soll er erst noch in den Kühlschrank?«

»Er muss *eiskalt* sein«, sagt Sam mit einem Blick, der hinzufügt: Sie ist hochschwanger und leicht zu reizen.

Ich stelle den Saft in den Kühlschrank, hole zwei Weingläser und den Korkenzieher, gehe zum Tisch zurück, sehe, wie Sam die Zeitschrift aufhebt.

»NY TRND?«, fragt er mit einem Seitenblick zu mir.

»Wieso? Kennst du das Magazin?«, frage ich zurück.

»Ja, tue ich. Julia kauft es regelmäßig. Ich hätte nur nicht gedacht, dass du so was liest.«

Ich setze mich wieder hin, öffne die Weinflasche, schenke Sam und mir etwas ein.

»Was genau meinst du mit *so was?*«, frage ich. »Findest du es denn so schlecht?«

»Nein, gar nicht.«

»Aber?«

»Na ja, es geht um New York City und was man dort so unternehmen kann, und du verlässt so gut wie nie deine Wohnung.«

Ich sage nichts, trinke nur einen Schluck Wein.

»Wo hast du sie her?«

»Lag in einem Lokal rum«, antworte ich.

Sam blättert durch die Zeitschrift.

»Hast du die Kolumne von Jamie Witter schon gelesen?«, fragt Julia. »Die mag ich wirklich gern.«

Sam sieht sie an und fragt: »Welche war das noch mal?«

»*The Jungle Book.*«

»Ach ja, richtig.«

»Wegen dieser Kolumne habe ich das Magazin mitgenommen«, sage ich. »Mir hat sie auch gefallen.«

»Wäre es okay, wenn Sam sie vorliest?«, fragt Julia. »Oder nervt es dich, sie noch mal zu hören?«

»Gar nicht«, sage ich.

Ich greife nach meinem Weinglas, lehne mich zurück, trinke einen Schluck. Und Sam beginnt zu lesen.

PHOEBE. BROOKLYN.
KURZ VOR HALB ACHT.

Weiße Alligatoren – oder: Prince Charming?

In der U-Bahn war es unerträglich heiß. Die Waggons haben gerattert, die Gedanken in meinem Kopf haben gerattert, und ich habe versucht, beides mit Hilfe von Musik auszublenden. »Thoughts on Fire – Stripped Down« von Ria Mae. Gebracht hat es leider nicht viel. Das blöde Rattern ging weiter, aber immerhin hatte es dann einen schönen Soundtrack. Jetzt, wo ich wieder an die Oberfläche zurückkomme, ist es angenehm warm und der Himmel sommerlich gefärbt. Ich bekomme wieder Luft. Brooklyn leuchtet im Abendrot, und ich kann nicht klar denken. Mein Gehirn versucht, die letzte Stunde zu verarbeiten. Jess ist schwanger. Und Margo will was von George. Ihre Stimme hallt in meinem Kopf. Sie sagt immer und immer wieder: *Ich glaube, ich habe mich in ihn verliebt. Was mache ich denn jetzt nur?* Ich habe nur gelächelt, weil ich nicht wusste, was ich sagen soll.

Es ist verrückt, wie man manchmal in seinem eigenen Drama feststeckt. So tief, dass völlig an einem vorbeigeht, was sonst um einen herum passiert. Als gäbe es mehrere Realitäten und nicht nur eine. Ich bin die vergangenen Tage mit Scheuklappen aus verworrenen Gedanken durch die Gegend gelaufen, war so beschäftigt mit meinem Autor und Leo, dass ich nicht mitbekommen habe, was sich direkt vor meiner Nase abgespielt hat – und das ist fast wörtlich zu nehmen. Ich hatte keine Ahnung, dass Margo gestern noch geblieben ist. In unserer Wohnung. In Georges Bett. Ich war wohl in meiner eigenen Welt. Und Jess in ihrer – wie sich herausstellt, nur eine Wohnung weiter.

Sie weiß es seit heute Morgen. Seit ein paar Stunden. Manchmal kommt alles zusammen. So wie heute auf dem Dach des Gansevoord Hotels. Unsere nackten Beine im Wasser, die Wahrheit ganz knapp unter der Oberfläche, bis sie rausmusste. Es ist erstaunlich, wie gut man sich kennen und doch gegenseitig Dinge verheimlichen kann.

Jess wollte nie darüber reden, was genau das Problem zwischen Stephen und ihr gewesen war oder warum sie sich getrennt haben. Sie hat sich so verhalten, wie man es von ihr erwartet: diskret. Jetzt kenne ich die Wahrheit und weiß, woran sie zerbrochen sind. An Jess' Kinderwunsch. Daran, dass sie alles versucht haben, aber nichts geklappt hat. Weder Temperatur messen noch Hormonspritzen. Stephen meinte, sie sollten es einfach lassen, zu zweit glücklich sein, doch Jess wollte unbedingt Kinder.

Als er Schluss gemacht hat, hat das weh getan, aber die Tatsache, dass Rebecca schwanger von ihm war, hat Jess beinahe umgebracht. Dieser Schlag ins Gesicht schien ihre größte Angst zu bestätigen. Nämlich, dass es an ihr lag. Dass sie schuld war. Dass sie keine Kinder bekommen konnte. Doch anscheinend konnte sie nur seine nicht bekommen. Denn auf einmal ist sie schwanger. Trotz Kondom. Trotz aller Vorsichtsmaßnahmen. Und das von einem Mann, den sie kaum kennt und auf den sie – auch, wenn sie es nicht zugeben will – total steht. Jamie weiß von nichts. Weder von ihren Gefühlen für ihn noch von dem süßen Geheimnis, das sich schon bald unter ihrer Kleidung abzeichnen wird. Das Schicksal hat schon irgendwie Sinn für Humor.

Ich überquere die Straße, bemerke eine Frau, die mir irgendwie bekannt vorkommt, komme aber nicht gleich darauf, woher. Sie geht die Stufen zu einem Brownstone hinauf und klingelt. In dem Moment, als die blaue Tür aufgeht, fällt es mir plötzlich wieder ein, und ich rette mich hinter einen der hohen Bäume, die die Straße säumen. Ich bleibe ein paar Sekunden dort stehen, warte, bis sie sicher weg ist, weil ich mich auf keinen Fall ein zweites Mal über ihre Bilder unterhalten will, dann gehe ich weiter. Sie heißt Jenkins. Aber ihren Vornamen habe ich vergessen.

Ich biege links ab, sehe das Haus meines Dads und meiner Mom in der Ferne. Bald wird Jess auch eine Mutter sein. In nicht mal einem Jahr. Ich frage mich, was wohl bis dahin noch alles passieren wird. Es gibt so viele lose Enden. Gabriel und die Halskette, meinen Autor, George und Margo, Jess und Jamie. Ich habe keine Ahnung, was ich zu Gabriel sagen soll, oder ob D.C. Ferris meinen Blog-Beitrag finden wird. Ich weiß nicht, ob George und Margo letztlich ein Happy End bekommen oder ob sie doch nur eine Randanekdote werden. Aber es ist ein gutes Gefühl, dass wir uns haben, egal, was passiert. Ob mein Autor sich meldet oder nicht, und auch unabhängig davon, ob Jamie sich freut, Vater zu werden, oder ob er Zustände bekommt. Wir und das Leben werden weitergehen.

Ich setze einen Fuß vor den anderen, mache einen großen Schritt über das Schlagloch im Gehweg, das dort schon ist, solange ich denken kann. Jetzt ist alles ungewiss, aber es wird sich auflösen. Irgendwann. Was passieren soll, wird passieren. Ich hoffe, Jamie sieht das auch noch so, wenn er erfährt, dass Jess schwanger von ihm ist. Und ich hoffe, dass Margo glücklich wird. Sie hat es sich verdient. Allein schon deswegen, weil sie immer daran geglaubt hat, dass irgendwo in dieser Stadt ihr Prinz auf sie wartet.

Ich werde nie vergessen, wie Jess, Margo und ich vor ein paar Jahren einmal über New Yorks weißen Alligator gesprochen haben. Genau genommen haben wir eigentlich über Männer gesprochen und sind so auf den weißen Alligator gekommen. Für den Fall, dass Sie die Geschichte nicht kennen, erzähle ich sie Ihnen kurz. Das Krokodil im Kanal ist ein Großstadtmythos. Eine weitverbreitete Geschichte, in der es heißt, dass es in New York Citys Abwasserkanälen Krokodile oder Alligatoren geben soll. Manche behaupten sogar, sie wären weiß – eine besondere Albino-Population, die in der Kanalisation ihr Unwesen treibt. Dieser Mythos ist weitverbreitet. Die einen glauben daran, die anderen nicht. Drei Mal können Sie raten, zu welcher Riege ich gehöre. Egal, wie man zu der Geschichte steht, der Ausdruck *Weißer Alligator* ist inzwischen zu einem Synonym für moderne Mythen geworden.

Zurück zum Thema: Jess, Margo und ich saßen damals im Central Park und haben über Männer geredet, darüber, ob es *den Richtigen* gibt. Ich werde diese Unterhaltung nie vergessen. Sie lief ungefähr so ab.

Margo: »Also, in einer Stadt, in der es weiße Alligatoren in den Abwasserkanälen gibt, wird es ja wohl auch einen Prinzen für mich geben.«

Ich: »Das ist jetzt nicht dein Ernst, oder? Du glaubst doch nicht etwa wirklich an diese alberne Legende?«

Margo: »Doch, das tue ich. Und meinen Prinzen werde ich auch noch finden.«

Jess: »Margo, es gibt keine Prinzen.«

Margo: »O doch, die gibt es.«

Heute, in dieser Sekunde, denke ich, dass sie vielleicht recht hat. Wer weiß? Vielleicht habe ich mich ja deswegen immer in Männer verliebt, die ich nicht haben konnte, weil ich nicht an Märchen und Mythen glaube. Vielleicht ist das meine Strafe. Ich bekomme einen Blick auf die Realität, wie sie sein könnte, wenn ich nur daran glauben würde. Und vielleicht ist George Margos Belohnung, weil sie nie aufgehört hat, daran zu glauben, dass es etwas Magisches auf dieser Welt gibt. Etwas, das unseren Verstand übersteigt und jedweder Logik entbehrt: Liebe.

Ich lächle vor mich hin, während ich die Stufen zum Haus meiner Eltern hochgehe. Durch die Milchglasscheibe in der Eingangstür erkenne ich Umrisse, die sich im Licht bewegen. Ich höre die Stimmen meiner Eltern, das Lachen meiner Mutter.

Dann geht die Tür auf.

Und mit ihr mein Herz. Eva.

DAVID. ABENDS.

The Sound Of Silence – oder: Eine Meinung von vielen

Jenna ist eine schöne Frau, die das auch weiß. Mit vollen Lippen und Bambi-Blick. Sie hat den Look der Künstlerin mit allen Mitteln kultiviert. Farbkleckse auf der hellen hautengen Jeans, das Haar absichtlich unordentlich hochgesteckt, die schwarze Hornbrille ein nutzloses Accessoire. Sie hat eine schöne Stimme, die sie leider zu viel benutzt und an der ich mich vor etwas über einer halben Stunde sattgehört habe. Sam, Julia und ich nicken und machen an den richtigen Stellen Ah- und Oh-Laute. Wir sind das Publikum, der Esstisch Jennas Bühne. Ich erfahre mehr über sie und ihre Kunst, als ich je wissen wollte, blättere gedankenverloren durch die Zeitschrift, die noch von vorhin auf dem Tisch liegt, wünsche mir eine geheime Falltür unter Jennas Stuhl, die ich öffnen kann und die sie dann verschluckt. Das Problem daran, ein höflicher Mensch zu sein ist, dass es einem die Höflichkeit verbietet, einen unhöflichen Menschen auf seine Ich-Bezogenheit aufmerksam zu machen. Also darf ein unhöflicher Mensch ungehemmt unhöflich sein, während ein höflicher dazu verdammt ist zuzuhören. Plötzlich macht Jenna eine Pause, sieht mich an, bemerkt das Magazin.

»Ist das die aktuelle Ausgabe?«, fragt sie, lehnt sich vor und nimmt mir die Zeitung aus der Hand, ohne zu fragen. Ich schüttle nur den Kopf. Jedoch nicht, weil es sich um eine andere Ausgabe handelt, sondern aus reiner Fassungslosigkeit.

»Doch«, sagt sie, »es ist die aktuelle Ausgabe, siehst du.« Sie zeigt auf den Titel und das Datum.

Ich sage nichts, Sam lächelt. *Er* hat es verstanden.

»Vor sechs Wochen war so eine Redakteurin bei der Eröffnung meiner aktuellen Ausstellung. Sie wollte etwas darüber schreiben, und ich dachte, na ja, warum nicht?« Kurze Pause, nachdenklicher Blick. »Ich hab vergessen, wie sie hieß.« Das wundert mich nicht, denke ich, trinke einen Schluck Wein. »Ist ja auch egal. Jedenfalls hatte ich bisher noch keine Zeit, den Beitrag zu lesen. Es ist einfach immer zu viel zu tun.«

Ich verdrehe die Augen, Sam presst die Lippen aufeinander, Julia entschuldigt sich mit Blicken, die sagen: *Ich wusste nicht, dass sie so ist.* Und ich antworte mit einem Lächeln.

Jenna bekommt nichts von alldem mit. Sie ist zu beschäftigt, den Beitrag über sich zu suchen, scannt die Artikel, blättert und blättert, dann hält sie inne und sagt: »Ah, da ist er ja. *Fräulein Jenkins' Gespür für Kunst.*« Sie lächelt. Ihre Augen wandern von links nach rechts über die Zeilen, der Ausdruck in ihrem Gesicht verfinstert sich. Es ist gespenstisch still – zum ersten Mal, seit sie geklingelt hat.

»Willst du uns den Beitrag denn nicht vorlesen?«, fragt Julia.

»Nein«, sagt Jenna knapp und legt das Magazin weg.

Sam greift danach, schlägt es wieder auf.

»Fräulein Jenkins' Gespür für Kunst«, beginnt er, doch Jenna legt ihre Hand auf die Seite.

»Nicht«, sagt sie.

»Warum?«, fragt Sam.

»Weil es nicht wichtig ist«, antwortet sie, »abgesehen davon hat diese Frau keine Ahnung von Kunst.«

»Gerade eben schien es dir noch sehr wichtig«, sage ich. »So schlimm wird es doch wohl kaum sein.«

»Ich würde den Beitrag auch gerne hören«, stimmt Julia mir zu, »für Leute wie uns ist so etwas was Besonderes.« Kurze Pause. »Ich meine, mit wem haben wir sonst schon zu tun, der in der Zeitung steht.«

Ich vergesse immer wieder, wie boshaft Julia sein kann. Und wie sehr ich diesen Charakterzug an ihr schätze.

»Komm schon, Jenna«, sage ich, »gib dir einen Ruck.« Ich lächle sie an, und sie knickt ein.

»Okay«, sagt sie und nimmt die Hand weg. »Wenn es euch so wichtig ist.«

Ich trinke einen Schluck Wein, und Sam fängt an zu lesen.

ART IN THE CITY

Fräulein Jenkins' Gespür für Kunst, oder: das Fehlen davon?

von Phoebe Steward

Eines gleich vorweg: Ich bin keine Kunstkritikerin, ich bin keine Expertin, ich bin einfach nur ich. Eine Meinung von vielen.

Ich mag Kritiker nicht besonders. Nicht weil ich denke, dass Kritik grundsätzlich unangebracht wäre, sondern weil Kritisieren so viel einfacher ist, als etwas zu erschaffen. Manchmal scheint es, als würden die werten Herren und Frauen Kritiker vergessen, dass hinter jedem Bild, hinter jedem Foto und jedem Text und jeder getöpferten Vase und jedem geschneiderten Kleidungsstück ein Mensch steht. Ein Mensch, der etwas kreiert hat, der einen Teil von sich selbst gegeben und den Mut gehabt hat, uns diesen Teil zu zeigen.

Ich freue mich immer, wenn Künstler oder Galeristen mich fragen, ob ich kommen und über ihre Ausstellungen berichten möchte. Zum einen sehe ich so die Welt immer wieder neu, immer wieder durch andere Augen und werde – wenn auch nur kurz – Teil von etwas anderem, etwas Fremdem. Zum anderen freut es mich, so auf Künstler und ihre Arbeit aufmerksam machen zu können. Ich habe im Laufe der Zeit viele spannende Leute getroffen und wundervolle Stillleben, Aquarelle, Ölgemälde und Skizzen gesehen. Manche davon sagen einem etwas, sprechen zu einem, berühren einen in der Tiefe. Andere tun das nicht. Das war leider hier der Fall.

Ich habe mir Jenna Jenkins' Ausstellung genau angesehen, mich zuvor länger mit ihr unterhalten – über sie und ihre Kunst. Ich habe mir Zeit genommen, meine Gedanken hinterfragt, versucht, ihre Bilder aus allen erdenklichen Perspektiven zu betrachten. Mein Eindruck ist derselbe geblieben: Jenkins' Gemälde sind groß und laut und aufbrausend. Einzelne sogar aufdringlich. Aber das ist nicht das Problem – Kunst darf laut sein, sie darf verstören, muss nicht gefällig sein. Das Problem ist, dass Jenkins' Bilder meiner Meinung nach genau so sein *sollen*. Auf mich wirken sie nicht aufrichtig, nicht, als wären sie entstanden, sondern vielmehr geplant und inszeniert worden. Als sollte ich etwas Bestimmtes fühlen, wenn ich sie ansehe. Als wäre das meine Pflicht und läge nicht im Auge des Betrachters.

Ich habe mich gefragt, was genau mir fehlt – denn vielleicht ist es das; vielleicht fehlt mir einfach etwas, um sie verstehen zu können. Vermutlich sieht es jemand anders ganz anders. Doch für mich waren sie nicht authentisch.

Jenna Jenkins' Bilder haben mich groß und bunt angeschwiegen. Wir mochten uns nicht, konnten nicht wirklich viel miteinander anfangen. Aber das bedeutet nicht, dass sie per se nicht gut sind. Zwischen uns gab es einfach keine Verbindung. Da war kein Funke. Ich stand direkt davor und war doch zu weit weg, habe sie betrachtet und nichts gefühlt. Es hat nicht Klick gemacht. Wären ihre Bilder der gläserne Schuh, wäre ich nicht die Richtige gewesen. Fräulein Jenkins' Gespür für Kunst verträgt sich nicht mit meinem Kunstgeschmack. Aber vielleicht ist das bei Ihnen ganz anders? Vielleicht sehen Sie etwas, das mir verborgen geblieben ist, hören eine Stimme, die sich mir nicht zu erkennen geben wollte.

Wenn Sie abstrakte Kunst mögen, grelle Farben und laute Pinselstriche, sollten Sie sich die aktuelle Ausstellung von Jenna Jenkins auf keinen Fall entgehen lassen. Ich hoffe, ich konnte Sie neugierig machen. So neugierig, dass Sie sich eine eigene Meinung bilden – denn meine ist nur eine von vielen.

PHOEBE.

What's for Dinner? – oder: Fortune Cookie

Wir sitzen alle an dem langen Tisch auf der Terrasse: Mom, Dad, Eva, Jonathan und ich. Ich wette, Mom war den ganzen Tag in der Küche. Man schmeckt die Liebe und jede Minute, die sie dort verbracht hat. Zur Vorspeise gab es einen Sommersalat mit Himbeeren, Avocado und glasiertem Ziegenkäse und einen veganen Salat mit Nüssen, dazu ofenfrisches Brot und selbstgemachte Kräuterbutter, die in den weichen, noch warmen Teig geschmolzen ist. Ich glaube, spätestens bei dieser Kräuterbutter hört mein Verständnis für Veganer auf. Als Hauptgang hat Mom Schichttörtchen aus Lachstartar, Koriandercreme und Gurke gemacht. Man weiß, wie sich Genuss anhört, wenn es an einem Tisch voller Menschen, die sonst laut und gesellig sind, plötzlich ganz still wird. Wenn sie jeden Gedanken vergessen, weil sie so sehr mit Schmecken beschäftigt sind.

Mom, Dad und Jonathan bringen das Geschirr in die Küche, Eva und ich bleiben draußen und mixen eine weitere Runde Drinks mit Lavendel und Zitrone. Im Hintergrund läuft passend dazu Alt-J »Hand-made«, und der Himmel um uns wird königsblau. Eva zündet Kerzen an, und ich bin auf eine Art glücklich, wie es sonst nur Kinder sind. Gerade bin ich wieder eins. Ein ziemlich altes Kind im Garten seiner Eltern.

Mom betritt die Terrasse, dicht gefolgt von Dad. Sie stellt eine Schokoladentarte, garniert mit Beeren und einem Hauch Puderzucker, auf den Tisch, Dad verteilt kleine Kuchenteller und Gabeln.

»Mom, das sieht absolut unglaublich aus«, sage ich.

»Jetzt bleibt nur zu hoffen, dass es auch so schmeckt«, sagt sie und zwinkert mir zu.

»Darf ich sie anschneiden?«

»Erst gibt es Evas Nachtisch.«

Bei diesem Stichwort kommt Jonathan mit einem Tablett aus der Küche. Er reicht jedem ein Tellerchen mit einem winzigen rosafarbenen Törtchen darauf. Die geschmolzene Schokolade ist auf dem Eis erstarrt. Ich wette, sie wird laut knacken, wenn man sie mit dem Löffel bricht. Auf der erkalteten Schokolade liegt ein Röschen. Ja, man sieht, dass Eva das professionell macht.

»Das sind Frozen Yogurt Erdbeertörtchen mit Schokolade«, sagt sie. »Ich habe den cremigen Kokosnuss-Joghurt verwendet, den du so gern magst.«

Natürlich hat sie das. Weil sie Eva ist. Und weil sie mich kennt. Ich lächle und schlucke gegen den Kloß in meinem Hals. »Ich habe die tollste Familie, wisst ihr das?«

Das Licht der Kerzen flackert in Moms Augen.

»Alles Gute zum Geburtstag, Cookie«, sagt Dad und hebt sein Glas. »Auf dich.«

»Auf euch«, sage ich.

Wir stoßen an. Die Welt liegt hinter einem Schleier aus Tränen. Unbegreiflich, wie gut ich es habe. Ich stelle meinen Drink weg, nehme den kleinen Löffel und knacke die Schokoladenschicht. Eine Mischung aus Erdbeeren und Kokos schmilzt eiskalt und sahnig auf meiner Zunge. Wir schweigen und essen. Dann bückt sich Eva nach einem Päckchen, das neben ihr auf dem Boden steht, und reicht es mir.

»Ich konnte nicht anders«, sagt sie und grinst. »Und tut mir leid, wie hässlich es eingepackt ist. Du weißt, ich kann das nicht.«

»Ich glaube, du bist die einzige Person, die solche Törtchen hinbekommt, aber kein Geschenk einpacken kann«, sagt Jonathan lachend und küsst sie auf die Wange.

»Ich weiß auch nicht, warum ich mich da so anstelle«, sagt sie und schüttelt den Kopf. »Ich kann es einfach nicht.«

Ich reiße das wellige Papier auf, und zum Vorschein kommen drei Bücher.

»Wenn ich mich nicht irre«, sagt Eva mit einem wissenden Lächeln auf den Lippen, »dann kennst du diese drei von D.C.Ferris noch nicht.«

»D.C.Ferris?«, fragt Mom. »Seit wann liest du, bitte, D.C.Ferris?«

»Ich bin erst kürzlich auf den Geschmack gekommen«, sage ich.

»Er schreibt einfach wunderbar«, sagt Mom mit einem Seufzen.

Dad verdreht die Augen. »Lasst sie bloß nicht anfangen«, sagt er. »Ich weiß nicht, wie oft ich mir das schon angehört habe.«

»Ich wüsste wirklich zu gerne, wer er ist.«

»Und schon geht es los«, sagt Dad halb genervt, halb amüsiert.

»Alle denken, hinter D.C. Ferris steckt ein Mann, aber vielleicht ist es in Wirklichkeit eine Frau?«, sagt sie.

»Es ist keine Frau«, sage ich nüchtern.

»Das weißt du nicht.«

»Doch, das tue ich.«

Eva und Jonathan grinsen, Mom schüttelt irritiert den Kopf.

»Ach ja? Und woher?«

»Nimm es mir nicht übel, Schätzchen«, sagt Dad, »aber ich wechsle jetzt das Thema.« Er legt sein Besteck zur Seite und schiebt ein kleines Geschenk über den Tisch. »Das ist für dich.«

»Was ist das?«, frage ich.

»Pack es aus, dann weißt du es«, sagt er.

»Ich habe euch doch gesagt, dass ich nichts brauche.«

»Das ist auch nichts, was man *braucht*«, antwortet Dad. »Es soll dir einfach nur eine Freude machen. Und dich daran erinnern, wie lieb wir dich haben. Sonst nichts.«

Ich lächle ihn an, reiße vorsichtig das Geschenkpapier auf.

Es ist blau mit weißen Punkten. Ich lege es zur Seite, betrachte die kleine Schachtel aus schwarzem Karton, die nun vor mir steht, und öffne sie.

Ich starre hinein, dann zu meinen Eltern.

»Wo … ich meine … Wo habt ihr die her?«

»Wir haben sie für dich machen lassen«, sagt Mom. »Es war die Idee von deinem Vater.«

Mein Blick fällt wieder auf die goldene Halskette mit dem winzigen Glückskeks-Anhänger. *Das* ist meine Kette. Nicht die mit der Perle.

»So eine wolltest du schon als kleines Mädchen haben, weißt du noch?«, fragt Dad.

»Ja«, sage ich, »das weiß ich noch.«

Ich hole sie heraus, sie schimmert im schwachen Licht der Kerzen. Ich öffne den Verschluss und lege sie an.

»Jetzt bist du nicht mehr nur mein Cookie«, sagt Dad, »sondern mein Fortune Cookie. Ich hoffe, der Anhänger bringt dir Glück.« Er lächelt. »Und dass sich all deine Wünsche erfüllen.«

Ich stehe auf, gehe um den Tisch herum und umarme meine Eltern. Erst Dad, dann Mom. Insgeheim wünsche ich mir, dass er recht hat und dass ich meinen Autor finde.

Ich wette, Mom würde rückwärts umkippen, wenn ich D.C. Ferris zum Abendessen mit nach Hause bringen würde. Kann sein, dass es naiv ist, aber vielleicht ist es ja an der Zeit, an weiße Alligatoren zu glauben – oder zumindest ihre Existenz nicht völlig auszuschließen.

DAVID.

Phoebe Doe – oder: Achten Sie auf das Kleingedruckte

Wir sind nach wie vor mit unserem abendfüllenden Thema beschäftigt und reden über Jenna. Das heißt, Jenna redet über Jenna, und wir hören zu, wenn auch nicht wirklich.

Julia ist irgendwann aufgestanden und hat Musik angemacht, einen meiner Lieblingssongs: »Ghostwriter« von RJD2, Sam hat sich ausgeklinkt.

Er blättert durch die Zeitschrift, als würde er etwas suchen, wirkt beinahe aufgeregt. Dann hält er inne, starrt auf die Seite, die offen vor ihm liegt, schaut unvermittelt auf, seine Augen groß, den Mund ein Stück offen.

»Was ist?«, schneide ich Jenna das Wort ab.

Sam schaut verwirrt zwischen Julia und mir hin und her, schüttelt den Kopf, senkt den Blick, sieht zu Julia.

»Liebling?«, fragt sie besorgt und legt die Hand auf seinen Arm. »Ist alles okay? Geht es dir nicht gut?«

Er schiebt ihr wortlos die Zeitschrift entgegen, tippt auf

die Stelle; sie liest sie, schaut kurz verständnislos, dann starrt sie mich an.

»Was ist?«, frage ich.

»Es … es geht mir nicht gut«, sagt sie unvermittelt und zeigt auf ihren Bauch. »Ich sollte mich hinlegen.«

Jenna ist sprachlos, was ich ohne Zweifel genießen würde, wären da nicht Julias und Sams leere Gesichter. Ich greife nach der Zeitschrift, ziehe sie zu mir herüber, betrachte die aufgeschlagene Seite. Es ist das Impressum. Ich überfliege die Angaben, ein Mal, zwei Mal, kann nichts entdecken, zumindest nichts, das Sams und Julias seltsame Reaktion rechtfertigen würde. Ich blicke die beiden abwechselnd an, versuche, in ihren Augen zu lesen, doch neben der offensichtlichen Aufregung ist nichts zu erkennen.

»Es tut mir wirklich leid«, sagt Julia, »ich weiß, wie unhöflich das ist, aber …«

»Es ist kein bisschen unhöflich«, entgegnet Sam und steht auf. »Du bist hochschwanger, und der Arzt hat gesagt, du musst dich schonen.« Er schaut zu Jenna, lächelt angespannt, sagt: »Ich begleite dich natürlich zur Tür.«

Jenna erhebt sich, sieht irritiert in meine Richtung, als würde sie davon ausgehen, dass ich es ihr jeden Moment gleichtun werde. Ein zweiter Augenaufschlag lädt mich dazu ein, mit zu ihr zu kommen, doch ich tue so, als würde ich die Aufforderung nicht bemerken, lächle sie an, hebe die Hand zum Abschied. Ich stehe nicht einmal auf, sehe es nicht ein, höflich zu sein, bin einfach nur froh, dass sie endlich geht.

»Es war schön, dich kennenzulernen, David«, sagt sie mit

ihrer schönen Stimme, von der ich hoffe, dass ich sie nie wieder hören werde.

»Viel Erfolg mit deinen Bildern«, erwidere ich vage, weiche ihrem Blick aus, trinke einen Schluck Wein.

Was folgt, ist leises Gemurmel im Flur, ich schaue Julia fragend an, die Tür fällt ins Schloss. Einen Moment ist es vollkommen still, dann betritt Sam das Wohnzimmer.

»Was ist?«, frage ich zwischen besorgt und gereizt.

»Ich habe sie gefunden«, sagt er wie in Trance.

»Wovon zum Teufel sprichst du?«

Sam beugt sich zu mir, nimmt das Magazin, blättert aufgeregt zu dem Artikel über Jenna, legt ihn aufgeschlagen vor mich hin, deutet auf den Namen unter dem Titel.

»Da«, sagt er. »Siehst du? *Von Phoebe Steward.*«

Mein Herz schlägt schneller, mein Verstand winkt ab.

»Ja, und? Das heißt doch gar nichts.«

»Das habe ich auch erst gedacht.« Er reißt mir die Zeitschrift aus der Hand, blättert darin, findet ganz vorne, was er sucht, knallt sie vor mir auf den Tisch, »bis ich *das hier* entdeckt habe.«

Ich schaue auf die Stelle, auf die er zeigt.

Und dann verstehe ich es.

CEO: Gabriel Steinberg.

Er hat sie gefunden.

DAVID. 23:36

Nicht wahrhaben können – oder: Real Love?

Ich kann mich nicht bewegen, nicht sprechen, nicht mehr klar denken. Sam hat seinen Laptop geholt, Julia, er und ich sitzen nebeneinander, er in der Mitte. Meine Hände schwitzen, mein Brustkorb ist seltsam eng. Sam ruft Google auf, gibt »Phoebe Steward + NY TRND« ein, ich halte den Atem an, er drückt *Enter*. An erster Stelle der Suchergebnisse erscheint ein Eintrag mit dem Titel *New York Diaries – In That Case, oder: Die Sache mit meinem Koffer*. Mein Gott. Ich starre auf den Bildschirm, spüre Sams und Julias Blicke auf mir, will schreien, dass er endlich auf den Link klicken soll, bin gleichzeitig froh, dass er es nicht tut, bekomme keinen Ton raus, kaum Luft.

Der Artikel ist von heute Nachmittag. Nur ein paar Stunden alt. Ein paar Stunden. Sam klickt auf die Headline, er tut es plötzlich, so als würde er ein Pflaster abziehen, überrascht und überrumpelt mich.

Und da ist sie. Eingebettet unter einer plakativen schwarzen Headline. Ihr Gesicht das Standbild eines

Videos. Mittelbraunes Haar, gewellt, ein paar hellere Strähnen, der Pony fällt ihr in die Stirn, sie hat große dunkle Augen, starke Augen, wunderschöne Augen. Der Ausdruck in ihren Tiefen schnürt mir die Kehle zu. Sie schaut mich an, ganz direkt, intensiv; ich atme flach. Sam legt seine Hand auf meinen Arm. Ich schaue zu ihm rüber, sein Blick fragt mich, ob ich das Video allein ansehen will. Ich kann nicht antworten, schaue wieder zu Phoebe zurück, in ihre Augen, auf ihren Mund. Er ist voll, ihr Kinn spitz, die Nase klein.

»Willst du, dass wir rausgehen, Dave?«, fragt Sam nun wirklich.

Ich schüttle den Kopf.

»Soll ich …?«

Ich nicke.

»Okay«, sagt er, dirigiert den Cursor auf den *Play*-Button, schaut noch einmal zu mir. Ich hole tief Luft und stoße sie langsam und hörbar aus, dann nicke ich noch einmal, und er startet das Video. Es lädt, mein Herz rast, dann lächelt sie. Ich halte den Atem an, sie fängt an zu sprechen. Wäre ihre Stimme die einer meiner Romanfiguren, würde ich sagen, sie ist wie warmes Karamell.

»Ich … ich habe keine Ahnung, wie man so was macht. Ich bin nicht der Typ für öffentlichen Seelenstriptease. Aber ich muss es tun. Denn wenn ich es nicht tue, wären da immer diese Fragen.«

Sie macht eine Pause, schaut direkt in die Kamera, ich schlucke.

»Sie wissen schon … Was wäre wenn? Was wäre, wenn ich den Mut gehabt hätte? Wenn ich wenigstens versucht hätte, ihn zu finden.«

Etwas in mir zieht sich zusammen, erst meine Eingeweide, dann meine Haut.

»Ich wollte nie eine Beziehung – sehr zum Leidwesen meiner Mom. Und ich war auch nie auf der Suche nach dem Richtigen. Doch ich glaube, dass ich ihn ganz unfreiwillig gefunden habe.«

Ich spüre ein scharfes Brennen hinter meinen Augen, blinzle, zwinge mich zu atmen.

»Ich glaube, ich muss ein bisschen ausholen … Mein Name ist Phoebe, und ich bin auf der Suche nach meinem Autor.«

Ich spüre Sams Hand auf meinem Arm, den sanften Druck, den Halt, den er mir gibt.

»Ich habe, seit ich denken kann, eine ziemliche Schwäche für fiktive Figuren, und die Liste meiner literarischen Liebschaften ist dementsprechend lang. Doch mit ihm ist es anders. Der Mann, um den es geht, existiert. Es gibt ihn. Und glauben Sie mir, das ist eine ganz neue Erfahrung für mich.«

Sie grinst, ich grinse mit ihr, dann wird sie wieder ernst.

»Das Problem ist, dass ich keine Ahnung habe, wie ich ihn finden soll. Das hier« – sie macht eine unbestimmte Handbewegung in Richtung Kamera – *»ist das Einzige, was mir einfällt.«*

Ich kann nicht fassen, dass sie das tut, dass das gerade wirklich passiert, dass Sam die Verbindung hergestellt hat, dass er sie gefunden hat, dass ich ihre Stimme höre, ihr Gesicht sehe. Endlich ihr Gesicht. Das fehlende Puzzlestück.

»Diese sehr einseitige Liebesgeschichte, von der ich Ihnen hier erzähle, hat mit einem einzigen falschen Handgriff begonnen. Mit einem Koffer, der genauso aussah wie meiner, und einem Zitat von Mark Knopfler auf der Vorderseite. Es war der gleiche Aufkleber auf dem gleichen Koffer. Aber eben nicht derselbe.«

Sie macht eine Pause, sieht mich direkt an, ohne mich zu sehen.

»Ich habe in seinen Sachen ein Manuskript gefunden und angefangen, darin zu lesen. Ich bin kein schlechter Mensch, ich habe erst gezögert. Aber da er mein Tagebuch hatte und ich davon ausgehen musste, dass er es lesen würde, dachte ich, es wäre nur fair, wenn ich es auch tue. Und das habe ich. Und natürlich ist das passiert, was mir so oft passiert.«

Mein Herz schlägt, als würde ich rennen, ich sehe meinen Puls in meinen Augen.

»Ich habe mich in die männliche Hauptfigur verliebt. Doch dieses Mal ist es anders, denn die männliche Hauptfigur ist der Autor.«

Ich starre auf den Bildschirm, in ihr Gesicht, in die Dunkelheit ihrer Augen. Sie hat mich erkannt, in Nathaniel gefunden.

»Ich kann nicht sagen, woher ich weiß, dass er es ist, ich weiß es einfach. Und dank meiner Schwester weiß ich auch, wessen unveröffentlichtes Manuskript ich hier habe.«

Mein Herz setzt einen Schlag aus, Sam starrt mich an, Julia schnappt nach Luft.

»Als ich ihr ein Kapitel aus der Geschichte vorgelesen habe, hat sie seine Stimme erkannt. Ich dachte, sie wäre verrückt, aber das ist sie nicht. Sie ist aufmerksam.«

Ich schaue zu Sam, Sam zu mir; das kann nicht sein, bestimmt nicht, sie weiß es nicht.

»Ich wollte es nicht glauben, aber nachdem ich seinen letzten Roman gelesen hatte, wusste ich, dass es stimmt.«

Eine weitere kurze Pause.

»Und genau da liegt das Problem. Denn er ist ein großer Name, hinter dem jemand steht, den fast niemand kennt. Zumindest ich nicht.

Deswegen habe ich mich hierfür entschieden. Für eine öffentliche und ziemlich peinliche Beichte über meine fiktionalen Vorlieben, Leo und meinen Autor. Falls Sie sich fragen, wer Leo ist, das klärt der Blog-Beitrag. In meinem Text stehen alle Einzelheiten, unter anderem, was auf dem Aufkleber draufsteht. Und nein, den Namen von meinem Autor habe ich nicht verraten. Das werde ich auch nicht. Ich sagte doch, ich bin kein schlechter Mensch.«

Ich atme hörbar aus, habe gar nicht bemerkt, dass ich die Luft angehalten hatte, bin erleichtert.

»Ich habe Ihnen meine ›New York Nicht-Lovestory‹ erzählt, weil ein verrückter und wahnsinnig naiver Teil in mir darauf hofft, dass dieses Video oder dieser Beitrag irgendwie seinen Weg zu ihm finden wird. Zu meinem Autor.

Falls du das hier siehst und falls du mein Tagebuch gelesen hast, was du garantiert getan hast: Ich suche dich. Ich weiß nicht, ob du nur ein Hirngespinst bist oder ob ich das hier bereuen werde, ich weiß nur, dass ich es versuchen muss. Ich muss es versuchen, weil es sich so anfühlt, als würde ich dich kennen. Als würde uns irgendwas verbinden. Etwas, das ich nicht erklären kann. Du weißt viel über mich. Aber – was du noch nicht weißt: Ich heiße Phoebe Steward, bin vier-

unddreißig Jahre alt und habe mich Schicht für Schicht in dich verliebt.«

Was danach kommt, weiß ich nicht. Ich höre nichts mehr, greife nach Sams Hand, suche Halt daran, als wäre sie ein Rettungsboot, drücke sie ganz fest, muss immerzu lächeln, kann nicht aufhören. Phoebe hat sich in mich verliebt. Mich erkannt. Gesehen, wer ich bin.

»Ich warte auf deine Antwort an: deinautor@NYTRND.com. Ich hoffe, sie kommt. Ich hoffe es wirklich.«

Das Video ist zu Ende. Eine Sekunde starre ich auf das schwarze Rechteck, dann durchfährt es mich, ich stehe auf, die Stuhlbeine kratzen über den Boden. Sam erhebt sich, dann etwas umständlich auch Julia.

»Du musst los«, sagt sie.

»Ich muss los«, sage ich.

Ich gehe in den Flur, mir ist schwindlig, eiskalt und heiß, meine Knie sind weich, ich will mich beeilen, mein Verstand ist zu langsam.

»Auf ihrem Koffer war der gleiche Aufkleber wie auf deinem?«, fragt Sam. »Der, den ich dir damals geschenkt habe?«

Ich schaue ihn an. »Genau der«, antworte ich, dann öffne ich die Eingangstür, atme die warme Nachtluft ein, mein Herz will rennen, meine Beine können nicht. In Gedanken bin ich schon zu Hause, in Gedanken formuliere ich meine Antwort.

»Dave«, sagt Sam.

Ich drehe mich noch einmal um. »Ja?«

»Bitte lass dich nicht überfahren, okay?«

Sein Blick ist ernst. Ich nicke, nehme ihn in die Arme, dann gehe ich. Mark Knopfler hat recht. Manchmal bist du die Windschutzscheibe – manchmal das Insekt. Im Moment bin ich die Windschutzscheibe.

Im Moment bin ich unbesiegbar.

PHOEBE. 23:58

On My Way Home – oder: Erdbeben

Ich werfe die Tür zu und schnalle mich an. Dad mag den Gedanken nicht, dass ich nachts allein U-Bahn fahre, also hat er ein Taxi bestellt. Normalerweise rede ich es ihm immer aus, aber heute mochte ich den Gedanken nicht, drei Bücher und einen Kuchen mit mir herumzuschleppen, also habe ich mich nur gefreut – denn zurücklassen wollte ich weder noch.

Der Kuchen ist unter dem Beifahrersitz verstaut, meine Tasche lege ich auf den Sitz neben mir. Mom, Dad, Eva und Jonathan winken, ich winke zurück. Sie stehen auf dem Gehweg und schauen mir nach, dann biegt der Wagen ab, und sie sind nicht mehr zu sehen. Vermutlich gehen sie gerade rein. Sie werden reden und aufräumen und dann ins Bett gehen, und ich werde nach Hause kommen und panisch meine E-Mails checken. Ich würde es ja jetzt tun, aber mein blöder Handy-Akku ist leer. Die letzte Nachricht, die ich bekommen habe, war von George, in der er mich gefragt hat, ob Margo mit mir gesprochen hat. Die davor war von

Margo, in der sie mich gebeten hat, George nicht zu sagen, dass ich Bescheid weiß, und die davor von Jess, in der sie mir geschrieben hat, dass sie zu Jamie fährt, um mit ihm zu reden. Darauf konnte ich noch antworten, dann hatte mein Handy keine Lust mehr.

Ich kurble das Fenster runter, und warme Sommerluft bläst mir ins Gesicht, wirbelt mir das Haar aus der Stirn. Im Radio läuft ein Lied, das D. C. Ferris in »Begegnungen mit Sally« erwähnt hat: »Let's Do It (Let's Fall in Love)« von Conal Fowkes. Schon passiert. Längst passiert. Bis über beide Ohren.

Ich spiele gedankenverloren mit meinem Glückskeks-Anhänger, schaue in die Nacht hinaus, das dichte Laub der Bäume schneidet dem Licht der Straßenlaternen den Weg zum Boden ab. Es ist seltsam dunkel für New York und ich eine Mischung aus aufgeregt und völlig entspannt. So, als wüsste ich, dass alles gut wird. Als bestünde kein Zweifel daran, dass ich meinen Autor finde. Als hätte mein Herz etwas verstanden, das mein Gehirn einfach nicht begreifen will. So wie manche Tiere Erdbeben wahrnehmen oder Haie Blut riechen können. Mein Autor und ich werden uns begegnen. Ich weiß es.

In der Sekunde, als ich das denke, höre ich einen Schrei, werde mit voller Wucht in den Gurt katapultiert, Bremsen quietschen, meine Tasche prallt gegen die Trennwand zwischen den Vorder- und Rücksitzen.

Dann stehen wir. Nur die Musik läuft weiter.

DAVID. 23:59

All comes to an End – oder: Warnung von Sam

Ich stehe mitten auf der Straße, starre den Taxifahrer an, die Stoßstange berührt mein Bein, er starrt zurück. Ich bilde mir ein, jeden meiner Knochen zu spüren, jede Zelle, alles. Ich vibriere, zittere, will atmen, kann aber nicht. Die Fahrertür geht auf. Das Blut rauscht in meinen Ohren, Sam hat es noch gesagt. Er hat noch gesagt: »Bitte lass dich nicht überfahren«, und was mache ich? Ich lasse mich um ein Haar überfahren, laufe einfach vor ein Auto. Mein Blick fällt auf die Stoßstange, dann steht der Taxifahrer neben mir. Wann ist er ausgestiegen? Er trägt einen schwarzen Turban, hat warme freundliche Augen. Ich warte darauf, dass er mich anschreit, aber er tut es nicht.

Er streckt die Arme aus, legt die Hände auf meine Schultern, fragt: »Geht es Ihnen gut?« Ich nicke. Durch die offene Fahrertür höre ich »Let's Do It (Let's Fall in Love)«, erinnere mich plötzlich daran, dass ich es das erste Mal bei einer von Onkel Theos Dinner-Partys gehört habe. Ich war dreizehn. Er hatte einen Pianisten und Sänger engagiert, alle

Gäste haben getanzt. »Sind Sie sich sicher?«, fragt der Taxifahrer.

Ich sehe ihn an, schwanke, er hält mich fest. Ich höre, wie eine weitere Tür aufgeht, Schritte, dann, wie die Tür zugeworfen wird.

Bei dem Geräusch schaue ich auf.

Und sehe sie.

Freitag, 17. Juni 2016

PHOEBE. 00:02

Look Of Love – oder: Mein neues Leben hat geschlagen

Der Mann starrt mich an. Mehrere Sekunden lang. Dann geben plötzlich seine Beine nach. Ich mache einen Satz nach vorne, umfasse seinen Arm. Der Taxifahrer hält ihn an einer Seite, ich an der anderen. Wir helfen ihm, sich zu setzen. Der Mann hört nicht auf, mich anzustarren. Mein Herz rast, seine Augen sind stahlblau. Stahlblau. Sein Blick durchbohrt mich, ich gehe neben ihm in die Hocke, er nimmt meine Hand.

Und dann sagt er es.

»Phoebe.«

Mehr nicht. Nur Phoebe. Nur meinen Namen.

»Du?«, sage ich.

Er lächelt.

»Sie beide kennen sich?«, fragt der Taxifahrer irritiert.

Ich sehe nicht zu ihm hoch, nicke nur.

Der Moment dehnt sich aus, ich bekomme es nicht mit. Es fühlt sich an, als hätte die Zeit uns verschluckt. Ich betrachte ihn, sein Gesicht, seine denkenden Augen, die Falten zwischen den Brauen, die schmalen Lippen, das kurze hellbraune Haar. Er trägt einen dünnen dunkelblauen Pullover, seine Schultern sind breit. Wir sitzen auf dem warmen Asphalt, mein Autor und ich.

Zwei Fremde, die sich so gut kennen.

DAVID, 00:12

The End – oder: Doch erst der Anfang?

»Soll ich Sie noch nach Hause bringen, Miss?«
Sie schaut den Taxifahrer an, räuspert sich.

»Nein«, sagt sie, »ich bleibe.«

Phoebe holt ihre Sachen aus dem Wagen, ich bezahle den Fahrer, entschuldige mich wieder und wieder, er sagt, dass es kein Problem ist, ich bedanke mich bei ihm, wir schütteln uns die Hand, er steigt ein. Vermutlich werde ich ihn nie wiedersehen, er wird nie wissen, dass er mein Leben verändert hat. Ich notiere mir im Handy die Wagennummer und seinen Namen. Ich weiß auch nicht, warum.

Ich wollte immer an Zufälle glauben, weil Schicksal bedeutet hätte, dass ich nichts in der Hand habe, dass alles ohne mein Zutun passiert, dass ich keinen freien Willen habe, kein Mitspracherecht, dass ich ein Spielball bin. Aber kann das hier Zufall sein? Das alles? Angefangen mit unseren Koffern, den Aufklebern und dass wir denselben Flug genommen haben, über die Tatsache, dass jemand das Magazin, für das Phoebe schreibt, an meinem Nachbartisch in einem Café liegenlässt, ich die Kolumne lese, weil mir der Satz *Was passieren soll, wird passieren* ins Auge sticht, es dann mitnehme, mein Bruder, seine Frau und ich mit Jenna zu Abend essen – mit der Frau, über deren Ausstellungseröffnung Phoebe berichtet hat –, dass Sam dann ihren Namen entdeckt und aus Langweile das Impressum durchliest, bis hin zu diesem Moment: wir beide. Sie und ich. Auf derselben Straße. Zur selben Zeit.

Das Taxi fährt los, Phoebe steht neben mir. Ich sehe sie an, sie ist eineinhalb Köpfe kleiner als ich, wir lächeln, können nicht damit aufhören.

»Und was jetzt?«, fragt sie und grinst.

»Wir könnten dein Tagebuch holen.«

Sie lacht. »Ist es weit?«

»Gar nicht«, sage ich. »Da drüben. Die Nummer neun.«

»Du wohnst da *drüben*?«

Ich nicke, sie mustert mich, macht einen zaghaften Schritt nach vorn. Wir gehen nebeneinanderher, schauen mehr auf uns als auf den Weg.

»Darf ich dir was abnehmen?«, frage ich.

Sie reicht mir etwas, wir gehen weiter, die Blätter rascheln im Wind, mein Herz rast, ich habe eiskalte Hände.

Dann bleibt sie stehen.

»Wie heißt du eigentlich?«, fragt sie.

Ich lächle und sage: »Ich heiße David.«

Sonntag, 19. Juni 2016

PHOEBE. FRÜHMORGENS.

Die Stadt erwacht – oder: Ghostwriter

Ja, ich bin mit ihm nach Hause gegangen – und habe die Nacht mit ihm verbracht. Und dann den ganzen Tag. Und letzte Nacht auch. Und nein, nicht so, wie Sie jetzt denken. Also, zumindest die erste nicht. Ich wette, Sie wüssten jetzt gerne, was genau passiert ist, ich wette, Sie wüssten gern jedes Detail. Vermutlich platzen Sie gerade fast vor Neugierde. Aber ich werde es nicht verraten. Nur so viel: Er küsst so, wie er schreibt … Und er kann Sachen mit seinen Händen … Lassen wir das.

Für den Fall, dass Sie jetzt denken, wir sind gleich übereinander hergefallen – das sind wir nicht. Ganz im Gegenteil. Ich war so zurückhaltend wie noch nie in meinem Leben. Auf eine ganz seltsame Art schüchtern. Ich glaube, ihm ging es ähnlich. Anfangs waren wir beide sehr still, haben das Aussehen des anderen kennengelernt, dann haben wir geredet, viele Stunden lang. David hat eine Stimme und eine Mimik, die ihn unbeschreiblich sexy machen. Es sind drei Millionen kleine Dinge. Seine Blicke, die Art, wie er sich bewegt, wie er beim Reden die Hände einsetzt – ich sagte ja bereits, seine Hände … –, die Tatsache, dass er auf so viele verschiedene Arten lächeln kann. Verschmitzt, zweideutig, eindeutig, dann wieder nachdenklich, ja, fast melancholisch, nur um eine Sekunde später von einem jungenhaften Grinsen abgelöst zu werden. Es blitzt in seinen Augen auf, bevor es auf seine Lippen findet. Er hat ganz kleine Fältchen, die sein Gesicht noch lebendiger machen, und Augenbrauen, die jeden seiner Gedanken unterstreichen. Er hört mit jeder Faser zu, als wollte er auf keinen Fall etwas von dem verpassen, was ich sage – ganz gleich, wie unwichtig es auch sein mag.

Wir saßen eine halbe Ewigkeit nur da und haben uns angesehen. Aber wenn Sie wüssten, *wie* wir uns angesehen haben … Es ist irgendwie seltsam, aber die Berührungsängste sind fast noch größer, wenn man jemanden so gut kennt, ohne ihn zu kennen. Denn plötzlich kann der andere reagieren. Auf einmal hat er ein Gesicht, eine Stimme, Augen. Augen, die so blau sind und einen auf eine so erotische Art anschauen, dass man keinen klaren Gedanken mehr fassen kann. Unser Vorspiel aus Blicken und Unterhaltungen endete vor knapp sechs Stunden in einem Kurzschluss. Irgendwann kann man einfach nicht mehr reden, man kann nicht mehr zuhören, man muss sich ausziehen. Sie haben keine Vorstellung, wie es ist, wenn einen *so ein Mann* so ansieht. Wie es ist, wenn man genau weiß, dass er einen lesen kann wie ein offenes Buch. Wenn man ihn anfassen will, nur um sicherzugehen, dass man ihn sich nicht einbildet.

Wir haben vor knapp zehn Stunden fluchtartig sein Haus verlassen. Dieses leere, große Haus, in dem außer einem

Sofa und einem sehr männlichen Fernseher nichts steht. Ein Haus wie ein Neuanfang. Es hat eine gute Seele und einen wunderschönen Garten mit alten Bäumen.

Erst waren wir spazieren, aber das hat nicht viel gebracht. Die Spannung war noch da, die Nacht zu heiß. Wir sind zu mir gefahren – ich dachte, Gesellschaft wäre eine gute Idee. Margo und George waren tatsächlich auch da, aber leider zu beschäftigt. Ich sage nur so viel: Die Geräusche, die aus Georges Zimmer kamen, haben das Fass beinahe zum Überlaufen gebracht. Eine Weile standen wir stocksteif und angespannt nebeneinander in der Küche. Es war, als wären wir am Set eines Pornofilms gelandet. Letzten Endes sind wir zu *Pippa & Paul* gegangen und haben uns eine Pizza geteilt. Die Vorstellung, dass David vor nur ein paar Tagen schon dort war und darauf gehofft hat, dass ich mir eine Pizza hole, während ich keine hundert Meter entfernt mit einer Pizza auf unserem Dachhof saß und sein Buch gelesen habe, ist fast schon absurd.

Auf dem Weg zum Taxi hat er dann meine Hand genommen. Ganz zaghaft. Seine war genauso kalt wie meine. Die Luft im Wagen war abgestanden. Wir saßen nebeneinander, meine Kleidung klebte an meiner Haut, meine nackten Beine an der glatten Oberfläche des Sitzes. Wir haben die Fenster aufgemacht und nicht mehr geredet, nur den Fahrtwind genossen in dieser schwülen Nacht in einer ansonsten windstillen Stadt. Im Aufzug konnte ich kaum noch atmen. Die Fahrt nach oben schien endlos. In seiner Wohnung kam dann der Kurzschluss.

Das ist ein paar Stunden her. Wir waren körperlich und seelisch nackt. Er und ich in absoluter Dunkelheit. Inzwischen ist es kurz vor halb sechs. Die Sonne geht bereits auf. Ich stehe in Unterwäsche auf der Terrasse, barfuß, David hinter mir, seine Arme um meinen Körper geschlungen, ich spüre seine Brust an meinem Rücken und jeden Atemzug. Seine Hände spielen mit meinen Fingern, er küsst mich in die Halsbeuge.

Dieser Augenblick ist vollkommen. Wir in dieser Lichtstimmung. Noch ist alles blau. Gleich wird es kitschig. New York City ist magisch in diesem Licht. Und wir beide hier oben, nur eine Handbreit vom Himmel entfernt, unter uns die Stadt und der Central Park wie ein Meer aus Grün, umringt von Gebäuden.

Es gibt Liebesgeschichten, die sind eigentlich viel zu unwahrscheinlich, um so passiert sein zu können. Und doch passieren sie immer wieder. Jeden Tag. Irgendwo auf der Welt.

Unsere ist so eine.

Die von mir und meinem Autor.

Fünf Monate später
24. November 2016

DAVID. ABENDS.

Thanksgiving – oder: Eine unendliche Geschichte

Die Luft ist getränkt in einer Mischung aus Zitrone, geschmolzener Butter und Gewürzen, es riecht nach knuspriger Truthahnhaut, frisch gebackenem Brot und Süßkartoffeln. Die Fensterscheiben sind beschlagen, das Erdgeschoss ist voll, alle sind da. Sam, Julia und die Kinder, Phoebes Eltern, ihre Schwester und Jonathan, George und Margo, Jess und Jamie, Claire und ihr Freund und ihre Freundin June. Und Habib – unser Taxifahrer.

Es ist laut, alle reden durcheinander, jeder tut etwas. Es ist ein Gewirr aus Stimmen und Gelächter, das durchs Haus vibriert. Ich schwelge dazwischen, lehne lächelnd am Küchentresen, entkorke den Rotwein, beobachte das Leben um mich herum. Phoebes Mom rührt ihre berühmte Rosmarin-Portwein-Cranberrysoße an, Eva summt leise zur Musik und nimmt den Pumpkin-Pie mit Pecannuss-Kruste aus der Form und dekoriert ihn mit essbaren Blüten, Jonathan und Habib sind in ein Gespräch über Architektur vertieft, mein Magen knurrt, ich bin glücklich. Und dankbar.

Zum ersten Mal seit so vielen Jahren. Ich schaue hinüber zu dem langen Esstisch, an dem Margo, George und June Stoffservietten falten. Jess und Jamie begutachten die veganen Köstlichkeiten auf der Anrichte, die Eva und Jonathan heute Nachmittag gemacht haben, Sam und Julia stehen neben mir, er hat den Arm um sie gelegt, sie trinkt einen Schluck Pfirsichsaft. Habib lächelt zurückhaltend, versucht, niemandem im Weg zu stehen, das passt zu ihm. Ich habe vor ein paar Wochen bei der Taxizentrale angerufen und eine Nachricht für ihn hinterlassen. Einen Tag später haben wir uns auf eine Tasse Kaffee getroffen. Aus einer wurden vier und aus Habib und mir Freunde. Sam hilft Claire dabei, die Schokoladentarte mit salzigem Karamell, die sie zum Nachtisch mitgebracht hat, im Kühlschrank unterzubringen. Ihr Freund bringt Weingläser an den Tisch. Ich weiß, ich sollte mithelfen, aber ich kann nicht aufhören zuzusehen, dem Schauspiel zu folgen, das mein Leben ist. Livi und Jonah tanzen um Baby-Pines herum – es ist ein Mädchen, sie heißt Alice. Sie kam in der Nacht zur Welt, als ich Phoebe gefunden habe. Oder sie mich. Oder wir uns. Wenn es nach mir geht, hätte sie sich keinen besseren Moment aussuchen können. Es war eine magische Nacht. Ich hoffe, ihr Leben wird genauso.

Die Küchenuhr piepst, ich nehme den Truthahn aus dem Ofen, Phoebes Mom stampft neben mir die Süßkartoffeln zu Püree, Phoebes Dad schneidet den Braten, Sam wechselt die Musik. Ich erkenne den Song sofort. Trotz des Trubels und der vielen Stimmen. Es ist Conal Fowkes »You Do Something To Me«. Ich denke an Onkel Theo und wie sehr ihm das alles hier gefallen hätte. Dieses volle Haus, das großartige Essen, der wunderschön gedeckte Tisch, die vielen Menschen, die ausgelassene Stimmung, das Flackern der Kerzen, die Kinder, die sich zur Musik im Kreis drehen. Und Phoebe. Vor allem Phoebe.

Die Haustür fällt ins Schloss. Mein Herz schlägt schneller. Ich bahne mir meinen Weg in den Flur. Jahrelang ist nichts passiert. Rein gar nichts. Und dann ganz plötzlich alles auf einmal. Ich verlasse die Küche, stehe im Hausgang, sehe sie, neben ihr der kleine schwarze Koffer, mit dem alles angefangen hat. Ich lese den Satz von Mark Knopfler, schleiche mich an Phoebe heran, während sie ihren Mantel und den Schal aufhängt. Sie dreht sich um, ich ziehe sie an mich, küsse sie, atme ihren Duft ein.

»Geht es dir gut?«, flüstere ich in ihr Haar.

»Jetzt schon«, flüstert sie zurück.

Ihr Atem ist warm, ich spüre ihre kalte Nasenspitze in meiner Halsbeuge, ihre eisigen Finger an meinem Nacken, halte sie fest, küsse sie auf die Stirn.

»Du hast mir gefehlt«, sage ich leise.

»Du mir auch«, antwortet sie. Ihr Atem riecht nach einem Pfefferminzbonbon.

»Dave? Phoebe? Kommt ihr?«

Sam, denke ich, nehme meine Hände aus Phoebes Haar, sie weicht zurück, ich lasse sie los, doch ihr Ring hat sich in meinem Pullover verhakt. Sam grinst.

»Alles okay bei euch? Oder braucht ihr Hilfe?«

»Es geht, danke«, sage ich.

»Sicher? Ich helfe gern.«

Ich muss grinsen. »Halt die Klappe.«

Er lacht und verschwindet im Wohnzimmer. Als er weg

ist, küsse ich sie noch einmal, flüstere ihr gegen den Hals, dass ich froh bin, dass sie wieder da ist, sage ihr, wie schlecht ich ohne sie geschlafen habe. Dann gehen wir Hand in Hand nach nebenan, vorbei an dem gerahmten Bild, in dem die Titelseite der Juni-Ausgabe von NY TRND hängt. Phoebe begrüßt alle, ich helfe, die restlichen Schüsseln an den Tisch zu bringen. Dann fällt mein Blick noch mal auf das Bild. Ja, jede Entscheidung verändert unser Leben. Darum geht es auch in meinem neuen Roman. Den anderen werde ich doch nicht veröffentlichen. Ich glaube, Harry ist insgeheim ganz froh darüber, auch wenn er sagt, dass es nicht so ist. Ich bin es. Die Wahrheit ist, ich bin nicht mehr Nathaniel. Ich bin wieder ich, David. Es war wichtig, diesen Roman zu schreiben. Eine Selbsttherapie, ein längst überfälliges Kapitel, ein Ende und ein Anfang. Dieses Manuskript wurde von genau der Person gelesen, die es lesen sollte. Es spielte eine tragende Rolle in Phoebes und meiner – hoffentlich unendlichen – Geschichte.

PHOEBE.

At Last – oder: Traumfabrik

Seine Lippen schmecken nach Rotwein, sein Atem ist warm und unruhig – genau wie meiner. Wir stehen in einer engen, endlosen Umarmung im Flur. Ich schließe einen Moment die Augen und genieße seine Wärme auf meiner kalten Haut. Ich liebe es, wenn David und ich einander so nah sind, dass nicht einmal ein Stück Papier zwischen uns passen würde – ärgerlich genug, dass uns jetzt die Kleidung trennt. Ich liebe es, seinen schnellen Herzschlag zu spüren, weil es sich so anfühlt, als hätten sich sogar unsere inneren Organe vermisst. Ich liebe die Art, wie er riecht – holzig und warm und männlich –, und ich liebe dieses Kribbeln, als wäre ich eine Flasche Mineralwasser, die von der Art, wie er mich ansieht, geschüttelt wird, bis sie fast explodiert.

»Du hast mir gefehlt«, sagt er heiser.

»Du mir auch«, sage ich.

»Dave? Phoebe? Kommt ihr?«

Sam!

David lässt mich los und weicht zurück, aber mein Ring hat sich in seinem Pullover verheddert. Sam entgegnet etwas, David antwortet, aber ich höre ihnen nicht zu. Ich bin zu beschäftigt damit, meinen Ring aus der blöden Wollmasche zu befreien, was mir letzten Endes auch gelingt.

Sam grinst und verschwindet im Wohnzimmer, David zieht mich noch einmal an sich.

»Ich bin froh, dass du wieder zu Hause bist«, flüstert er warm in meine Halsbeuge. »Ich habe die vergangenen Nächte ganz schlecht geschlafen.«

Ja, in den letzten fünf Monaten ist unfassbar viel passiert. Es fühlt sich an, als hätte mein Leben einen Flickflack gemacht. Ich würde Ihnen wirklich gern alles erzählen, aber das geht leider nicht, wir wollen gleich essen, und ich habe die anderen ohnehin schon warten lassen – was aber nicht meine Schuld war. Der Flug von Chicago hatte Verspätung. Das ist höhere Gewalt. Falls Sie sich fragen, was ich in Chicago wollte: gar nichts. Ich musste hin. Anscheinend braucht jetzt jede Stadt, die was auf sich hält, ein eigenes Magazin. Und offensichtlich bin ich die perfekte Frau für den Job. Ich konnte also nicht nach Hawaii – mein erster November in der Kälte. Depressiv bin ich trotzdem nicht. Weit davon entfernt. Ich bin fast schon beängstigend glücklich.

Bevor ich gleich reingehe und die anderen begrüße, bekommen Sie noch die Highlights. Ich würde sagen, die bin ich Ihnen schuldig, nach allem, was wir zusammen durchgemacht haben.

Erstens: Jamie freut sich wie verrückt auf sein Kind. Es wird übrigens ein Junge, und langsam sieht man bei Jess den Bauch.

Was uns direkt zu zweitens führt: Ja, die beiden sind zusammen. Wie es aussieht, ist Jamie nicht nur ein guter Liebhaber, sondern ein genauso guter Freund und Partner. Jess ist glücklich. Und das auf eine neue Art. Eine Art, die ich bei ihr nicht kannte. Wer weiß? Vielleicht musste sie ja so tief fallen, damit sie jetzt so hoch fliegen kann?

Drittens: Ich bin aus dem Knights Building aus- und mit David zusammengezogen. Wir wohnen in seinem Haus in Brooklyn – das Apartment hat er untervermietet. Sie finden vermutlich, dass das übereilt war, aber manchmal ist es das Beste, einfach zu springen und mit dem Denken aufzuhören. Der Zeitpunkt war richtig, alles hat sich gefügt, die losen Enden sind verknotet. Margo musste überraschend aus ihrer Wohnung raus, sie und George sind zusammen, und ich habe einen Freund mit einem Haus, das so groß ist, dass wir auch mit acht Kindern noch genug Platz hätten. Keine Angst, ich bin nicht schwanger, aber zum ersten Mal in meinem Leben schließe ich es nicht mehr kategorisch aus, es vielleicht irgendwann doch noch zu werden. Sehr zur Freude meiner Mutter. Das geht natürlich nur, wenn meine alten Eier Lust darauf haben.

Viertens: Meine Familie liebt David, und ich liebe seine. Ich habe Mom noch nicht gesagt, dass sie bereits mehrfach mit D.C.Ferris zu Abend gegessen hat – ich denke, das muss sie nicht wissen. Vielleicht erzähle ich es ihr irgendwann. Vielleicht auch nicht. Ich glaube, sie wäre sonst viel zu befangen ihm gegenüber.

Fünftens: Mein erster *New York Diaries*-Beitrag ist durch die Decke gegangen. Er hat unsere Server zum Erliegen gebracht – wovon Gabriel ganz begeistert war. Nicht so sehr vom Inhalt, dafür jedoch von den stark gestiegenen Preisen, die er jetzt für Werbung auf unserer Website verlangen kann. Ich habe ihm alles gesagt, danach haben wir nie wieder darüber geredet. Die Kette habe ich ihm zurückgegeben. Die *New York Diaries* sind überwiegend persönlich geblieben, weil es das ist, was die Leser wollen. Ein paar wahre Märchen aus der Stadt, die niemals schläft. Natürlich erzähle ich meinen Lesern nicht alles, wo denken Sie hin? Ich erzähle ihnen gerade genug, um sie träumen zu lassen.

Ich glaube, das war's. Jess, Margo und ich sind zum ersten Mal, seit wir uns kennen, gleichzeitig glücklich. Mein nichtbiologischer Bruder hat endlich die Frau, die er immer wollte. Und meine Schwester wohnt zwar nach wie vor zu weit weg, ist aber immer nur eine Sprachnachricht entfernt. Wir schauen auch jetzt noch fast jeden Abend Jimmy Fallon, meistens schreibt David in der Zeit, oder er geht rüber zu Sam und Julia. Ich habe mein altes Leben hinter mir gelassen und gleichzeitig behalten, bin mit Tony und meiner riesigen roten Hängematte bei David eingezogen und doch frei geblieben. Ich habe den Kuchen *und* esse ihn. Ich würde sagen, das ist das Paradies.

Hinter uns liegt ein grandioser Sommer – mit langen Nächten und verdammt viel Sex. Ich war zum ersten Mal in einem von diesen pervers großen Häusern in den Hamptons – wir haben eins gemietet – und muss zugeben, dass ich mich an den Strand als Garten durchaus gewöhnen könnte. Alles andere ist gleich geblieben. Ich schreibe noch immer Briefe an Leo, die er nie beantworten wird, arbeite bei NY TRND, treffe meine Freunde und entdecke jeden Tag ein bisschen mehr von dieser großartigen Stadt. Aber jetzt tue ich das nicht mehr allein. Ich tue es mit meinem Autor.

Das Leben ist schon seltsam. Und wundervoll. Manchmal erfüllen sich Wünsche, von denen man gar nicht wusste, dass man sie hatte. Ich wusste nicht, dass ich es mag, in den Armen von jemandem einzuschlafen, oder wie es sich anfühlt, wenn man jemandem in jeder Hinsicht nahekommt – so nah, dass man sich nicht mal ausziehen muss. Ich hatte keine Ahnung, dass man sich in jemandem verlieren *und* wiederfinden kann. Ich dachte immer, das geht nicht, ich dachte, das wäre ein Widerspruch und dass ich das Unmögliche will. Aber wie sich herausgestellt hat, wollte ich einfach nur David. Ich wollte *das hier*. Dieses Gefühl.

Ich bin kein anderer Mensch geworden. Ich finde nach wie vor, dass man jemanden nicht brauchen, sondern *wollen* sollte. Und dass es letzten Endes nur *eine einzige* Person auf dem Planeten gibt, mit der man bis zum Ende klarkommen muss – und das ist man selbst. Mit allen Ecken und Kanten. Mit der ungeschminkten Wahrheit. Ich bin ganz sicher nicht perfekt, das weiß ich aus langjähriger Erfahrung. Und glauben Sie mir, ab und zu hätte ich wirklich gern selbst mit mir Schluss gemacht. Aber stattdessen bin ich mir treu geblieben. Und jetzt bin ich hier. In diesem Haus in Brooklyn, umgeben von Menschen, die ich liebe.

Ich glaube noch immer nicht an die Sache mit den weißen Alligatoren. Und Prinzen sind meiner Meinung nach auch nur was für Märchen. David hingegen ist für immer. Und ja, ich weiß, dass das furchtbar kitschig ist, und ich weiß, dass wir uns noch nicht besonders lange kennen, und ich weiß auch, dass die meisten Beziehungen schlecht enden. Ich weiß das alles. Aber ich kann mir einfach beim besten Willen nicht vorstellen, dass sich das Schicksal so einen Stress gemacht hätte, uns zusammenzubringen, nur um uns dann auseinanderzureißen. Das Schicksal ist nicht blöd. Und für den Fall, dass es das Schicksal gar nicht gibt, danke ich dem Zufall. Oder vielleicht doch dem freien Willen? Immerhin hat mich die Summe meiner Entscheidungen hierhergeführt. Hier ist alles, was mir wichtig ist: Meine Lieblingsmenschen und viel zu essen. Das Einzige, was dieses Gefühl noch toppen könnte, wäre, wenn es jetzt an der Tür klingeln würde und Leo draußen stünde.

Für den Bruchteil einer Sekunde halte ich inne und warte auf die Klingel, aber es passiert nichts. Vielleicht besser so. Ich werde ihm einfach später schreiben. Oder morgen. Leo versteht das – er hat selbst so viel zu tun.

Ich schaue mich um, sehe meine Eltern und Eva und meine Freunde und Sam und Julia und ihre Kinder und Habib. Wie sie lachen und reden und essen. David nimmt meine Hand, ich blicke zu ihm rüber. Gleich kommt sein zweideutiges Lächeln. Jeden Augenblick. Da ist es. Und ich erwidere es.

Wäre das hier ein Film, würde gleich der Abspann kommen. Alles würde in Zeitlupe ablaufen und genau *jetzt* Musik einsetzen. »Till The World Stops Turning« von Kaleb Jones, zum Beispiel. Die Kamera würde jeden von uns noch einmal zeigen, die Stimmung einfangen, unser ansteckendes Lachen, das flackernde Licht der Kerzen, David und mich, die Art, wie wir einander ansehen, mit diesem Blick, der zwischen den Zeilen alles sagt. Dann würde die Kamera langsam auszoomen, weg von uns, raus aus dem Fenster, hoch in den Himmel …

Ein Glück, dass das hier kein Film ist.

Sondern mein Leben.

Danksagung

Kurz und knapp: Ich danke Rita, Adriana, Eva und Tina. Jede von euch weiß, wofür – aber vielleicht nicht, wie sehr, deswegen: DANKE. SEHR.

Martin, dir danke ich für die wunderbare Musik.

Und dir, Michael, für alles. Aber vor allem für dich.

Phoebe und David: Es war mir eine Ehre. Ihr beide seid eines meiner persönlichen Lieblingspaare. Es war schön mit euch.